D1653307

Edward Kruger

Stoltz
Das Attentat

8 grad

Edward Kruger

STOLTZ
Das Attentat

Sein erster Einsatz
Historischer Kriminalroman

8 grad Verlag Freiburg

I Montag, 21. September 1857
Vormittag

Auf dem Schreibtisch stand als Zier einer dieser nickenden Vögel, die unbeirrt und im gleichmäßigen Tempo aus einem Napf Wasser zu trinken schienen. Der Vogel war liebevoll gestaltet. Er trug einen schwarzen Miniaturtschako mit einem roten Puschel auf dem Deckel und einer rot-schwarzen Kokarde, ganz so wie die Landjäger des Königlichen Korps von Württemberg.

Der Ziervogel stand auf dem großen – und ansonsten leeren – Schreibtisch des Landjäger-Leutnants Martin Wulberer. Der Leutnant war Anfang vierzig, aber er sah älter aus. Wulberer gehörte zu jenen Männern, die nach einer eher blässlichen Jünglingsphase umgehend in den Habitus eines gesetzten Herrn verfielen, in dem sie dann verblieben, bis sie eines Tages als Greis aufwachten und so ihrem Ende entgegengingen.

Dass es in Wulberers Leben keine Phase gegeben hatte, in der er als kraftstrotzender junger Mann breitbeinig durch die Welt schritt und nach Bäumen suchte, die er ausreißen konnte, wurde von dem Landjäger-Leutnant keineswegs als Mangel empfunden.

Wulberer wusste um seine Farblosigkeit. Er hielt sie für eine Tugend. So war ihm schon vor Jahren bei den Landjägern eine Dienststelle für »besondere Aufgaben« eingerichtet worden. Niemand hatte sich die Mühe gemacht, zu definieren, worin diese besonderen Aufgaben denn bestehen könnten, und es war keinem aufgefallen, dass Wulberer im Wesentlichen mit Nichtstun beschäftigt war.

Das Korps hatte ihm in der Kaserne an der Marienstraße ein Büro eingerichtet. Dort traf Wulberer jeden Morgen pünktlich um neun Uhr ein. Auf dem Weg zu seinem Büro begrüßte er den Schreiber Schaal und die Sekretärin, Fräulein Holder. Schreiber Schaal war ein hässlicher, hagerer Kerl mit dem länglichen Gesicht eines Schafs, dessen leicht einfältiges Gesicht zu allem Überfluss von einer beeindruckenden Warze verunstaltet wurde.

Schaal war ein Untergebener ganz nach Wulberers Geschmack. Ergoss sich Wulberer in einen seiner gelegentlichen cholerischen Wutanfälle, dann begannen Schaals Lider zu flattern, und er wirkte tatsächlich wie ein verirrtes Schaf in einem Gewitter. Ließ sich Wulberer jedoch zu einem Lob herab – was selten war, aber vorkam –, dann strahlte Schaal dankbar wie ein Kind. Aus Fräulein Holder hingegen war er bis zum heutigen Tage nicht schlau geworden. Sie huschte mit für sie typischer Graumäusigkeit über den Flur, den Blick stets gesenkt. Fräulein Holder redete nur, wenn sie gefragt wurde, und dann so leise, dass Wulberer selten verstand, was sie gesagt hatte. Aber eigentlich interessierte ihn das auch nicht.

Hatte Wulberer seine Untergebenen passiert, betrat er sein Büro und schloss die Tür hinter sich. Während der Ziervogel nickte, studierte Wulberer den *Schwäbischen Merkur* – und da wiederum mit Hingabe die »Schwäbische Kronik«, denn auch wenn er selbst nicht auffallen wollte, interessierten ihn doch unbändig alle jene, die aus der Menge herausragten.

Gegen Mittag war er für gewöhnlich mit der Zeitungslektüre fertig. Dann verbrachte Wulberer die Zeit bis Dienstschluss mit Sinnieren und Betrachten des nickenden Ziervogels.

Das Spielzeug war ihm vor ein paar Jahren als Weihnachtsgeschenk übereignet worden. Gebaut hatte es wohl ein Student des Polytechnikums. Bei der Geschenkübergabe hatten ihm die Kollegen auch erklärt, wie das scheinbare Perpetuum mobile funktionierte, es hatte wohl irgendwas mit Äthanol im Vogelkörper und Spiritus im Trinknapf zu tun. Wulberer hatte kein Wort verstanden, naturwissenschaftliche Fragen interessierten ihn eher am Rande, aber er mochte den Ziervogel, weil er seine Lebensphilosophie verkörperte: Stetig und unaufgeregt dem Ziel entgegen.

Es klopfte.

»Ja«, sagte Wulberer knapp. Als sich die Tür öffnete, steckte Wulberer den Kopf wieder in die Zeitung. Aus den Augenwinkeln beobachtete er, wie sich Schaal in devoter Haltung näherte. Als der Schreiber den Schreibtisch seines Chefs erreicht hatte, legte er auf diesem ein gefaltetes Schreiben ab. Dann zog er sich im Rückwärtsgang, genauso devot wieselnd wie beim Eintritt, zurück. Als Wulberer unwirsch aufsah, war Schaal schon wieder verschwunden.

»Was zum Teufel …«, knurrte Wulberer.

Dann verstummte er. Das Schreiben trug das geprägte Siegel des Königs. Nun war es an Wulberer, eine devote Haltung einzunehmen. Behutsam, als wäre das Papier auf Schmetterlingsflügeln gedruckt, öffnete er den Brief:

Seine Majestät wünschen die Präsenz des Sekondeleutnants Wulberer in der Residenz am 21. September 1857 A. D. um 12 1/2 Uhr.

Darunter eine unleserliche Unterschrift. Wulberer schloss aus, dass der Landesherr das Schreiben selbst unterzeichnet hatte. Allerdings war er auch bis zum heutigen Tag davon ausgegangen, dass Wilhelm I. nichts von der Existenz eines gewissen Sekondeleutnants wusste.

Wulberer kam hinter dem Schreibtisch hervor und nahm seine Uniformjacke vom Bügel. Er begann, sie sorgfältig zu bürsten. Normalerweise hätte er diese Aufgabe Fräulein Holder überlassen, aber in Anbetracht einer Audienz beim König nahm er die Dinge lieber selbst in die Hand.

Als er säuberlich und geschickt die Jackenbrust bürstete, unterdrückte er einen Seufzer. Wulberer hatte keinen einzigen Orden, mit dem er sich schmücken konnte. Aber vielleicht war das der Grund, weshalb Majestät ihn ins Schloss bestellte!

Am kommenden Sonntag würde der Monarch seinen sechsundsiebzigsten Geburtstag feiern. Aus diesem Anlass würden sich die Landeskinder mit Geschenken für ihren Landesvater nicht lumpen lassen. Aber auch der König gab gern. Warum also sollte Wulberer in diesem Jahr nicht zu den Beschenkten gehören? Möglicherweise hatte ein kluger Geheimrat den König darauf aufmerksam gemacht, dass es gerade die unscheinbaren Arbeiter im Weinberg des Herrn waren, die seinen Laden am Laufen hielten. All die Flamboyanten und Prominenten waren doch schon bedacht worden, nun also war die Reihe an den Stillen und Bescheidenen.

Je länger Wulberer über diese Vermutung nachdachte, desto mehr wurde sie ihm zur Gewissheit. Es war richtig gewesen, dass er sich nie nach vorn gedrängt hatte, getreu dem Motto: Gehe nie zu deinem Fürst, wenn du nicht gerufen wirst. Er hatte immer geahnt, dass sich seine Demut eines Tages auszahlen werde.

Wulberer zwängte seinen korpulenten Leib in die Uniformjacke. Die Residenz lag weniger als eine halbe württembergische Meile entfernt, das Wetter war schön, bestens geeignet für einen Spaziergang.

Wulberer verließ das Kasernengelände und ging gemächlichen Schrittes die Königstraße entlang. Die Luft war herbstlich angenehm, wenn man nicht gerade – wie Wulberer auf Höhe der Büchsenstraße – einen Jauchewagen passierte.

Stuttgart hatte um die fünfzigtausend Einwohner, war damit also kein Dorf, aber auch keine pulsierende Großstadt, wohl aber eine schmucke Residenzstadt, die mit dem nahe gelegenen Ludwigsburg auch ihr »schwäbisches Potsdam« hatte. Es gab in der Stadt an die vierhundert Kneipen, Wirtshäuser und Kaschemmen, in den gerne gezecht wurde. Derzeit war die Stimmung etwas rauer, was mit der schlechten Wirtschaftslage zusammenhing; im Sommer waren in New York die ersten Bankhäuser bankrott gegangen, und nun zog sich die Krise langsam, aber sicher über den gesamten Globus.

Und so waren auch Heißsporne, die einen über den Durst getrunken hatten, die größte Herausforderung für das Gendarmeriekorps; eine Aufgabe, der es sich jederzeit gewachsen fühlte.

Nachdem Wulberer das Palais des Kronprinzen erreicht hatte, bog er nach rechts auf den Schlossplatz ab und ging direkt auf die Jubiläumssäule zu. Dann näherte er sich mit klopfendem Herzen den schmiedeeisernen Toren der königlichen Residenz.

II Montag, 21. September 1857
Nachmittag

Zwei Stunden später saß Wulberer wieder hinter dem Schreibtisch in seinem Büro an der Marienstraße. Er hatte Kopf und Oberkörper auf die Schreibtischplatte gelegt, die Arme hingen schlaff herab. Der Kopf lag seitlich auf der Platte, aus Wulberers Mundwinkel rann ein dünner Speichelfaden, was Wulberer regungslos zur Kenntnis nahm. Seit mindestens einer halben Stunde hatte sich Wulberer nicht bewegt.

Die Audienz beim König war ein Desaster gewesen. Eigentlich hätte er schon misstrauisch werden müssen, als ihn der Geheimrat Kronwetter direkt am Tor abfing und zum Hintereingang des Schlosses lotste. In seiner Unschuld hatte Wulberer in diesem Moment noch geglaubt, er sei für eine sehr hohe Auszeichnung vorgesehen, weshalb die Vorgespräche unter Ausschluss der Öffentlichkeit stattfinden sollten. Dabei hätte ihn Kronwetters maliziöses Grinsen misstrauisch stimmen sollen. Kronwetter konnte Wulberer von Anfang an nicht leiden, dass er sich für Wulberer freute, war also auszuschließen.

Nachdem Wulberer sich dem König in seinem Gemach ähnlich devot genähert hatte wie zuvor Schaal seinem Vorgesetzten, erklärte der »viel geliebte Landesvater«, dass er für den Sekondeleutnant Wulberer eine ganz besondere Aufgabe habe.

Dieser Tage stand das Treffen zwischen den Kaisern von Frankreich und Russland an, und Württemberg hatte die Ehre, Gastgeber des Treffens zu sein. Die Häupter der beiden Weltmächte reisten mit ihrem gesamten Kometenschweif an, darüber hinaus würden im Laufe der Tage noch weitere Majestäten anreisen – so aus Holland und Griechenland.

Da die Herrschaften den Wunsch geäußert hatten, sich während ihres Aufenthalts volksverbunden zu zeigen, war der Besuch für die Polizeikräfte eine anspruchsvolle Aufgabe. Doch Wilhelm I. hatte seinen Gästen im Voraus versichert, dass sie sich frei bewegen könnten und keinerlei Sorgen machen müssten, denn schließlich verfügte Württemberg mit den Königlichen Landjägerkorps nicht nur über eine der besten Polizeiformationen auf dem Kontinent, sondern mit dem Sekondeleutnant Wulberer auch noch über einen Spezialisten, der für Aufgaben wie diese wie geschaffen war.

Wulberer musste Seiner Majestät versichern, dass er für die Zeit des Aufenthalts die Sicherheit aller edlen Häupter garantieren könne.

»Dafür verbürge ich mich«, war Wulberer gezwungen zu sagen. Dabei hatte er das Gefühl, er würde ein Schafott besteigen.

Materiell und qua Befehlsgewalt standen Wulberer alle Ressourcen des Königreichs zur Verfügung, allerdings konnte er weder auf das Landjägerkorps noch auf die Soldaten aus der Infanteriekaserne am Rotebühlplatz zurückgreifen.

»Aber Sie haben ja im Laufe der Zeit eine schlagkräftige Abteilung aufgebaut, stimmt's?«, fragte Geheimrat Kronwetter im Namen des Königs.

Wulberer dachte an Schaal und Fräulein Holder, wie sie sich über Dokumente beugten und Federkiele über das Papier huschen ließen. Das darf doch nicht wahr sein, dachte er dann. War das eine Intrige? Ein brutaler Scherz? Doch dann fiel ihm siedend heiß ein, was ihm zu dieser Ehre verholfen haben könnte.

Schon vor Jahren war Wulberer zu der Erkenntnis gekommen, dass sein Gehalt für seinen Dienst am Vaterland viel zu mager war. Also begann er, die Planstelle für einen Korporal zu schaffen, der ihm bei alltäglichen Aufgaben zur Hand gehen sollte. Der Korporal existierte nur in Wulberers Fantasie, aber die Soldzahlungen, die Wulberer für seinen treuen Mitarbeiter in Empfang nahm, waren real. Und weil es so gut funktionierte, fügte Wulberer im Laufe der Jahre noch Quartiermeister und ein halbes Dutzend Gemeine hinzu, die ihm alle zuarbeiten sollten. Nie stellte jemand die Notwendigkeit der Mitarbeiter infrage. Und wenn doch mal jemand die Leute sehen wollte, murmelte Wulberer etwas von »klandestinen Aktionen«, was als Erklärung allemal genügte. Zu seiner Verwunderung bemerkte Wulberer, dass man ihn umso ernster nahm, je mehr Leute ihm auf dem Papier unterstanden.

Und es war ja wahr. Mit einem Korporal, einem Quartiermeister und einen halben Dutzend Gendarmen hätte er die Aufgabe vielleicht sogar meistern können. Aber so, mutterseelenallein?

Doch was sollte er tun? Gerade in diesem Moment seinen Betrug gestehen? Unmöglich. Das würde vermutlich übel enden. Wilhelm I. bestimmte über Leben und Tod seiner Landeskinder. Er hatte das Recht, die Todesstrafe zu verhängen, was er auch gar nicht so selten tat. Majestät begnadigte auch gerne.

Aber nicht immer. Um sich wenigstens fürs Erste aus der Affäre zu ziehen, verbeugte sich Wulberer vielfach, murmelte etwas von Ehre und Stolz.

In diesem Moment blickte der König Wulberer zum ersten Mal direkt an. Wulberer schien es, als würden die Augen des Monarchen vor Rührung feucht. Der König erhob sich und sagte: »So kenne ich meine Schwaben. Furchtlos und treu.«

Und damit war Wulberer entlassen. Geheimrat Kronwetter sollte ihn mit allen Details versorgen.

Die Details zum Treffen der beiden Kaiser waren in einem dicken Dossier versammelt. Kern der Papiersammlung war der Zeitplan, in dem die wichtigsten Punkte des Besuchs aufgelistet waren:

Donnerstag, 24. September 1857
Der russische Kaiser Alexander II. trifft am Bahnhof Feuerbach mit seinem Gefolge ein. Majestät Wilhelm I. wird den hohen Gast persönlich begrüßen.

Danach nimmt der Herrscher aller Reußen Quartier in der Villa Berg.

Freitag, 25. September 1857
An diesem Tag wird der französische Kaiser, Napoleon III., mit einem Sonderzug direkt aus Paris erwartet. Auch hier wird Majestät sich persönlich zur Begrüßung an den Bahnhof bemühen. Napoleon III. wird für die Dauer seines Aufenthalts im Südflügel der neuen Residenz Quartier nehmen.

Für den Nachmittag ist eine Festveranstaltung aller Schützengilden geplant, die mit einem Festschießen dem König und seinen Gästen die Ehre erweisen wollen.

Am Abend lädt der König seine Gäste und ihr Gefolge zu einer Venezianischen Nacht in die Villa Berg. Höhepunkt des Abends wird der Maskenball sein.

Samstag, 26. September 1857
Eröffnung der Herbstblumenausstellung. Ob König Wilhelm I. und seine Gäste teilnehmen, ist noch nicht geklärt.

Am Abend lädt Wilhelm I. seine Gäste zu einem Lichterfest in die Wilhelma. Über hunderttausend Lampen werden hier die Nacht zum Tag machen.

Sonntag, 27. September 1857
Der Geburtstag des Königs beginnt mit einem Festessen für verdienstvolle Beamte, wobei aber noch nicht geklärt ist, ob Majestät und/oder Gäste hier einen Auftritt haben.

Am Nachmittag werden die Kaiserin von Russland und die Königin von Griechenland am Bahnhof Feuerbach erwartet. Auch hier wird Majestät sich nicht nehmen lassen, die Gäste unter dem Jubel seiner Landeskinder zu begrüßen.

Am frühen Abend wird es im Residenzschloss ein Abendessen für die gekrönten Häupter geben. Danach begeben sich Wilhelm I. und seine Gäste in das Königliche Hoftheater, wo sie in der königlichen Loge der Premiere der Oper *Die Zigeunerin* des irischen Komponisten William Balfe erleben werden. Es wird damit gerechnet, dass die gekrönten Gäste mindestens den ersten Akt ansehen werden.

Montag, 28. September 1857
Da der Geburtstag des Königs in diesem Jahr auf einen Sonntag fällt, besaß Majestät die Güte und die Weisheit, den Landeskindern auch den Montag freizugeben. Höhepunkt dieses Tages wird unbestritten der gemeinsame Ausritt von König Wilhelm I. mit den Kaisern von Frankreich und Russland zum Wasen nach Cannstatt sein. Dabei werden Zehntausende erwartet, die dem Landesvater und seinen Gästen huldigen und sie bejubeln wollen. Der junge Graf Ferdinand von Zeppelin hat angekündigt, den Ausritt aus der Luft mit einem Heißluftballon zu begleiten. Er wird versuchen, von der Gondel seines Luftfahrzeugs

aus Daguerreotypien anzufertigen, die Bilder werden das historische Ereignis unauslöschlich in das Gedächtnis der Menschheit bannen.

Einzelheiten müssen noch geklärt werden, aber bislang ist geplant, dass der König und der Kaiser von Frankreich am frühen Vormittag am Residenzschloss aufbrechen. Der Kaiser von Russland wird sich den beiden an der Wilhelma anschließen. Von hier an wird der König in der Mitte seiner beiden Gäste reiten. Damit das jubelnde Publikum einen guten Blick auf die Gäste bekommt, werden die drei im Schritt-Tempo reiten. Die anderen Mitglieder der edlen Familien folgen im offenen Wagen.

Nach dem Defilee wird der russische Kaiser am Bahnhof Feuerbach Stuttgart in Richtung Darmstadt verlassen. Auch hier gedenkt der König, seinen Gast persönlich zu verabschieden.

Wulberer stemmte sich von seinem Schreibtisch hoch. Er wusste nicht, wie oft er den Zeitplan des Besuchs gelesen hatte, aber er hasste jeden Buchstaben da drin.

Der Sekondeleutnant hatte bislang noch nicht ernsthaft versucht, sich in das Hirn eines Anarchisten hineinzuversetzen, aber schon nach der ersten Lektüre war er sich sicher: Die Lieblingsfantasie eines Königsmörders sah vermutlich genau so aus wie dieser vermaledeite Ablaufplan.

Jede Menge öffentlicher Auftritte, immer an Orten, wo sich ein Attentäter gut in der Menschenmenge verstecken und – auch nicht unwichtig – schnell flüchten konnte.

Der Gedanke an das Treffen der Schützenvereine, die mit einem Wettschießen (!) dem König zum Geburtstag gratulieren wollten, trieb Wulberer schon jetzt den Angstschweiß auf die Stirn.

Was das Lichterfest in der Wilhelma betraf: Die Monarchen würden sich hier vor erleuchtetem Hintergrund wie beim Scheibenschießen präsentieren. Und schließlich der Ausritt auf dem Wasen. Das war *die* Gelegenheit für den Attentäter. Sollte er bis dahin keinen Erfolg gehabt haben, auf dem kilometerlangen Defilee sollte es ihm doch gelingen, den einen oder anderen Monarchen – hoch zu Ross, im Schritt-Tempo vorüberziehend – aus dem Sattel ins Jenseits zu befördern. Und als ob das alles nicht genug Gelegenheiten für Anschläge böte: Ging es nicht auch im *Freischütz* um einen Schuss und eine Wunderkugel?

Wenn der potenzielle Attentäter es klug anstellte, hatte er große Chancen, sein Unternehmen zu einem glücklichen Ende zu führen. Für Wulberer hingegen waren die Chancen groß, dass sich dieses Unternehmen für ihn als Himmelfahrtskommando erwiese.

Wulberer erhob sich ächzend. Er warf einen weiteren verächtlichen Blick auf den Zeitplan, dann noch einen auf den stoisch vor sich hin pickenden Ziervogel. Schließlich griff er nach dem Vogel und schleuderte ihn an die Wand, wo er in tausend Splitter zerbrach. Äthanol und Spiritus traten aus. Der Geruch von Alkohol durchzog den Raum.

III Montag, 21. September 1857 früher Abend

Nach dem Wutausbruch kam der Katzenjammer. Nun saß Wulberer nicht mehr hinter dem Schreibtisch. Stattdessen lief er ruhelos in seinem Büro auf und ab. Es ist alles deine Schuld, ermahnte er sich, alles deine eigene Schuld. Wärst du nicht so gierig gewesen und hättest keine kleine

Schattenarmee aus lauter non-existenten Gendarmen aufgebaut, nie wäre Kronwetter – und erst recht nicht der König – auf die Idee gekommen, dich mit dieser heiklen Mission zu betrauen. Also, Wulberer, ermahnte er sich, tu Buße und trag dein Kreuz mit Würde.

Allerdings hatte Wulberer es noch nie lange im Zerknirscht-Modus ausgehalten. Wie nicht wenige Beamte war er der festen Überzeugung, dass er für seinen Dienst am Vaterland nicht genügend entlohnt und sein Engagement nie genügend gewürdigt worden war.

Und überhaupt: Schließlich hatte sich nicht Wulberer diesen dämlichen Staatsbesuch ausgedacht. Das war doch ganz allein – Wulberer stockte der Atem bei diesem Gedanken – der König gewesen. Das klang jetzt fast nach Majestätsbeleidigung, war dennoch eine unbestreitbare Tatsache.

Im Grund seines Wesens interessierte sich Wulberer nicht dafür, was in den Köpfen der Großen und Mächtigen vorging. Er verfolgte nur sporadisch die Querelen innerhalb des Deutschen Bundes, wo mal die eine und dann wieder die andere Fraktion die Oberhand gewann, es aber nie zu einer stabilen Lösung kam.

Aber dass der Kaiser von Frankreich und der von Russland Weltpolitik machten, das war auch Wulberer klar. Vermutlich hatten sie wie alle Großen immer irgendeinen Zwist.

Genauso deutlich war, dass König Wilhelm I. nicht mit ihnen auf einer Stufe stand. Und das war dann auch Wulberers Erklärung für das Ereignis. Wie ein Schulbub auf dem Schulhof, der sich Respekt heischend zwischen zwei Grobiane warf, um ihren Streit zu »schlichten« und so allerorten Ruhm zu ernten, wollte wohl der König mit dem Treffen in der Welt Eindruck schinden. Was für ein kindisches

Vorhaben, dachte Wulberer flüchtig. Dann verbot er sich jegliche – wenn auch nur mentale – Majestätsbeleidigung. Er hatte einen Entschluss gefasst. Wenn er schon musste, wollte er mit wehenden Fahnen untergehen. Selbst wenn ein Attentäter das Treffen für seine Zwecke nutzen sollte, Wulberer wollte sich nicht vorwerfen lassen, er habe nicht alles versucht, um den Anschlag zu verhindern.

Wulberer öffnete die Tür seines Büros und rief auf den Gang: »Schaal!«

Der Kopf des Schreibers erschien in der Tür seines Verschlags. Schaal blickte fragend.

»Zu mir.«

Nachdem Schaal die Tür des Büros von innen geschlossen hatte, zog er kaum merklich die Nase kraus. Wulberer ahnte, welcher Gedanke Schaal durch den Kopf ging: Hatte Wulberer getrunken? Doch Wulberer war nicht gewillt, die unausgesprochene Frage auch nur ansatzweise zu beantworten. Stattdessen sagte er: »Ich möchte, dass Sie mir zwei Dossiers zusammenstellen. Einmal zum Kaiser der Franzosen und dann eines über den Herrscher aller Reußen.«

»Sehr wohl, Herr Leutnant.« Schaal überlegte. »Bis wann?«, fragte er.

»Umgehend.«

Schaals Blick wanderte zur Wanduhr. Diesmal beantwortete Wulberer die unausgesprochene Frage.

»Tut mir leid, Schaal. Aber heute ist erst Feierabend, wenn die Dossiers zusammengestellt sind. Nehmen Sie sich die Holder, und tragen Sie zusammen, was Sie finden können.«

Schaal nickte wenig begeistert und begab sich wieder zur Tür. Als der Schreiber die Klinke herunterdrückte, fiel Wulberer noch etwas ein.

»Wenn Sie schon mal dabei sind, Schaal, gucken Sie mal, was Sie über die Leute haben, die nach dem Umsturzversuch vor zehn Jahren das Land verlassen haben. Ebenso auch über diejenigen, die im Gefängnis saßen oder noch sitzen.«

Schaal nickte und schloss die Tür von außen.

Es dauerte geraume Zeit, bis Schaal mit zwei großen Textmappen in der Tür stand, hinter ihm folgte Fräulein Holden mit einem weiteren großen Stapel Papiere. Die beiden platzierten die Unterlagen auf Wulberers Schreibtisch.

Der honorierte den Auftritt mit einem Kopfnicken und sagte dann: »Das wäre alles für heute, vielen Dank.«

IV Montag, 21. September 1857 Nacht

Seine Untergebenen hatten Wulberers Büro verlassen, bevor er wieder hinter dem Schreibtisch saß. Das erste Dossier widmete sich dem russischen Kaiser Alexander II.

Wulberer erfuhr während seines Aktenstudiums, dass die Russen ihren Kaiser »Zar« nannten, ein Wort, das ebenso wie das deutsche »Kaiser« vom lateinischen »Caesar« abgeleitet worden war. Die Erbfolge Alexanders schien einwandfrei, was am Petersburger Hof beileibe nicht selbstverständlich war, wie Wulberer bei dieser Gelegenheit lernte. Er hielt das für eine gute Nachricht, denn dadurch fielen von Thronprätendenten gedungene Meuchelmörder aus.

Alexander saß seit zwei Jahren auf dem Thron. Die feierliche Krönung hatte aber erst im letzten Jahr stattgefunden. Er war gleich zu Beginn der Amtszeit ins tiefe Wasser geworfen worden. Zwei Jahre vor seiner Thronbesteigung hatte der Krimkrieg begonnen, der auch noch tobte, als Alexander das Zepter übernahm.

Wulberer erinnerte sich dunkel. Als der Krieg am Schwarzen Meer ausbrach, hatte jeder erwartet, die Russen würden – als die militärische Supermacht, die Napoleon bis nach Paris zurückgeworfen hatte – mühelos Filetstücke aus dem schwächelnden Osmanischen Reich herausschneiden. Doch es kam anders. Ein von England und Frankreich unterstütztes dürftig ausgestattetes Expeditionskorps wies die Russen in die Schranken.

Alexander kam nach Besichtigung der Front zu dem Schluss, dass der Krieg sinnlos sei, und beendete ihn. Doch am Ende standen die Russen als Paria mit heruntergelassenen Hosen vor der Welt da. Nicht auszuschließen, dass es unter der russischen Elite den einen oder anderen gab, der Alexander für den Gesichtsverlust büßen lassen wollte. Außerdem musste man immer damit rechnen, dass bei den Russen irgendjemand – Kosak, Bauernführer, Kadett – putschen würde.

Ungeachtet der Niederlage im Krimkrieg hatte der Zar sich eine Schwäche für militärische Paraden und Prozessionen bewahrt. Er war mit einer Hessin verheiratet, die als Zarin auf den Namen Marija hörte. Offenbar war die Zarin seine Jugendliebe, Alexander hatte sie kennengelernt, als sie noch keine fünfzehn war.

Die kaiserliche Schwester, Olga, war Wulberer mehr als vertraut. Diese Prinzessin war mit Karl, dem Sohn von König Wilhelm, verheiratet. Es gab in Stuttgart zwei offene Geheimnisse. Zum einen wusste so gut wie jeder, dass sich Prinz Karl kaum für Olga und ihre Kugeln – erst recht nicht für andere Frauen – interessierte. Zum anderen, dass Wilhelm I. seinen Sohn aus tiefstem Herzen verabscheute und ihm die Thronfolge kaum gönnte. Was Karl verständlicherweise betrübte.

Wulberer nahm sich einen Bogen Papier und zeichnete eine Tabelle. Sie bestand aus drei Spalten. In den Kopf schrieb er die Namen der drei Landesväter: Wilhelm I. (Württemberg), Alexander II. (Russland), Napoleon III. (Frankreich). Darunter notierte er die Namen von Leuten, aus deren Umfeld sich potenzielle Attentäter rekrutieren könnten. Bei Wilhelm I. fiel ihm vorerst nur Prinz Karl ein. Sollte der auf seinen Vater so wütend sein, dass er danach trachtete, ihn vom Thron zu fegen und seinen Platz einzunehmen? Das klang für Wulberer ziemlich abwegig, aber die Verbindung nach Russland machte den Prinzen interessant. Olga hatte bestimmt noch gute Verbindungen in ihre Heimat. Wulberer beschloss, auf jeden Fall die Entourage von Alexander genauer unter die Lupe zu nehmen.

Dann schnürte Wulberer das Dossier des Franzosenkaisers auf. Hier erkannte er schnell, dass eine Spalte in seiner Tabelle kaum ausreichen würde. Napoleon mochte über viele Talente verfügen, aber geradezu unübertroffen war er, wenn es darum ging, sich Feinde zu machen.

Dass für Napoleon Numero drei der große Napoleon sowohl Onkel als auch Großvater war, überraschte Wulberer nicht. Das entsprach der Liederlichkeit, die Wulberer Franzosen in Familiendingen sowieso unterstellte. So wie Wulberer die Unterlagen verstand, war Napoleon III. wohl von Kindesbeinen an dazu erzogen worden, eines Tages in die Fußstapfen des großen Onkels/Opas zu treten; als Junge sollte er mit seinem Erzieher durch Italien gereist sein und die Orte besichtigt haben, an denen Napoleon und Cäsar ihre großen Schlachten geschlagen hatten.

Nach der Julirevolution von 1830 – haben Franzosen eigentlich auch andere Hobbys als Revolutionen?, fragte sich Wulberer an dieser Stelle – ging Napoleon Nummer drei nach Italien, wo er sich den Carbonari anschloss. Über diesen Verein fand Wulberer nicht viel in seinen Unterlagen. Offenbar handelte es sich um eine terroristische Organisation, die für die Einheit Italiens stritt, aber auch einfach gern Leute umbrachte. Wulberer machte eine Notiz, unbedingt mehr über diese Carbonari in Erfahrung zu bringen.

Nach der Revolution von 1848 – schon wieder, Frankreich, dachte Wulberer, wirklich: schon wieder? – wurde Napoleon III. Präsident, bis er sich vor ein paar Jahren zum Kaiser krönen ließ. Das lag anscheinend in der Familie. Auf jeden Fall hatte das französische Parlament unter dem Kaiser nicht viel zu lachen.

Bei den Einträgen in Wulberers Tabelle fanden sich zu Napoleon unter anderem:

- Carbonari
- Italiener, die Carbonari hassten
- französische Parlamentarier, die mitreden wollten
- Anti-Bonapartisten, die mit seinem Großvater/Onkel noch eine Rechnung offen hatten
- Bonapartisten, die meinten, dass der Enkel nie die Schuhe des Großvaters würde ausfüllen können

Da Frankreich und Italien entschieden näher lagen als Russland, nahm Wulberer an, dass von dort die größere Bedrohung ausging. Nicht aus den Augen lassen durfte man auch das Pressekorps. Anlässlich des Kaisertreffens hatten sich Journalisten aus aller Welt angesagt, nicht nur aus Frankreich – *Le Figaro* et al. –, sondern auch Blätter aus London, unter ihnen die ruhmreiche und altehrwürdige

Times. Was den württembergischen Monarchen mit Freude erfüllte. Bis das Witzblatt *Punch* vor zwei Tagen in Vorschau auf das Treffen eine Karikatur zeigte, die Kaiser und Zar porträtierte, jedoch den württembergischen König mit keiner Silbe erwähnte. Aber dafür war Stuttgart schauerlich falsch geschrieben.

Wulberer machte sich eine weitere Notiz. Kronwetter musste ihm unbedingt eine Liste der akkreditierten Journalisten erstellen.

Es dauerte noch Stunden, dann hatte sich Wulberer auch durch die letzten Miszellen gearbeitet. Um Mitternacht war er schließlich so weit, dass er sich durch die Dossiers der gescheiterten Revolutionäre von 1848/49 arbeiten konnte. Hier hatte er kaum Anhaltspunkte, eigentlich nicht viel mehr als eine Ahnung. Wilhelm I. war zwar der einzige deutsche König, der im Revolutionsjahr die Verfassung anerkannt hatte, allerdings war ihm das – in diesem Punkt Napoleon III. nicht unähnlich – in den folgenden Jahren herzlich egal gewesen. Wulberer wollte nicht ausschließen, dass es unter den Rebellen noch genügend gäbe, die mit Wilhelm I. ein Hühnchen zu rupfen hatten. Und die würden sich die Gelegenheit kaum entgehen lassen, ihm seinen internationalen Auftritt, der ihn auf die Weltbühne katapultieren sollte, gründlich zu verderben.

Doch selbst wenn er hier nicht fündig werden sollte: Es gab immer noch jede Menge Amtshilfeersuchen aus den Nachbarstaaten, die zumindest Namen und – so nannte man in Wulberers Kreisen eine Personenbeschreibung – Signalement enthielten.

Lange Zeit schien es, als wollte der Aktenstapel gar nicht kleiner werden. Aber das störte Wulberer nicht. Aktenstudium gehörte zu den Dingen, die er beherrschte wie kaum jemand. Der Leutnant studierte einen Schriftsatz nach dem anderen, nie in Tempo oder Konzentration nachlassend; in dieser Beziehung dem von ihm vor einigen Stunden entsorgten Ziervogel nicht unähnlich. Und als der Morgen graute, hatte er tatsächlich eine Erfolg versprechende Information gefunden.

V Dienstag, 22. September 1857 Abend

»Ehrlich gesagt, Sie sehen gar nicht aus wie ein Mann Gottes.« Kaum hatte Walburga diesen Satz ausgesprochen, hielt sie erschrocken die Hand vor den Mund und errötete leicht. Sie warf einen Hilfe suchenden Blick auf ihren Mann Matthäus, dann musterte sie Richard Stoltz, der ihr im Abteil des Abendzugs nach Bietigheim gegenübersaß.

Richard Stoltz trug Kragen und Beffchen eines anglikanischen Vikars, und als solcher hatte er sich auch vorgestellt, als die beiden in Bretten in sein Abteil kamen. Vikar Richard Stoltz, Amerikaner mit deutschen Wurzeln, auf Grand Tour durch Europa, das Land der Vorväter mit der Seele suchend.

Doch die kirchlichen Insignien konnten nicht darüber hinwegtäuschen, dass Stoltz eigentlich ein eher gotteslästerliches Leben führte. Sein muskulöser Körper wirkte in seiner Kleidung wie gefangen, die sonnengebräunte Haut und der wache Blick aus graublauen Augen ließen eher auf ein Leben unter freiem Himmel schließen als auf einen Alltag in Kirchengemäuern.

Stoltz wollte erst so tun, als habe er die Bemerkung von Bäuerin Walburga gar nicht gehört. Dann sagte er: »Sie dürfen nicht vergessen, dass ich sehr viel mit Missionsarbeit in den Prärien des Westens beschäftigt bin. Das erfordert nicht nur einen starken Geist, sondern auch einen starken Körper.«

Das Pärchen wechselte einen Blick, als wollte es sagen: Ja, dann ist ja alles klar. Walburga überlegte, ob sie noch eine weitere Frage nachschieben sollte, aber dann entschied sie sich dafür zu schweigen.

Stoltz war das recht.

Auf dem kleinen Tisch unter dem Fenster lagen zwei Büchlein. Ein *Baedeker*-Reiseführer für Italien und eine Sammlung von Goethe'schen Gedichten. Stoltz griff nach dem Lyrikband und schlug die Seite auf, die durch ein Lesebändchen markiert war.

Amerika, du hast es besser
Als unser Kontinent, das alte,
Hast keine verfallenen Schlösser
Und keine Basalte
Dich stört nicht im Innern
Zu lebendiger Zeit
Unnützes Erinnern
Und vergeblicher Streit.

Als er vor knapp zehn Jahren den Sprung von der Alten in die Neue Welt wagte, hatte Stoltz nicht viel mehr als dieses Gedicht im Gepäck gehabt. Er konnte sich nicht mehr erinnern, wie oft er die Verse gelesen, ja nicht nur gelesen, manches Mal auch deklamiert hatte. Am Anfang waren sie ihm ein Mantra gewesen, Glücksverheißung, vielleicht sogar eine Art Zauberformel, eine seelische Balancierstange für seinen ganz persönlichen »pursuit of happiness«.

Doch als er nun als naturalisierter Amerikaner zurückkehrte, merkte er zu seiner Verblüffung, dass sich sein Blick auf Europa geändert hatte. Er hatte damit gerechnet, dass gerade in Deutschland ihm alles eng und wuselig erscheinen werde. Zwar hatte es schon Eisenbahnen gegeben, als er Süddeutschland verließ, doch die ersten Waggons waren damals nicht viel mehr als aneinandergeschraubte Kutschen gewesen. Man saß in einem Abteil und wenn die anderen Fahrgäste unangenehm, langweilig oder beides waren, gab es keine Möglichkeit, mit einer höflich dahergesagten Floskel den Sitzplatz zu wechseln. In Amerika hingegen waren die Waggons geradezu riesig; sie waren lang, und im Mittelgang kam man sich vor wie in einer Kirche auf dem Weg zum Altar.

Doch zu Stoltz' Überraschung hatte dieser Trend mittlerweile auch in Europa Einzug gehalten. Die Eisenbahn in Württemberg benutzte Waggons ähnlicher Konstruktion, es gab einen Gang an der Seite, und so war es möglich, den Sitzplatz zu wechseln, wenn die Nachbarschaft nicht behagte.

Stoltz hatte nichts gegen das Bauernpaar, das offenbar auf Schmuggelfahrt war. Mann wie Frau waren eher schlank, doch sie trugen vermutlich mindestens ein halbes Dutzend Lagen Unterwäsche und Hemden mit Rüschen und Verzierungen an den Ärmeln, weshalb sie in ihrer Wulstigkeit ein wenig an menschliche Knallbonbons erinnerten. Vermutlich schwitzten sie tief drinnen beträchtlich. Stoltz hoffte, dass sich die Mühe der beiden lohnen werde.

Je näher der Zug der Grenze zu Württemberg kam, desto mehr entspannte sich Stoltz. Zwar hatte er auch in Baden eigentlich nichts zu befürchten. Eigentlich … Sein Pass war korrekt und gültig, im Falle eines Falles würde ihm eine Armada von Konsuln beistehen, aber dennoch hatte Stoltz ein mulmiges Gefühl, als ihn in Karlsruhe zwei Gendarmen länger als nötig musterten. Da er nicht wusste, wie viele Bekannte aus alten Zeiten noch unterwegs waren – und wer da vielleicht noch eine Rechnung mit ihm offen hatte –, entschied er sich für eine Verkleidung. Die Tracht, die er jetzt trug, hatten einem Geistlichen gehört, der in Baden-Baden all sein Geld verspielt hatte. Am Ende entschied der Mann sich, Kragen und Binde zu verhökern und alles auf Schwarz zu setzen. Stoltz hoffte, dass das Kalkül des Geistlichen aufgegangen war. Schließlich sollte die Kleidung auch ihm Glück bringen.

Ursprünglich wollte Stoltz das Großherzogtum Baden an einem Tag durchfahren, aber dann wurde Aristide von heftigen Zahnschmerzen buchstäblich niedergestreckt. Aristide war für Stoltz eine Mischung aus Vertrautem und Assistenten, in letzter Zeit ertappten sich die beiden immer öfter bei dem Gedanken, dass sie im Laufe der Jahre fast so etwas wie Freunde geworden waren.

Da Aristide wusste, dass Stoltz sich im Großherzogtum nicht gerade wohlfühlte, hatte er vorgeschlagen, Stoltz solle vorausfahren und in Stuttgart Quartier nehmen. Stoltz war einverstanden gewesen.

Stoltz sah auf seine Uhr. In einer knappen Stunde würden sie in Stuttgart sein. Er legte das Buch auf das Tischchen und entspannte sich weiter.

Walburga war wieder im Gesprächsmodus. Allerdings hatte sie diesmal keine Fragen, sondern verspürte den Drang, aus ihrem bewegten Leben zu erzählen.

»Wir hätten den Zug in Bruchsal fast verpasst«, erklärte sie.

Denn Walburga und Matthäus waren zuerst zum Badischen Bahnhof gelaufen, aber da fuhren nur Züge nach Baden.

»Die haben eine andere …«

Walburga stieß Matthäus an. »Wie heißt das?«

»Spurweite«, gab Matthäus an.

»Genau«, sagte Walburga.

Wie sie im Folgenden erklärte, fuhren die Züge in Baden auf breiteren Gleisen – »noch breiter als in Russland«, sagte Matthäus –, während in Württemberg die Eisenbahn auf der Normalspur verkehrte. Deshalb mussten die beiden zum Württemberger Bahnhof hetzten.

»Denn der badische Zug hätte uns ja niemals nach Württemberg fahren können.«

»Wegen der unterschiedlichen Spurweiten«, erinnerte Matthäus.

»Aber wir haben es doch noch gerade so geschafft«, verkündete Walburga freudestrahlend.

»Das freut mich«, bemerkte Aushilfsvikar Stoltz. Er überlegte, ob er noch ein »Auch die Schienenwege des Herrn sind unergründlich« nachlegen sollte, aber dann entschied er sich dagegen. Egal, wie gut eine Maskerade ist, man kann es immer auch übertreiben.

In Mühlacker machte der Zug mit quietschenden Bremsen halt. Wer von den Passagieren das Bedürfnis verspürte, konnte den Abort des Gasthofs im Bahnhofsgebäude nutzen. Wer das nicht wollte, konnte sich einfach nur auf dem Bahnsteig die Beine vertreten.

Stoltz war mittlerweile die Ruhe selbst. Doch er bemerkte, dass Walburga und Matthäus unruhig wurden. Stoltz warf einen Blick aus dem Abteilfenster und verstand, warum.

Auf dem Bahnsteig waren wie aus dem Nichts sechs Landjäger erschienen. Sie arbeiteten in Paaren. Eines kontrollierte den Zug von der Lokomotive her, ein weiteres am Ende und das dritte begann aufs Geratewohl in der Mitte.

Walburga und Matthäus sahen sich erschrocken an. Sie hatten – wie übrigens auch Stoltz – mit Kontrollen gerechnet. Schließlich wurde in Zeiten der Wirtschaftskrise vermehrt geschmuggelt, und an den Grenzen sollte die Ausfuhr von Gold möglichst unterbunden werden. Jedoch nur mit Stichproben. Dass die Landjäger *jeden* Passagier kontrollieren würden, das war eher ungewöhnlich.

Stoltz überlegte. Er trug Gold bei sich. Ein prall gefülltes Säckchen voller Zwanzig-Dollar-Gold-Eagles, geprägt aus frisch geschürftem kalifornischem Edelmetall, aber da machte er sich die wenigsten Sorgen. Als Amerikaner wurde von ihm erwartet, dass er als Gast seine Existenz bestreiten konnte, maximal würden bei Ein- und Ausreise seine Barbestände kontrolliert werden. Damit konnte er leben. Doch er trug andere Konterbande bei sich. Und die sollte den Landjägern unter keinen Umständen in die Hände fallen.

Stoltz überlegte. Er musste zuerst Zeit gewinnen. Dass er im Bahnhof seine Notdurft verrichten wollte, konnte ihm niemand verübeln.

Walburga und Matthäus waren mittlerweile nur noch ein Häufchen Elend. Stoltz hatte eine ziemlich klare Vorstellung von dem, was in ihren Köpfen vor sich ging. Sie konnten unmöglich viel Schmuggelware an ihren Körpern mit sich herumtragen, aber die Schande, erwischt und vor den Nachbarn bloßgestellt zu werden, drohte zusätzlich zu der zu erwartenden Strafe.

Stoltz sah noch einmal aus dem Fenster. Die Gendarmenpärchen hatten offenbar ihre Claims abgesteckt. Jedes

Paar war für drei Waggons zuständig und sicher nicht gewillt, auch nur einen Zoll mehr zu kontrollieren als nötig. Denn warum sollten sie die Arbeit der Kollegen machen? Die wurden ja genauso mager entlohnt. Das hieße auch, dass sich außer dem designierten Gendarmenpaar niemand um Stoltz kümmern würde.

Das war gut.

VI Dienstag, 22. September 1857 Abend

Stoltz bedachte Walburga und Matthäus mit einem Blick, den er für väterlich streng hielt. Dann räusperte er sich.

»Machen Sie jetzt bloß nichts Unüberlegtes«, sagte er.

Walburga sah ihn verständnislos an.

»Was meinen Sie?«, fragte sie fast tonlos.

Matthäus kannte sich nicht nur in Spurweiten aus.

»Ich glaube, der Pfarrer glaubt, wir denken an türmen.«

Der Gedanke gefiel Walburga. »Gute Idee.«

Sie sprang auf. Stoltz drückte sie wieder auf ihren Platz.

»Ganz im Gegenteil. Schlechte Idee. Wenn Sie wegrennen, machen Sie alles nur noch schlimmer.«

Und im Geiste fügte Stoltz hinzu: Sagt ein Kerl, der wie ein Hase nach Amerika abgehauen ist.

»Aber was sollen wir denn machen?«, fragte Walburga.

Darauf wusste Matthäus auch keine Antwort.

»Setzen Sie ein Zeichen tätiger Reue«, schlug Stoltz vor. »Warten Sie nicht, bis die Landjäger bei unserem Abteil sind. Gehen Sie zu ihnen. Präsentieren Sie Ihre Ware und sagen Sie ihnen, wie leid Ihnen alles tut. Erzählen sie von Not, von hungernden, weinenden Kindern.«

Nun räusperte sich Matthäus. »Entschuldigen Sie, Hochwürden …« Stoltz unterbrach ihn. »Bei uns Anglikanern heißt es *Most Reverend.*«

Matthäus setzte noch mal an. »Meinetwegen, *Most* …«

Stoltz unterbrach wieder. »Gilt auch nur erst ab Bischof.«

Matthäus wurde ungeduldig. »Wie auch immer. Ich finde einfach, Ihre Idee taugt nichts. Die Landjäger werden lachen, uns unseren Krempel abnehmen, und wir stehen nur doof da.«

Dem konnte Stoltz nicht wirklich widersprechen. Er dachte nach.

»Können Sie lesen?«

Beide nickten fast gleichzeitig. »Ein bisschen. Und eigentlich nur Großbuchstaben. Aber es geht schon.«

»Sehr schön. Aber davon müssen die Landjäger ja nichts wissen.«

Es dauerte ein bisschen, bis der Kreuzer fiel. Aber er fiel.

»Sie meinen, wir sollen sagen, wir sind in den falschen Zug eingestiegen, weil wir das Schild am Bahnhof nicht lesen konnten?«, fragte Walburga langsam.

»Genau. Vorher müssen Sie natürlich Ihre Ware in ein paar Bündel schnüren. Die tragen Sie ganz offen. Dann gehen Sie zu den Landjägern und fragen naiv: Seit wann hält denn der Zug nach Durlach auf freier Strecke?«

Matthäus überlegte. »Das könnte klappen«, sagte er zögernd. »Aber die Schwaben halten uns doch sowieso schon für Trottel. Sollen wir ihnen jetzt auch noch freiwillig Material liefern?«

»Willst du lieber, dass nächste Woche jeder im Dorf weiß, dass wir beim Schmuggeln erwischt wurden?«, fragte Walburga.

Matthäus überlegte lange. Man konnte förmlich spüren, wie die Zahnräder im Gehirnkasten hinter seiner Stirn ratterten.

»Von mir aus«, sagte er schließlich. »Was schert mich, was in der Zeitung steht? Ich kann doch sowieso nicht lesen.«

Walburga lachte erleichtert. Stoltz verließ das Abteil, die beiden zogen die Vorhänge zu und entledigten sich ihrer Schmuggelware. Als sie, beide mit zwei großen Kleiderbündeln bewaffnet, wieder auf den Gang traten, wirkten sie erheblich schlanker.

»Viel Glück«, rief ihnen Stoltz hinterher.

Als er zu seiner Zufriedenheit beobachtete, dass Walburga und Matthäus die beiden Landjäger wort- und gestenreich über ihre Lese-Rechtschreib-Schwäche informierten, sprang Stoltz aus dem Zug auf den Bahnsteig. Die beiden anderen Gendarmenpärchen beachteten ihn nicht. Stoltz lief den Zug entlang, in Richtung der immer noch fauchenden und schmauchenden Lokomotive.

Stoltz brauchte ein Versteck. Am besten zwei Verstecke. Er zog das Bahnhofsgebäude in Erwägung, verwarf es dann aber wieder. Er hatte keine Ahnung, wie es im Innern des Gebäudes aussah, außerdem: Wann sollte er hier wieder auftauchen?

Direkt hinter der Lokomotive führte der Zug einen Gepäckwagen. Eher einem Impuls als einem Gedanken folgend, rüttelte Stoltz an der Schiebetür. Sie war nicht verschlossen. Stoltz schlüpfte in den Gepäckwagen. Nachdem sich seine Augen an das Halbdunkel gewöhnt hatten, erkannte er zwei Dinge: Die Wände des Wagens waren – warum auch immer – doppelt isoliert, und an der Decke gab es eine Verkleidung.

Mit seinem Taschenmesser drückte Stoltz geschickt ein Paneel aus der Holzverkleidung. Dann versteckte er dahinter einen Umschlag aus stabilem braunem Packpapier, der mehrfach versiegelt war.

Stoltz arbeitete ruhig und konzentriert. Er setzte das Paneel sauber wieder ein, ohne dass auch nur ein Span vom Holz absplitterte. Dann stieg er auf zwei Postsäcke und machte sich an der Deckenverkleidung zu schaffen. Das war komplexer, aber Stoltz fand auch hier schnell einen Hohlraum, der groß genug für seine Zwecke war. Stoltz entnahm seinem Priesterrock eine kleine Segeltuchtasche, in die er eine grob gestrickte Socke steckte, die einen Siebenundfünfziger Colt-Revolver enthielt. Stoltz verstaute die Handfeuerwaffe in der Decke so geschickt wie den Umschlag in der Wand. Der ganze Vorgang hatte nur ein paar Minuten gedauert.

Als er fertig war, stieg er auf der anderen Seite aus dem Gepäckwagen und lief – um die Lokomotive mit den zwei großen und zwei kleinen Rädern herum – auf dem Bahnsteig zurück zu seinem Waggon. Dabei versuchte er, so zu wirken wie ein Mann, der sich gerade von einem dringenden körperlichen Bedürfnis erleichtert hatte.

Das gelang ihm spielend.

Als Stoltz wieder sein Abteil betrat, war das Bauernpärchen verschwunden. Aber die beiden Landjäger saßen nun auf ihrem Platz. Stoltz' Reisetasche war geöffnet – Stoltz reiste leicht, den größten Teil des Gepäcks würde Aristide mitbringen –, auf dem Tisch stapelten sich die Gold Eagles türmchenweise.

Stoltz hätte den Landjägern am liebsten die Meinung gegeigt. Zur Not auch handfest. Was fiel diesen Gestalten ein, in seiner Abwesenheit sein Gepäck zu durchwühlen?

Aber dann fiel Stoltz gerade noch rechtzeitig ein, dass er hier als ein Mann Gottes unterwegs war, der auch in herausfordernden Situationen nie den Glauben an das Gute im Menschen verlor. Er zwang sich zu einem mild vorwurfsvollen Blick.

»Wie ich sehe, haben die Herren schon mit der Kontrolle meines Gepäcks begonnen. Dabei hätten Sie doch auch warten können.« Stoltz sprach mit leichtem amerikanischem Akzent. Nicht zu dick auftragen, ermahnte er sich.

Die Landjäger blieben unbeeindruckt.

»Pass«, sagte einer mit der typischen Unhöflichkeit schlecht gelaunter Grenzbeamter.

Stoltz übergab seinen amerikanischen Pass, in dem Glauben, dass das Dokument sein Standing bei den Landjägern entscheidend verbessern werde.

Die Beamten durchblätterten das Dokument. Dann zückte der eine aus seiner Gürteltasche ein Blatt Papier, offenbar eine Art Liste. Die Landjäger verglichen Liste und Pass. Dann tauschten sie einen Blick, der wohl besagen sollte: Das ist er.

Das gefiel Stoltz gar nicht. Der eine Mann verstaute die Liste wieder in seiner Gürteltasche. Der andere machte keinerlei Anstalten, Stoltz seinen Pass zurückzugeben. Der offenbar ranghöhere Landjäger blickte Stoltz durchdringend an.

»Sie sprechen Deutsch, Mister Stoltz?«

Stoltz überlegte einen Moment, ob er den Rat, den er gerade dem Bauernpärchen erteilt hatte, für seine eigenen Zwecke modifizieren sollte. Könnte er behaupten, kaum Deutsch zu sprechen und erst recht nicht zu verstehen? Aber er verwarf den Gedanken schnell wieder.

»Gut genug«, antwortete er schließlich knapp.

Die Landjäger griffen nach ihren Gewehren, die sie tatsächlich mit aufgepflanztem Bajonett mit in den Zug genommen hatten.

»Wir müssen Sie bitten mitzukommen«, sagte der Korporal oder was immer seinen höheren Rang ausmachte. Die eisige Freundlichkeit beunruhigte Stoltz mehr als alles rüpelhafte Gebelle zuvor. Er straffte sich.

»Mein Name ist Richard Stoltz. Ich bin Bürger der Vereinigten Staaten von Amerika. Was werfen Sie mir vor? Wird mir die Einreise in das Königreich Württemberg verweigert? Ich habe ein Recht darauf …«

Der Korporal schnitt ihm das Wort ab und wiederholte nur: »Wir müssen Sie bitten mitzukommen.«

Da die zwei Landjäger keine Anstalten machten, ergriff Stoltz schließlich selbst seine Reisetasche und lief von den Beamten eskortiert den Gang entlang zum Ausgang. In den anderen Abteilen waren – offenbar auf Anweisung der Landjäger – die Vorhänge zugezogen, aber Stoltz vermutete, dass hinter dem Spalt zwischen Stoff und Scheibe nicht wenige neugierige Augen lauerten.

Beim Aussteigen spielte Stoltz für einen Moment mit dem Gedanken, dem Korporal seine Reisetasche gegen die Brust zu werfen und zu fliehen. Aber dann erinnerte er sich an seinen eigenen Ratschlag an Walburga & Co: Türmen wäre in dieser Situation das Dümmste.

Nachdem die drei den Zug verlassen hatten, gab der Korporal dem Lokomotivführer ein Zeichen. Die Lok pfiff, und der Zug dampfte aus dem Bahnhof hinaus. Zurück blieben Stoltz und seine beiden Bewacher. Ansonsten zeigte sich weder auf dem Bahnsteig noch in der Tür des Bahnhofsgebäudes eine Menschenseele. Das Nachtleben von Mühlacker schien sich in überschaubarem Rahmen zu halten.

»Ich verlange Aufklärung. Was wird hier gespielt?« Stoltz versuchte, energisch zu klingen. »Ich bin Bürger der Vereinigten Staaten und ich …« Der Korporal schnitt ihm wieder das Wort ab.

»Wenn Sie sich wie ein Erwachsener benehmen, müssen wir Ihnen keine Fesseln anlegen«, sagte er.

Mehr nicht. Auch sein Kamerad schwieg. Stoltz gab es auf. Einstweilen blieb ihm nichts anderes übrig, als zu warten.

Nach einer Weile – Stoltz hatte kein Zeitgefühl, und seine Uhr hatten ihm die Landjäger abgenommen – fuhr ein weiterer Zug in den Bahnhof ein. Die kleine Lokomotive zog nur zwei Waggons. Die sahen wie Passagierwagen älterer Bauart aus, Produkte aus jener Ära, als Eisenbahnwaggons noch wie zwei aneinandergeschraubte Kutschen konstruiert wurden. Allerdings waren die Fenster verdunkelt und vergittert.

Der gemeine Landjäger öffnete ein Abteil. Drinnen roch es moderig und nach menschlichen Ausdünstungen.

»Einsteigen«, sagte der Korporal.

Nun sah Stoltz keinen Grund mehr, seine Wut zu unterdrücken. »Ich denke ja gar nicht daran«, schnaubte er den Korporal an. »Was erlauben Sie sich eigentlich? Wissen Sie eigentlich, wen Sie vor sich haben?«

»Ja«, antwortete der Korporal knapp. Er hielt Stoltz' Blick stand. Stoltz starrte zurück. Daher registrierte er erst im letzten Augenblick, wie der gemeine Landjäger ihn von hinten mit einem wohlgezielten Gewehrkolbenhieb ins Reich der Träume schickte.

VII Dienstag, 22. September 1857
Nacht

Nach einer Weile kam Stoltz wieder zu sich. Das Rütteln des Zuges hatte ihn geweckt, und mit jedem Schienenstoß brummte sein Schädel ein bisschen stärker. Stoltz rappelte sich auf, was mit auf den Rücken gefesselten Händen eher mühsam war. Als er das Fenster seines Abteils erreicht hatte, versuchte er, durch die Gitter nach draußen zu sehen. Die paar Eindrücke, die er erhaschen konnte, sahen für ihn so schwäbisch aus wie Dutzende andere auch.

Als der Zug zum Stehen kam, hörte Stoltz draußen Schreie und Fluchen. Dann wurde seine Abteiltür aufgerissen. Ein Landjäger, den er nicht kannte, bugsierte ihn aus dem Waggon. Während Stoltz wankte, verband ihm der Landjäger schnell die Augen, allerdings nicht schnell genug. Diesmal konnte Stoltz die Umgebung identifizieren. Anhand der runden Tore und Zinnen auf den Mauern erkannte er, dass man ihn auf die Feste Hohenasperg gebracht hatte.

Mit einem Anflug von Galgenhumor fragte sich Stoltz, was ihm denn die Ehre verschaffte, an einer so prominenten Adresse inhaftiert zu werden. Stoltz wusste, dass württembergische Monarchen auch mal missliebige Dichter in ihren Kerker warfen, aber dass jemand inhaftiert wurde, weil er in einem Zug Goethe-Gedichte gelesen hatte, davon war ihm nichts bekannt.

Mit den zum Glück vor dem Körper gefesselten Händen und der Binde über den Augen tastete sich Stoltz voran, dirigiert von den Knüffen und Stößen seiner Begleiter.

Die ganze Prozedur erinnerte ihn an seine traumatischen Erlebnisse von vor acht Jahren, als er in ähnlicher

Weise malträtiert worden war. Allerdings wusste er damals nur zu genau, warum.

Doch was wurde ihm diesmal vorgeworfen? Selbst wenn man seine billige Maskerade durchschaut hätte, wäre das noch lange kein Grund, derart rabiat mit ihm umzuspringen.

Stoltz wurde in eine Zelle gebracht. Immerhin nahm man ihm nun die Augenbinde ab. Stoltz sah sich um. Die Zelle war klein, durch ein schmales Fenster, viel zu hoch in der Wand, um durchsehen zu können, fiel ein Streifen letztes Abendlicht in die Zelle. Einen Hocker gab es nicht, nur einen Bügel in der Wand, an dem wohl die Ketten angeschlossen wurden.

Stoltz ließ die deprimierende Umgebung auf sich wirken und dachte: Der Spruch »Kennst du eine Gefängniszelle, kennst du alle« entspricht vermutlich nicht der Wahrheit. Dass alle Zellen dieser Welt sich gleichermaßen betrüblich auf das Gemüt auswirken, hingegen schon.

Stoltz lehnte sich mit dem Rücken gegen die Zellenwand. Dann ließ er sich langsam gegen die unverputzten Steine gelehnt in die Hocke gleiten. Es dauerte keine Sekunde, da stand er wieder. Genau in dieser Ecke hatte sich ein Gefangener vor gar nicht allzu langer Zeit erleichtert. Aus der Nähe stank es bestialisch. Stoltz versuchte, so weit wie möglich Abstand zu halten.

Auf dem Gang hörte Stoltz Tritte von Stiefeln, dann drehte sich ein Schlüssel in seiner Zellentür. Die Tür flog auf, zwei Landjäger traten herein. Wieder zwei neue Gesichter.

Der eine Landjäger rümpfte die Nase und sagte: »Du perverses Schwein!«

Stoltz protestierte: »Das war ich nicht!«

Aber der zweite versetzte ihm nur einen Stoß. Stoltz flog auf den Flur, wo ihm erneut die Augen verbunden wurden. Endlose Gänge, dann wurde er in einen Raum geführt, wo man ihn zumindest auf einem Schemel Platz nehmen ließ.

Stoltz führte seine gefesselten Hände zum Gesicht.

»Darf ich die Augenbinde abnehmen?«

»Nein.« Und wie zur Illustration erhielt er einen Schlag mit einer Reitgerte.

Eine Stimme hinter ihm fragte: »Wer sind Sie?«

Stoltz versuchte, die Stimme einzuordnen. Sie klang gequetscht, ein wenig gestresst. Vermutlich kein geübter Vernehmer. Möglicherweise klang die Stimme im Alltag jovial oder gar beamtisch.

»Dasselbe könnte ich Sie fragen.«

Stoltz versuchte, den Kopf in Richtung des Vernehmers zu drehen. Das wurde ihm verwehrt, und einen Hieb mit der Reitgerte gab es gratis dazu.

»Hier stelle ich die Fragen«, erklang die Stimme erneut. »Also: Wer sind Sie?«

Sie hatten seinen Pass, dachte Stoltz. Warum guckten sie da nicht nach?

»Vikar Richard Stoltz, aus Boston Massachusetts. Ich bin Amerikaner und verlange …«

»Wer sind Sie?«

»Vikar Richard Stoltz …«

Stoltz erwartete einen weiteren Schlag. Stattdessen wurde er von dem Schemel gerissen und zur Tür geschleift. Dann brachte man ihn in seine stinkende Zelle zurück.

Als man ihm die Augenbinde abnahm, sah er, dass immerhin ein Kelch mit Wasser in einer Ecke der Zelle platziert worden war. Und ein Kübel für die Notdurft in einer anderen.

Diesmal nahmen sie Stoltz auch die Handfesseln ab, dafür bekam er eine Fessel ans Fußgelenk. Die Kette dieser Fessel war so lang, dass sie problemlos mit dem Bügel in der Zellenwand verbunden werden konnte.

Zum Abschied sagte der eine Landjäger (wieder ein neues Gesicht): »Wenn du noch einmal auf den Boden kackst, drücke ich dich mit dem Gesicht persönlich in die Scheiße.«

Als die Jäger die Zelle verlassen hatten, erkundete er seinen Bewegungsradius. Das Ergebnis überraschte ihn nicht. Die Kette war genau so knapp bemessen, dass Stoltz mit ausgestreckten Armen weder den Wasserkelch noch den Notdurftkübel erreichen konnte. Diesmal suchte er sich eine leidlich saubere Stelle an der Zellenwand und ging in die Hocke.

Stoltz schlug die Hände vor dem Gesicht zusammen. Die Schikanen, das betont Boshafte, all das erinnerte ihn an eine Epoche, von der er glaubte, er hätte sie längst hinter sich gelassen.

Wie falsch er damit lag, wurde ihm von Minute zu Minute klarer. Erinnerungen, verdrängte Demütigungen, Albträume – all das blitzte immer intensiver in seinem Gedächtnis auf.

Mittlerweile ging Stoltz davon aus, dass seine Peiniger genau das mit ihren Psychospielen beabsichtigten. Aber wozu das Ganze? Stoltz hatte, zumindest was Württemberg betraf, eine reine Weste. Es musste sich um eine Verwechslung handeln. Aber wieso erinnerten dann die Schikanen so genau an die dunkelste Epoche in seinem Leben?

Keine halbe Stunde später erklangen wieder Stiefeltritte auf dem Flur. Stoltz wurde von Neuem in den Verhörraum geführt. Wieder fragte dieselbe Stimme – ohne eine Spur von Ungeduld: »Wer sind Sie?« Und wieder antwortete Stoltz mit verbundenen Augen. Schläge gab es diesmal keine, aber dafür wurden ihm die Schuhe abgenommen. Auch in der Zelle gab es eine Veränderung. Der Kelch befand sich nun in Reichweite. Aber als Stoltz seine Lippen benetzte, spie er angewidert aus. Statt mit Wasser war der Kelch mit Jauche gefüllt.

Keine halbe Stunde später wiederholte sich das Ritual. Wieder zum Vernehmer. Wieder die Fragen unter verbundenen Augen. Wieder die Rückführung. Als er dann die Zelle betrat, war der Abortkübel umgestoßen.

Stoltz beschlich der Verdacht, dass das Prozedere die ganze Nacht hindurch fortgeführt werden sollte. Möglicherweise auch den ganzen nächsten Tag. Mit verbundenen Augen machte das keinen großen Unterschied für ihn. Stoltz fühlte Panik in sich aufsteigen. Selbst wenn es sich um eine Verwechslung handelte, die Gefahr, dass seine Häscher ihn hier in seinem eigenen Kot verrecken lassen wollten, erschien Stoltz mit jeder Minute realistischer.

Stoltz kämpfte gegen die Panik an. Er zwang sich, ruhig zu atmen. Als er seinen Atem unter Kontrolle hatte, versuchte er, die Situation zu analysieren. Sie wussten seinen Namen, aber sie glaubten ihm seinen geistlichen Hintergrund nicht. So richtig verübeln konnte Stoltz es den Leuten nicht. Aber was glaubten sie dann? Dass er ein Verbrechen begehen wollte, in Württemberg? Aber dann könnten sie ihn doch einfach aus dem Land werfen oder vor ein Gericht stellen und anklagen. Wie er es auch drehte und wendete, Stoltz fiel keine vernünftige Antwort ein.

Dann durchschoss ihn ein Gedanke. Was, wenn sie wussten, warum er tatsächlich nach Italien wollte? Aber das konnte nicht sein. Dafür hätten sie den Umschlag im Gepäckwagen finden müssen. Das schloss Stoltz aus. Und in Europa wusste niemand von seiner Mission. Selbst Aristide nicht, obwohl er dem doch so gut wie alles anvertraute.

Bei dem Gedanken an seinen Assistenten überkam Stoltz eine weitere Welle der Niedergeschlagenheit. Stoltz wollte gern glauben, dass Aristide einen Weg finden würde, ihn aus der Feste zu holen. Aber dazu müsste er erst mal wissen, dass Stoltz hierher verschleppt worden war.

Stoltz grübelte weiter, aber nicht lange, denn bald ertönten wieder Schritte auf dem Flur, die Zellentür wurde aufgeschlossen und der Gefangene in den Vernehmungsraum gebracht. Stoltz blieb bei seiner Antwort. Irgendwann gaben sie es auf. Stoltz zog sich in eine Zellenecke zurück und versank in einen totenähnlichen Schlaf. Doch im Traum gab es keine Barrieren mehr, die ihn vor den Dämonen der Vergangenheit schützten.

VIII Montag, 23. Juli 1849 Morgengrauen

Der Juli des Jahres 1849 war so heiß, wie es sich für einen Sommer gehört, aber Stoltz, der damals fünfundzwanzig Jahre alt war, hatte seit Tagen kein Sonnenlicht mehr gesehen. Er lag im Keller einer Kasematte in Rastatt und wartete auf den nächsten Angriff der Preußen. Die Festung war eine robust gebaute Anlage, aber die Kanonen der Hohenzollern hatten schon einige Breschen in das Gemäuer geschlagen. Vorgestern hatten Stoltz und seine Leute einen Ausbruch versucht. Den mussten sie umgehend abbrechen, denn nun wurde statt mit Kanonenkugeln mit Kartätschen auf sie geschossen, die aus diesen Geschossen fliegenden Schrotsplitter fanden bei ihrem Flug viel menschliches Fleisch, das sie verheeren konnten.

Als sich Stoltz' Trupp wieder in das Gemäuer zurückzog, war Stoltz der Einzige, der nicht verwundet worden war. Zwei Verletzte hatten die ganze Nacht hindurch geschrien. Aber auch die waren jetzt verstummt. Er erkannte, dass er von seinem Haufen der einzige Überlebende war. Irgendwie ließ ihn das seltsam kalt. Stoltz hatte seit zwei Tagen nichts getrunken.

Stoltz spähte über das vor ihm liegende Gelände. Als sie noch mehr als eine Handvoll Leute gewesen waren, hatten sie geplant, einen Angriff der Preußen abzuwarten und dann einen Ausbruch zu wagen. Aber die Preußen taten ihnen nur einmal den Gefallen eines Angriffs. Nachdem die Gegner sich unter schweren Verlusten zurückgezogen hatten, verzichteten sie auf weitere Angriffe und beschränkten sich aufs Beschießen. Die Preußen verfügten über jede Menge Munition und alle Zeit der Welt. Die Aufständischen nur noch über einen Haufen Ideale.

Stoltz' Blick fiel auf das Zündnadelgewehr, das er einem preußischen Grenadier beim ersten abgewehrten Angriff im Nahkampf abgenommen hatte. Ein Qualitätsprodukt aus den Spandauer »Waffenfabriquen«, das absolut Beste, was es in Sachen Infanteriegewehr zu diesem Zeitpunkt auf dieser Welt gab.

Stoltz hatte sich in die Bedienung hineingefunden, und weil er dem Grenadier auch einen Gürtel voll mit Munition abgenommen hatte, konnte er sich bei der Verteidigung nützlich machen. Aber nun hatte er nur noch einen Schuss. Er legte die Papphülse mit dem Pulver neben die Kugel auf die Brüstung und überlegte.

Als sie sich in den Kasematten verschanzt hatten, schworen sie: »Lebend kriegen die mich nicht.« Aber wie das mit vielen pathetischen Ankündigungen so ist, sie sind leichter gesagt als getan. Hinzu kamen technische Probleme. Das Zündnadelgewehr war fast fünf Fuß lang, einfach den Lauf an die Schläfe halten war da nicht möglich. Nach einigem Überlegen fand Stoltz einen Weg.

Er müsste die Schuhe ausziehen, sodass er mit einem großen Zeh den Abzug betätigen könnte. Mit den freien Händen müsste er den Lauf unter seinem Kinn platzieren. Ganz abgesehen davon, dass ihm so ein Tod doch eher würdelos erschien (allein die Körperhaltung, in der die Gegner seine Leiche vorfinden würden), es war ja noch nicht einmal sicher, dass der Schuss wirklich tödlich sein würde. Er könnte leicht danebengehen. Oder schlimmer noch: Stoltz würde sein Hirn treffen, aber der Schuss wäre nicht tödlich. Statt diesem irdischen Jammertal zu entfliehen, müsste Stoltz dann noch wer weiß wie lange leiden und siechen.

Wie er es auch drehte und wendete, Stoltz fand keine befriedigende Lösung für sein Problem. Er spürte, dass ihn sein Durst langsam in den Wahnsinn trieb. Stoltz sah sich um, dann robbte er zu dem einen Verwundeten, der die ganze Nacht hindurch geschrien hatte. Stoltz glaubte sich zu erinnern, dass der Mann an seinem Gürtel eine Feldflasche hatte.

Die Erinnerung trog nicht. Aber natürlich war die Flasche leer, wenn auch intakt. Stoltz' Blick schweifte über das Vorfeld. Bis zur Murg waren es etwa fünfzig Ruten – gut hundert Meter. In stockdunkler Nacht könnte man es vielleicht wagen, bis zum Fluss zu robben und dort die Feldflasche zu füllen. Tagsüber war ein solches Unternehmen der reine Selbstmord.

Doch bis zur nächsten Nacht würde er es nicht aushalten. Stoltz war nur ein paar Schritte weit gekommen, da setzte das Granatfeuer wieder ein. Stoltz zog sich fluchend hinter seine improvisierte Brüstung zurück. Er versuchte, sich so klein und flach wie möglich zu machen, aber die Einschüsse schienen immer näher zu kommen. Dann erschütterte eine Explosion die Luft. Stoltz' Trommelfelle dröhnten, die Erde vibrierte unter ihm, Trümmer flogen durch die Luft.

Stoltz betete, von keinem der Mauerbrocken oder Geschoss-Splitter erschlagen zu werden. Er betastete seinen Schädel und fragte sich, was für eine teuflische Waffe die Preußen diesmal eingesetzt hatten. Dann bemerkte er, dass die Mauer zum nächsten Kasemattenabschnitt geborsten war.

Wie hatten die Preußen das geschafft?, fragte sich Stoltz. Er grübelte noch, als in der klaffenden Lücke ein Gesicht auftauchte, rußverschmiert, mit wirrem Haar und in den Augen nichtsdestotrotz kaum verhohlener Stolz.

»Gaiser«, brüllte Stoltz durch den Lärm – die Preußen feuerten ja weiter, »warst du das?«

Gaiser nickte stolz. Dann wieselte er zu Stoltz hinter seine improvisierte Brüstung. Gaiser und Stoltz kannten sich seit Kindheitstagen. Sie hatten viele gemeinsame Interessen, ohne sich annähernd ähnlich zu sein. Und als die Revolution ausbrach, fanden sie sich plötzlich auf derselben Seite der Barrikade.

In einer Feuerpause fragte Gaiser: »Wie viele seid ihr noch?«

Stoltz tippte sich auf die Brust. »Hier gibt's nur mich.«

Gaiser überblickte die leblosen Leiber links und rechts von ihnen.

»Die armen Schweine«, sagte er leise. »Bei uns war ich auch der Einzige.«

Sie duckten sich wieder auf den Boden. Die Preußen waren nun dazu übergegangen, geordnete Salven zu schießen.

»Und was jetzt?«, fragte Stoltz.

Gaiser deutete auf das Bündel neben sich. »Das reicht für ein Loch in der anderen Wand. Dahinter gibt es einen Gang, der führt in die Stadt. Mit etwas Glück können wir da entkommen. Und dann nichts wie weg hier.«

Stoltz starrte entgeistert auf das Bündel. »Wir werden beschossen, und du schleppst eimerweise Sprengstoff durch die Gegend?«

»Es sind nur dreißig Pfund«, verteidigte sich Gaiser.

Stoltz schnob verächtlich durch die Nase.

»Hätte nicht gedacht, dass du so sensibel bist«, sagte Gaiser. Er robbte zur anderen Wand und brachte dort seinen Sprengstoff an, legte Lunten oder was immer er machen musste, um die Ladung scharf zu machen.

Dann robbte er zu Stoltz zurück. Die Preußen hatten das Feuer eingestellt. Man konnte sich wieder normal unterhalten.

»Worauf wartest du?«, fragte Gaiser.

Stoltz drückte den Kolben seines Gewehrs gegen die Wange und tat so, als würde er das Vorfeld nach lohnenden Zielen absuchen.

»Ich kann hier nicht weg«, sagte Stoltz, ohne Gaiser anzusehen.

»Bist du jetzt völlig durchgeknallt? Willst du hier den Helden spielen?«

Stoltz sah Gaiser immer noch nicht an. »Ich habe Katharina versprochen, mich um sie zu kümmern.«

Die Zuneigung zu Katharina war eine weitere Gemeinsamkeit. Bislang hatte Gaiser angenommen, dass sie beide bei der Wirtstochter auf Granit gebissen hatten.

»Ihr habt euch getroffen?«, fragte Gaiser empört. Offenbar hatte er Katharinas Korb widerspruchslos ertragen können, solange er davon ausging, dass alle anderen Männer ebenso abblitzten.

»Nicht nur das. Nicht nur einmal«, sagte Stoltz so sachlich wie möglich. Er hatte kein Interesse daran, sich an Gaisers Elend zu weiden. Aber wenn den die Frage so sehr beschäftigte, war jetzt vielleicht die letzte Gelegenheit, sie zu beantworten.

»Herzlichen Glückwunsch«, knirschte Gaiser zwischen den Zähnen hindurch.

»Viel Glück«, sagte Stoltz. Er öffnete den Verschluss des Gewehrs und führte seine letzte Patrone in den Lauf. Gaiser packte ihn bei der Schulter.

»Quatsch, du kommst mit.«

Stoltz blickte den Jugendfreund leicht genervt an. »Ich habe dir gesagt, dass ich nicht abhaue.«

»Willst du hier wie eine Ratte verrecken? Komm mit in die Stadt. Da kannst du machen, was du willst.«

Also robbte Stoltz Gaiser hinterher und beobachtete fasziniert, mit welcher Umsicht Gaiser seine Bombe zündete. Stoltz befürchtete, auf die Explosion hin würde das Artilleriefeuer der Preußen wieder einsetzen. Doch es blieb ruhig. Stoltz und Gaiser hechteten durch das Loch. Auf der anderen Seite hatten die Verteidiger improvisierte Gräben angelegt, die sich durch das Gelände zickten und zackten.

Stoltz wieselte Gaiser hinterher, sein Gewehr fest umklammert. Sie kamen gut voran, bis sie – hinter einer Ecke auf einen Trupp Preußen stießen, die das Gelände von Aufständischen säuberten. Mit aufgepflanztem Bajonett nahmen sie Stoltz das Gewehr ab und Gaiser die Sprengkapseln.

Dann wurden sie mit unzähligen anderen Besiegten in Zellen gesperrt, die in ihrer Erbärmlichkeit Stoltz' Verbleib auf dem Hohenasperg noch übertrafen. Stoltz und Gaiser wurden getrennt. Doch nach einer Weile gab es einmal täglich eine Stunde Hofgang. Eines Tages tauchte wie aus dem Nichts Gaiser neben Stoltz auf.

»Wie geht's?«, fragte er. Nun war es an Gaiser, Stoltz während des Gesprächs nicht anzusehen.

»Wie soll es einem schon gehen an einem Luftkurort wie diesem«, antwortete Stoltz.

Über Gaisers Gesicht zog die Spur eines Lächelns. »Schön, dass du deinen Humor noch nicht verloren hast.«

Dann blickte er Stoltz ernst an, wandte den Blick aber sofort wieder ab.

»Es ist besser, wenn du es von mir erfährst.«

»Was?«

»Katharina … sie ist tot.« Die Preußen hätten im Wirtshaus ihres Vaters Quartier genommen. »Und als Katharina nicht so wollte, wie sie wollten, da …«

Stoltz wollte nichts mehr hören. Mit klimpernden Ketten an den Füßen entfernte er sich von Gaiser. Der ließ sich nicht abschütteln. Stoltz drehte sich um. »Sag, dass es nicht wahr ist!«

»Warum sollte ich lügen?«, fragte Gaiser zurück. Und Stoltz sah, dass ihn der Verlust mindestens genauso traf wie ihn.

Als Stoltz nach dem Hofgang in seine Zelle zurückkehrte, war jeder Lebensmut erloschen. Sollten sie mit ihm machen, was sie wollten. Für ihn hatte alles keinen Sinn mehr.

Dachte er.

Erschießungen hatte es im Laufe der letzten Nacht immer wieder gegeben. Meist fanden sie im Morgengrauen statt. Durch die Zellenfenster hörten die Gefangenen, wie die Erschießungskommandos aufmarschierten, Offiziere scharfe Kommandos bellten, Gewehre durchgeladen wurden und Schüsse knallten. Von den Gefangenen gab es verschiedene Reaktionen. Jammern, Flehen, stolzes Brüllen von Losungen, die von kaum jemandem verstanden wurden.

Am nächsten Tag wurde die Tür zu Stoltz' Zelle aufgerissen. Zwei preußische Grenadiere zerrten ihn vom Zellenboden hoch. Draußen sah Stoltz, dass er nicht als Einziger so unsanft geweckt worden war. Ein halbes Dutzend Unglücklicher war auf dem Hof versammelt. Jeder wurde an einen Pfahl gefesselt. Dann marschierte ein Peloton auf. In ihren blauen Uniformen glichen sich die Preußen wie ein Ei dem anderen. An ihren Tschakos trugen sie unterhalb der Tressen den preußischen Adler, der genauso grimmig dreinblickte wie sie.

Die Grenadiere bauten sich in zwei Reihen versetzt stehend in zwanzig Schritt Entfernung vor den Gefangenen auf. Dann luden sie ihre Gewehre. Den Gefangenen wurden die Augen verbunden. Blind hörte Stoltz rechts und links von sich Jammern und Klagen. Er selbst sagte nichts. Stoltz spürte nur, dass er leben wollte. In diesem Moment so sehr wie noch nie zuvor. Er hörte die Kommandos, und als der Feuerbefehl kam, schrie er »Neeeein!«.

Er schrie auch noch, als die Schüsse längst verhallt waren. Stoltz erkannte verblüfft, dass er am Leben war, mehr noch, keine einzige Kugel hatte seinen Körper getroffen. Als man ihm die Augenbinde abnahm, sah Stoltz, dass er nicht der einzige Überlebende war. An jedem zweiten Pfahl hing ein Gefangener tot zusammengesunken in seiner Blutlache, doch fünf andere hatten wie Stoltz überlebt.

Bald erfuhr Stoltz des Rätsels Lösung. Scheinerschießungen waren ein beliebtes Mittel der Preußen, wenn es darum ging, die Moral der Gefangenen zu brechen oder sie vielleicht sogar in den Wahnsinn zu treiben.

Beim nächsten Hofgang drängte er sich an die Seite von Gaiser.

»Kennst du immer noch einen Weg nach draußen?«

Gaiser sah Stoltz erschrocken an. »Nicht so laut, Mann.«

»Beantworte einfach meine Frage.«

Gaiser sah sich sichernd um. »Nur falls du es vergessen haben solltest. Das war, *bevor* wir hopsgenommen wurden.«

Stoltz ließ sich nicht beirren. »Du kennst jetzt bestimmt auch jemand.«

Gaiser war immer der Typ gewesen, der jemand kannte.

Stoltz lag richtig. Gaiser arbeitete seit Tagen an einem Ausbruchsversuch. Er kannte einen Typen, der sie in Empfang nehmen und zum Rhein bringen sollte. Von da würde es nach Rotterdam gehen. Und von da …

»… nach Amerika«, beendete Gaiser seine Erklärung.

Stoltz überlegte nicht lange. »Nimm mich mit.«

Gaiser sah Stoltz prüfend an. »Das kostet aber.«

»Wie viel?«

»Du hast doch sowieso kein Geld.«

»Ich kann in Amerika arbeiten. Vielleicht gehe ich nach Kalifornien. Da haben sie Gold gefunden. Wenn ich Glück habe, geht's noch schneller.«

Da Gaiser für Stoltz bürgte, akzeptierte der Fluchthelfer Stoltz' Wechsel.

Mit der Flucht lief alles wie geplant. Mit einer Ausnahme. Gaiser kam nicht mit. Er war vor ein Erschießungskommando gestellt worden und kehrte nicht in seine Zelle zurück.

Als Stoltz auf seinem holländischen Schiff im Hafen von Boston einlief, beschloss er, einfach nur noch nach vorn zu sehen. Wie geplant, ging er nach Kalifornien. Und wie kaum zu erwarten, fand er tatsächlich Gold. Nach zwei Jahren war er nicht nur schuldenfrei, sondern zudem ein reicher Mann.

Aber das ist eine andere Geschichte.

IX Mittwoch, 23. September 1857 Morgen

Stoltz wurde so grob aus dem Schlaf gerissen, dass er geistig noch eine Weile in der Traumwelt blieb.

»Was soll das?«, brüllte er, als die Landjäger seine Arme packten und rücklings um einen Pfahl banden. Zu seinem Entsetzen sah er, wie am anderen Ende des Hofes ein Erschießungskommando aufmarschierte. Zwar trug keiner Preußischblau, aber es waren unzweifelhaft Männer, die ihr Handwerk verstanden und entschlossen waren, es auszuüben.

Stoltz wurden die Augen verbunden. Er hörte, wie die Soldaten ihre Gewehre luden, Kommandos geschnarrt wurden, schließlich der Befehl erklang: »Feuer!«

Die Salve wurde abgefeuert.

Diesmal schrie Stoltz nicht. Und – wieder hatte ihn keine Kugel getroffen. Mit immer noch verbundenen Augen sank Stoltz an dem Pfahl in die Knie. Er kämpfte gegen einen Weinkrampf an. Er war am Ende. Oder zumindest kurz davor. Ihn trieb nur noch ein Ehrgeiz. Er wollte sich vor seinen Peinigern – was immer die im Schilde führten – keine Blöße geben.

Stoltz hörte, wie sich über den Kies Schritte näherten. Er spürte Atem auf seiner Haut, im nächsten Moment wurde ihm von einer behandschuhten Hand die Binde geradezu sanft von den Augen gezogen. Stoltz blinzelte, dann sah er in das Gesicht eines Mannes, der vielleicht in den Vierzigern war. Wenn Stoltz' Körper durch das Leben in der Prärie geprägt war, hatte sein Gegenüber in den letzten Jahren wohl fast ausschließlich Büroluft geatmet.

Trotzdem war der Mann Stoltz nicht grundsätzlich unsympathisch. Was in Anbetracht der Umstände ihres Zusammentreffens bemerkenswert war.

Der Mann musterte Stoltz aufmerksam, ohne eine Spur von Ärger oder Wut.

»Herr Stoltz«, sagte er, »oder meinetwegen auch Mister Stoltz.«

Der erkannte die Stimme. Das war der Mann, der ihn in der letzten Nacht im Halbstundentakt versucht hatte zu verhören.

»Was wollen Sie von mir?«, flüsterte Stoltz.

Der andere lächelte. Er schien die Situation auf eine schräge Art zu genießen. »Nun, sagen wir so: Ich möchte, dass Sie sich Ihrer Vergangenheit stellen.«

Eine halbe Stunde später saß Stoltz wieder im Verhörraum.

»Ich bin Sekondeleutnant Wulberer«, stellte der Mann sich endlich vor. »Bei den Landjägern zuständig für spezielle Aufgaben.«

Stoltz' Hände waren noch immer gefesselt. Aber er durfte wenigstens sitzen. Er schob seinen Stuhl zurück und sah Wulberer trotzig an.

»Was Sie letzte Nacht veranstaltet haben, das waren also Ihre Spezialitäten?«

Wulberer machte eine wegwerfende Handbewegung. »Es dürfte unsere Zusammenarbeit entscheidend vereinfachen, wenn Sie sich von Anfang an daran gewöhnen, dass ich die Fragen stelle.«

Stoltz wollte etwas einwenden, aber Wulberer sprach einfach weiter. Während er sprach, hakte er mit dem Zeigefinger der rechten Hand jeden Punkt seiner Rede an einem Finger seiner linken ab.

»Erstens. Da Sie bislang nicht die Güte besaßen, uns an Ihrer Biografie teilhaben zu lassen, möchte ich gern diese Aufgabe übernehmen. Ihr vollständiger Namen lautet Richard Fürchtegott Stoltz. Ihr Vater stammt ursprünglich aus Ellwangen, wo er sich schnell einen Namen als Querkopf und Störenfried machte. Vielleicht haben Sie dieses Talent von Ihrem Vater geerbt. Auf jeden Fall gehörten Sie zur Besatzung von Rastatt, genauer gesagt zu dem Teil, der sich nach der Festnahme durch Flucht seiner gerechten Strafe entziehen konnte.«

Wieder wollte Stoltz etwas sagen, wieder schnitt ihm Wulberer das Wort ab.

»Zweitens. In Amerika fanden Sie sich erstaunlich schnell zurecht, kamen bald zu Reichtum und Vermögen. Doch so richtig schien Ihnen das bürgerliche Leben nicht zu behagen.«

Stoltz machte sich gar nicht mehr die Mühe, den Wortschwall zu unterbrechen. Und Wulberer näherte sich unbeirrt seinem dritten Punkt (und Finger).

»Drittens. Sie wurden Mitarbeiter bei Pinkertons Detektiv-Agentur, und nach dem, was man so hört, gehörten Sie schnell zu den besten. Es gelang Ihnen, einige spektakuläre

Fälle zu lösen, so verhinderten Sie etwa einen Mordanschlag auf den amerikanischen Präsidenten in Chicago.«

Wulberer machte eine Pause.

Stoltz stutzte.

»Moment mal, haben Sie da gerade von Zusammenarbeit gesprochen?«

Wulberer nickte.

»Wobei?«

Wulberer schob ihm die Ausgabe des englischen Witzblatts mit der Karikatur auf das Zwei-Kaiser-Treffen über den Tisch.

»Morgen trifft der russische Kaiser in Württemberg ein, übermorgen der Kaiser von Frankreich. Die Majestäten bleiben bis nächste Woche. Sie werden – unter meiner Führung – dafür sorgen, dass den hohen Herren – und ihrem Anhang – kein Haar gekrümmt wird.«

Stoltz sprang auf. »Und deshalb ziehen Sie dieses ungeheure Schmierentheater mit mir ab, behandeln mich wie einen Schwerverbrecher?«

»Für den Großherzog von Baden waren Sie ein Schwerverbrecher«, sagte Wulberer milde.

»Also, was soll das jetzt sein? Amtshilfe?«

Wulberer schüttelte geduldig den Kopf. »Ihre revolutionäre Vergangenheit interessiert mich nicht. Vielleicht abgesehen davon, dass die Sie erpressbar macht.«

Stoltz sank wieder auf seinen Stuhl.

»Warum haben Sie mich nicht einfach gefragt, ob ich Ihnen bei Ihrem Unternehmen helfe?«

»Wie hätten Sie denn reagiert?«, fragte Wulberer.

Nun war es an Stoltz, seinem Gesprächspartner einen Finger zu zeigen. Es handelte sich dabei nicht um den Zeigefinger.

»Sehen Sie, genau das habe ich mir gedacht.«

Wulberer öffnete eine Zigarrenkiste. Stoltz lehnte dankend ab. Wulberer wählte nach gründlicher Prüfung eine Zigarre, von der er geschickt die Spitze abschnitt mit einem Cutter, den er an einer Uhrenkette an seiner Weste trug.

Wulberer blies gekonnt einen Rauchring in den Raum.

»Sie dürfen nicht vergessen, dass ich ein typischer Beamter bin«, bemerkte Wulberer versonnen. »Ich hasse Risiken, aber ich schmücke mich nur zu gern mit fremden Federn.«

Wulberer paffte ein weiteres Wölkchen in die Luft.

»Sollte unsere Mission erfolgreich sein und König Wilhelm I. das unstillbare Verlangen verspüren, mich für meine Leistung zu belohnen, werde ich dafür sorgen, dass der Ruhm ausschließlich auf mich fällt.«

Wulberer lächelte Stoltz gespielt mitleidig an. »Man wird gar nicht wissen, dass Sie mit von der Partie waren.«

Der Sekondeleutnant drückte seine Zigarre aus. »Sollte allerdings etwas schiefgehen, werde ich Ihnen die ganze Schuld in die Schuhe schieben.«

Wulberer beugte sich über den Tisch.

»Mehr noch: Ich werde Sie als unverbesserlichen Revoluzzer enttarnen, der mutmaßlich mit dem Attentäter unter einer Decke steckte und mich arglistig getäuscht hat.«

Wider Willen fand Stoltz es faszinierend, einem Beamtenhirn bei der Arbeit zuzusehen. Nur Hinterhalte und Intrigen. Ob diese Leute tatsächlich richtig glücklich sein könnten, fragte er sich.

Dann grinste er seinerseits überlegen.

»Und warum sollte ich so bescheuert sein und mich auf so einen Deal einlassen?«

»Noch mal: Ich stelle die Fragen. Aber weil Sie noch neu sind, hier eine Antwort: Vielleicht weil Sie in Baden als Verbrecher gesucht werden. Und ich den Kollegen gerne helfe?«

Stoltz ließ sich nicht ins Bockshorn jagen. Er stand wieder auf und hielt Wulberer demonstrativ seine Handschellen unter die Nase. »Ich fürchte, da sind Sie zu spät dran, mein Lieber. Am 9. Juli wurde in Baden eine Amnestie für alle Aufständischen erlassen.«

Wulberer nickte anerkennend. »Sie haben Ihre Hausaufgaben gemacht. Aber die Amnestie gilt für alle angedrohten Strafen bis zu acht Jahren. Sind Sie sicher, dass Sie in diese Kategorie fallen?«

Stoltz nahm seine Handschellen nicht zurück. »Darauf würde ich es ankommen lassen. Geld für gute Anwälte habe ich genug.«

Er schob seine gefesselten Hände eine Spur dichter unter Wulberers Nase, als wollte er sagen: Nun schließ die Fesseln auf und lass uns diese elende Schmierenkomödie endlich beenden.

Wulberer ging auf Abstand. Dann erhob er sich ebenfalls. »Nun gut. Im Grunde spricht es für Sie, dass Sie sich nicht beeindrucken lassen. Aber auch für diesen Fall habe ich etwas vorbereitet.«

Mit Stoltz im Schlepptau verließ Wulberer Hohenasperg. Wieder nahmen sie die Bahn, aber immerhin diesmal nicht im Gefangenentransporter. Ein stämmiger Korporal behielt während der gesamten Reise ein wachsames Auge auf Stoltz.

»Wohin fahren wir?«, fragte Stoltz.

»Lassen Sie sich überraschen.«

Nachdem sie den Zug verlassen hatten, stiegen sie in eine Kutsche, die schließlich in Gotteszell vor dem Frauenzuchthaus hielt.

»Beeilen wir uns, die Damen sind vermutlich gerade beim Kaffee«, scherzte Wulberer.

Stoltz und Wulberer warteten in einem Vernehmungszimmer, bis eine junge Frau in abgetragener Anstaltskleidung hereingeführt wurde.

Die Frau hob den Kopf: »Richard!«

»Katharina.« Nun raste Stoltz wieder auf einer Achterbahn durch seine Gefühlswelt.

»Ich, ich dachte, du bist tot«, stammelte Stoltz.

Katharina sah ihn verächtlich an. »Für mich bist du schon lange gestorben.«

Stoltz wusste nicht, was er darauf entgegnen sollte.

Das Schweigen hielt an.

Dann gab Wulberer dem Gefängnispersonal einen Wink. Katharina wurde wieder in ihre Zelle geführt.

»Was haben Sie mit ihr vor?«, fragte Stoltz aufgewühlt.

»Das hängt ganz von Ihnen ab«, sagte Wulberer. Er unterdrückte ein Lächeln. Er wusste, dass er Stoltz da hatte, wo er ihn haben wollte. Kein Grund, ihn weiter zu quälen.

In Stoltz arbeitete es. Wie Wulberer erklärte, war Katharina ein liederliches Frauenzimmer mit einer Latte an Vergehen und Verbrechen, weshalb es gut möglich sei, dass sie ihr Leben in Gotteszell beenden werde. Zumal die Lebenserwartung unter den Frauen sowieso nicht sonderlich hoch war.

»Aber wenn ich mit Ihnen zusammenarbeite, kommt sie raus?«

Wulberer hob mahnend den Finger. Das war schon wieder eine Frage. Er antwortete dennoch.

»Die Minute, wo unsere Mission beendet ist, kommt sie auf freien Fuß«, versicherte er.

Stoltz überlegte. Wenn er nächste Woche Dienstag nach Italien weiterreisen könnte, dürfte es mit *seiner* Mission gerade so klappen.

»Also gut, ich bin einverstanden«, sagte er.

Sie fuhren zusammen nach Stuttgart, wo Stoltz für eine befristete Zeit als Hilfskorporal vereidigt wurde. Die Zeremonie erinnerte Stoltz an die Kaffs im Westen, wo Hilfssheriffs angeheuert wurden, um einer Bande von Viehdieben das Handwerk zu legen. So ganz anders war das hier nicht, nur eben einige Nummern größer. Dann ließ Stoltz eine lange Litanei von Belehrungen über sich ergehen. Er war zu absoluter Verschwiegenheit verpflichtet, durfte zu niemandem außerhalb Württembergs Kontakt aufnehmen, und er war ganz der Wulberer'schen Befehlsgewalt ausgeliefert.

Als die Prozedur endlich absolviert war, dachte Stoltz: So ist das mit der Vergangenheit, die man hinter sich lassen will. Das funktioniert selten. Und meistens ist sie nicht einmal richtig vergangen.

Da Wulberer alles erreicht hatte, was er sich erhoffte, gab er sich zum Abschied jovial.

»Unter den Revoluzzern von damals war doch auch ein Karl Pfizer aus Ludwigsburg. Kannten Sie den?«

»Flüchtig.«

»Und was macht der so?«

»Karl heißt jetzt Charles. Er hat eine Apotheke in Brooklyn und will das ganz große Geld in Amerika machen.«

»Brooklyn?«

»Brooklyn, New York.«

Wulberer schüttelte überlegen den Kopf. »Diese jungen Leute von heute. Warum bleiben die nicht einfach im Ländle und nähren sich redlich?«

X Mittwoch, 23. September 1857 Abend

Wie ihm Wulberer nicht ohne – ja, genau – Stolz erklärte, wurde Stoltz auf Staatskosten im Hotel Marquardt an der Königstraße einquartiert. Dem ersten Haus am Platze. Hier konnte er frühstücken und, wenn er wollte, zweimal am Tag warm speisen. Auf zusätzliche Dienstleistungen wie Droschke oder Diener solle Stoltz aber bitte verzichten. In diesen Fragen solle er sich einfach an Wulberer wenden, der werde ihm dann jemand vom Jägerkorps schicken. Damit du mich besser überwachen kannst, dachte Stoltz, aber er zwang sich zu einem Lächeln, als wäre er froh über diesen zusätzlichen Service.

Beim Einchecken wurde Stoltz vom Hotelpersonal freundlich begrüßt, mal vom Pagen abgesehen, der einen traurigen Blick auf Stoltz' Reisetasche warf und seine Trinkgelderwartungen stracks revidierte. Stoltz drückte ihm trotzdem zum Dank fünfzig Kreuzer in die Hand – dafür bekam man in der Stadt schon ein anständiges Mittagessen.

Nachdem er sich in seinem Zimmer eingerichtet hatte, beschloss Stoltz, ein Bad zu nehmen. Er ließ sich eine Wanne mit warmem Wasser füllen, seifte sich ein und schrubbte sich gründlich ab (den Diener, der ihm dabei helfen wollte, schickte er freundlich, aber bestimmt aus dem Zimmer) und lehnte sich dann behaglich in der Wanne zurück.

Stoltz entzündete eine Zigarre, die er Wulberer in einem unbeobachteten Moment aus seiner Box stibitzt hatte. Er ließ die Ereignisse der letzten Tage vor seinem geistigen Auge Revue passieren. In nicht einmal achtundvierzig

Stunden war sein Leben vollkommen auf den Kopf gestellt worden.

Aus einem freien Amerikaner auf Europareise war der Knecht eines mittelgroßen deutschen Monarchen geworden, der nun dafür sorgen sollte, dass die ganzen gekrönten Häupter unter seinen Gästen ruhig und sicher schlafen konnten. Dabei hatte derselbe Richard Stoltz diesen Gestalten vor nicht einmal zehn Jahren die Guillotine und Ärgeres an den Hals gewünscht. Stoltz entging die Ironie der Situation nicht.

Aber er hatte diesen Auftrag ja nicht einfach so übernommen. Und freiwillig hätte er es vermutlich nie getan. Aber dennoch bemerkte er – zu seiner eigenen Verwunderung – wie sein professionelles Interesse an der Aufgabe zu wachsen begann. Der Job in Chicago war im Vergleich zum Zwei-Kaiser-Treffen kinderleicht gewesen. Erstens war es ein Heimspiel, zweitens waren die Pinkerton-Leute gut vernetzt und kannten ihre Pappenheimer, und drittens hatte die Presse über den ganzen Vorgang den Mantel des Schweigens gedeckt. Umso beeindruckender war es, dass Wulberer trotzdem von der Sache Wind bekommen hatte.

Stoltz entstieg der Badewanne und kleidete sich an. Danach ging er in die Lobby und besorgte sich dort einen Stadtplan von Stuttgart. Er studierte die Gegend um den Bahnhof Feuerbach. Für Anschläge war das Gelände ziemlich gut geeignet. Es gab dem Bahnhof gegenüber Häuserfronten, wo sich jemand verschanzen konnte. Dazu große Freiflächen. Die würden bei der Begrüßung der Monarchen vermutlich voll mit Menschen sein und so dem Attentäter, falls er allein handeln sollte, ein leichtes Untertauchen in der Menge ermöglichen. Dagegen war nichts zu machen. Ein Bahnhof wurde nun mal so gebaut, dass sich dort möglichst viele Menschen störungsfrei bewegen konnten. Die einzige Alternative wäre vermutlich, den Bahnhof unter die Erde zu verlegen, aber das hielt Stoltz für eine zu abwegige Idee.

Während er sich die Straßennamen einprägte, versuchte Stoltz, sich in das Hirn eines Attentäters hineinzuversetzen. Eine weitere Möglichkeit wäre, wenn er sich unter die jubelnden Königstreuen mischen und dann einen Schuss aus einer Pistole aus nächster Nähe abgeben würde.

Zwar war auch da der Erfolg keinesfalls sicher, Stoltz wusste von Attentatsversuchen, bei denen die potenziellen Opfer von einem Kugelhagel überschüttet und dennoch kein einziges Mal getroffen wurden. Nichtsdestotrotz wäre das für jemand ohne besondere Fähigkeiten die naheliegende Variante.

Nachteil an dieser Methode wäre, dass es für den Attentäter, wenn er nicht den eigenen Tod mit einkalkulierte, beinahe unmöglich wäre zu entkommen. Selbst wenn unter den Massen eine Panik ausbrechen sollte, müsste er immer noch mit einem wütenden Mob rechnen, der ihn im günstigsten Fall den Gendarmen übergab, im schlimmsten einfach lynchte.

Denkbar wäre ein Schuss vom Dach eines der Häuser gegenüber dem Bahnhof. Allerdings würde diese Methode den möglichen Täterkreis einschränken. Wenn der Attentäter nicht von einer fremden Macht gedungen wurde – oder von einer Oppositionspartei –, dürfte es schwer sein, dafür die geeigneten Leute zu finden. Aber völlig ausschließen wollte Stoltz auch diese Variante nicht. Nur leider interessierte er sich nicht die Bohne für die große Weltpolitik. Deshalb machte er sich eine mentale Notiz. Gleich morgen wollte er bei Wulberer nachfragen, was denn eigentlich die geopolitischen Hintergründe des Treffens waren.

Der Vollständigkeit halber spielte Stoltz noch eine weitere Anschlagsvariante durch: ein Sprengstoffattentat. Während seiner Zeit als Goldgräber hatte Stoltz genug über Minensprengungen gelernt, dass er wusste, wie verheerend die Sprengkraft einer Bombe sein konnte. Und da man sich hier in einem Uhrmacherparadies befand, wäre es vermutlich auch nicht so schwer, einen brauchbaren Zeitzünder zu bauen. Und da müsste der Attentäter nicht mal in der Nähe sein. Allerdings würde eine ferngezündete Explosion vermutlich viele unschuldige Opfer fordern, was den Attentäter einiges an Sympathien unter der Bevölkerung kosten dürfte.

Stoltz gähnte und reckte sich. Es war noch gar nicht so spät, dennoch fiel es ihm schwer, sich zu konzentrieren. Stoltz genehmigte sich ein Glas Wein und skizzierte auf einem leeren Blatt Papier, wo Wulberer seine Landjäger am effektivsten positionieren könnte, aber seine Gedanken schweiften immer wieder ab. Stoltz ahnte, warum. Nein, das war falsch. Er ahnte nicht nur, er wusste.

Katharina.

Dass die Totgeglaubte wieder in sein Leben getreten war, erschütterte ihn mehr, als er wahrhaben wollte. Aber warum? Sicherlich könnte er sagen, Katharina sei die große Liebe seines Lebens gewesen. Aber das stimmte nur deshalb, weil es in seinem Leben nicht allzu viele Lieben gegeben hatte. Leidenschaften hingegen schon. Manchmal kam es Stoltz so vor, als hätte er mit der Überfahrt über den Atlantik auch seine Persönlichkeit gewechselt. Der Romantiker, der Idealist, der in praktischen Dingen manchmal verblüffend verpeilte Richard Stoltz war irgendwo in Europa zurückgeblieben, und aus dem Kokon wurde in der Neuen Welt ein neuer Richard Stoltz geboren. Manchmal zynisch, immer pragmatisch und gewillt, sich nie mehr ein X für ein

U vormachen zu lassen. Stoltz hatte die Möglichkeiten genossen, die sich einem attraktiven Mann boten, und als er zu Reichtum gekommen war, nutzte er sie erst recht. Sowohl im Establishment von San Francisco als auch in den besseren Kreisen Neu-Englands galt Stoltz als gute Partie, nicht wenige Mütter hatten versucht, mit Jane-Austen-hafter Geschäftigkeit ihre Töchter mit ihm zu vermählen. Aber Stoltz dachte nicht einmal im Traum daran, zu heiraten und eine Familie zu gründen.

Mit Katharina hingegen war das anders gewesen, und zu seiner Verwunderung bemerkte Stoltz, dass der Gedanke auch jetzt wieder in seinem Gehirn aufblitzte. Und das, obwohl sie sich nur ein paar Minuten gesehen hatten. Und das, obwohl sie außer zwei wütend hinausgebellten Sätzen kein Wort gewechselt hatten.

Sentimentaler Quark, ermahnte sich Stoltz. Die ganze Sache ist acht Jahre her. Ist doch normal, dass solche Geschichten verklärt werden. Aber, wandte der Advocatus Diaboli in Stoltz' Hirnkasten ein, du hast doch gar nichts verklärt. Du hattest mit der Sache abgeschlossen, was ging, weil du glaubtest, sie wäre tot. Jetzt aber, wo du weißt, dass sie lebt … wie sie lebt …

Stoltz versuchte, sich Katharinas Gesicht in Erinnerung zu rufen. Es war verblüffend, wie viel von der jungen Katharina er in ihren Zügen wiederfand.

Wie hatte sie gesagt: »Für mich bist du schon lange gestorben.« Eigentlich logisch. Sie hatte auf ihn gewartet, er war nicht erschienen, und so schlussfolgerte sie, Stoltz habe sie im Stich gelassen. Würde es für sie etwas ändern, wenn er ihr die ganze Geschichte erzählte?

Er versuchte, seine Gedanken wieder auf die Bedrohungs-Szenarien zu lenken, aber es half nichts. Seine Überlegungen kehrten immer wieder zu Katharina zurück. Die Grübeleien wurden immer verworrener. Schließlich ermahnte sich Stoltz, damit aufzuhören. Er dekretierte an sich selbst: Es ist gut, dass du sie mit dieser Aktion aus dem Zuchthaus holst. Es ist gut, dass sie nicht weiß, was du für sie tust. Und alles Weitere wird man sehen.

Dann genehmigte sich Stoltz noch einen Schlummertrunk und ging zu Bett. Sein letzter Gedanke, bevor er wegdämmerte, war: Keine vier Wochen wieder in Europa, und schon verstrickst du dich in kruden Hirngespinsten, schlimmer als jeder Hinterzimmerphilosoph.

XI Mittwoch, 23. September 1857
Abend

Katharina war wütend. Auf sich selbst. Auf die Welt. Aber am meisten auf Richard Stoltz. Obwohl sie es weder vor sich noch vor anderen zugeben wollte, die kurze Begegnung – eigentlich war es eher eine Gegenüberstellung gewesen, deren Sinn sich Katharina auch nach vielfacher Überlegung nicht erschloss – hatte sie erschüttert. Was fiel dem Kerl ein, nach acht Jahren wie aus heiterem Himmel einfach aufzutauchen? Und dann genauso schnell wieder zu verschwinden?

Hatten die Leute nicht gesagt, er wäre nach Amerika gegangen? So wie Carl Schurz und Friedrich Hecker und viele andere auch? Angeblich war er dort schnell zu Reichtum gekommen. Und sicher hat er sich dort bald zu trösten gewusst. Falls er mal einsam gewesen sein sollte. Aber warum ist er nicht in Amerika geblieben, wenn es ihm dort so blendend ergangen sein soll?

Katharina wurde überdeutlich, wie ungerecht das Schicksal mit ihnen umgesprungen war. Hier die junge Frau, noch keine dreißig und schon ein verpfuschtes Leben. Schulden, Vorstrafen, Diebin, Trickbetrügerin und vor allem Wiederholungstäterin, weshalb die mürrische Aufseherin, die von allen nur die »dicke Berta« genannt wurde, gerne höhnisch grinsend verkündete: »Mach dir keine Hoffnung, Katharina, Kind. Wir werden uns noch oft in diesen Mauern sehen.«

Normalerweise wäre Katharina dafür dankbar, dass sie mal jemand mit Namen – und nicht mit Nummer – ansprach, aber der Glanz, den die dicke Berta bei diesen Sätzen in den Augen hatte, gefiel ihr ganz und gar nicht.

Obwohl Katharina dagegen ankämpfte, gelang es ihr nicht, das Bild des heimgekehrten Richard Stoltz vor ihrem geistigen Auge zu verdrängen. Klar, auch er war älter geworden, und offenbar hatte er sich im Laufe der Jahre eine Maske zugelegt, die keinem Fremden Einblicke in sein Seelenleben gestattete, aber in dem Moment, als er stammelte: »Ich dachte, du bist tot«, da war die Maske wie weggewischt. Plötzlich war das Gesicht des alten (jungen) Richard wieder da. Es war nun mal das Gesicht, das sie geliebt hatte, und zu ihrem Entsetzen merkte sie, dass diese Gefühle noch nicht völlig verschüttet waren.

Und das war der Grund, weshalb Katharina so wütend auf sich selbst war. In den letzten Jahren hatte sich ein Panzer um ihre Seele gelegt. Diese seelische Rüstung bestand im Prinzip aus dem Mantra: *Fürchte niemand. Erwarte nichts. Der einzige Mensch, auf den du dich verlassen kannst, bist du selbst.*

Und nun ertappte sich Katharina den ganzen Tag immer wieder bei dem Gedanken – nein, genauer: bei der

Hoffnung –, Stoltz' Besuch könnte doch nicht nur ein Zufall gewesen sein, dass er tatsächlich wieder in ihr Leben getreten war, um sie von ihrem Schicksal zu erlösen.

Du sentimentale Kuh, schalt sie sich immer, du blöde, blöde Kuh.

Am Nachmittag hatte sich Katharina wieder so weit im Griff, dass sie sich auf ihren ursprünglichen Plan konzentrieren konnte.

In den Werkstätten des Gefängnistrakts wurden Pferdesättel hergestellt. Gute Qualität, gutes Material, und so mancher hohe Hintern hatte vermutlich nicht die geringste Idee, wessen Arbeitseinsatz er sein Reitvergnügen verdankte.

Insassinnen, auf denen das Vertrauen der Anstaltsleitung ruhte, durften mit Werkzeugen hantieren. Nadeln und Ahlen, die allerdings genauestens abgezählt wurden und nur unter Aufsicht eingesetzt werden durften. Die dicke Berta und erst recht keine andere Aufseherin wären je auf den Gedanken gekommen, Katharina einen spitzen Gegenstand anzuvertrauen. Sie verbrachte den Tag mit niedrigsten Zuarbeiten, hatte das Leder auszubürsten und geschmeidig zu machen. Die Arbeit war kräftezehrend und stumpfsinnig. Und sie bot der dicken Berta jede Menge Gelegenheit für Schikanen. Wer ein gewisses Soll erfüllte, konnte sogar einige Kreuzer verdienen, natürlich eher hypothetisches Geld, was aber bei der Entlassung tatsächlich ausgezahlt werden sollte. So erzählte man jedenfalls.

Katharina wusste von niemand, der mit Geld in der Hand das Zuchthaus verlassen hatte. Denn ob das Soll erfüllt war, entschied einzig und allein die dicke Berta. Und die fand immer gerade so viel Ausschussware, dass niemand schwarze Zahlen schrieb.

Natürlich gab es Wege, wie man die Gunst der dicken Berta erringen konnte. Aber Katharina hatte bei jeder Anzüglichkeit so getan, als verstünde sie nicht.

Da es sowieso ein Glücksspiel war, ob man das Soll erfüllte oder nicht, gab sich Katharina auch keine übergroße Mühe. Sie bürstete mechanisch die Lederstücke, während ihr Hirn sich mit einer anderen Frage beschäftigte: Wie komme ich an ein Messer? Oder, wenn das nicht geht, an einen anderen scharfen Gegenstand?

Naheliegender Ort wäre die Werkstatt gewesen, wo die Lederstücke zurechtgeschnitten wurden, aber da kam keine der Insassinnen rein. Und die Nadeln oder Ahlen, die immerhin nicht völlig außerhalb Katharinas Reichweite lagen – waren für ihre Zwecke ungeeignet.

Katharina zermarterte ihr Hirn, aber ihr fiel nichts ein.

Bevor die Gefangenen in ihre Zellen zurückdurften, mussten sie ihr Tagwerk präsentieren. Katharina stellte sich in die Schlange, ihre Lederstücke auf dem Arm. Sie hörte schon von weit hinten, dass die dicke Berta heute besonders schlechte Laune hatte.

»Pfusch«, hieß es da. Und: »Frechheit!« Oder: »Das nennst du arbeiten? Ich werde dir beibringen, wie man arbeitet.«

Als Katharina an der Reihe war, schaltete die dicke Berta einen Gang höher. Naserümpfend ließ sie jedes Lederstück durch ihre Finger gleiten. Wenn ihr eines nicht gefiel, landete es in einer Schublade, die mit »Ausschuss« beschriftet war.

»Die armen Tiere«, höhnte die dicke Berta. »So ein Ende haben sie doch nun nicht wirklich verdient.«

Am Ende blieben von allen Lederstücken, die Katharina an diesem Abend gewalkt und gebürstet hatte, ganze drei Exemplare auf der guten Seite übrig.

»Gefangene 85453, wie wollen Sie das erklären?«

Wenn die dicke Berta tatsächlich einmal siezte, dann schrillten bei den Insassinnen alle Alarmglocken. Katharina zwang sich zur Ruhe.

»Ich bin keine Nummer. Ich habe einen Namen. Zeeb. Katharina Zeeb.«

»Das habe ich gern«, schnauzte die dicke Berta. »Auch noch frech werden.«

Katharina wolle um jeden Preis vermeiden, die dicke Berta noch weiter zu verärgern. Denn die hatte genug Möglichkeiten, ihr das Leben zur Hölle zu machen, an einem Ort, der sowieso nur als Fegefeuer zu beschreiben war.

»Es tut mir leid«, sagte Katharina leise. »Ich werde das morgen alles aufholen. Ich arbeite auch die Pausen durch …«

»Natürlich wirst du das«, höhnte die dicke Berta. »Sonst schaffst du ja gar nichts. Aber das reicht nicht, um den Rückstand aufzuholen. Den arbeitest du heute Nacht nach.«

Ohne sich in die Schlange für den Knastfraß einreihen zu dürfen, wurde Katharina in eine abgelegene Einzelzelle geführt. Da drin standen nur ein Hocker und eine Pritsche, die allerdings überraschend breit war.

Die dicke Berta schubste Katharina auf den Hocker. Dann sah sie auf den Gang und pfiff auf zwei Fingern. Eine Gefangene erschien im Türrahmen, die Arme voll mit Lederstücken.

»Ablegen«, befahl die dicke Berta.

Die Gefangene warf die Lederstücke auf den Zellenboden.

Die dicke Berta zückte eine Bürste und schmiss sie auf den Stapel.

»Das arbeitest du bis morgen früh durch. Und wehe, da ist nur ein Stück Ausschuss dabei.«

Die dicke Berta warf die Zellentür von außen ins Schloss. Katharina hörte, wie an dem Guckloch in der Zellentür gefummelt wurde. Sie wusste, dass die dicke Berta sie beobachtete. Also nahm sie ein Lederstück und begann, es auf dem Boden zu bearbeiten. Dabei vermied Katharina jeden Blickkontakt mit der Zellentür. Irgendwann war auch die Geduld der Aufseherin zu Ende. Das Guckloch wurde von außen verschlossen, und die dicke Berta entfernte sich.

XII Mittwoch, 23. September 1857
Nacht

Umgehend stellte Katharina die Arbeit ein. Sie setzte sich auf die Pritsche, verschränkte die Arme und senkte den Kopf.

Katharina wusste, dass es in dieser Situation kaum einen vernünftigen Ausweg gab. Sollte sie tatsächlich bis zum Morgengrauen schuften, müsste sie immer noch damit rechnen, dass die dicke Berta wieder alles unter Ausschuss verbuchen würde. Deshalb entschied sich Katharina dafür, gar nichts zu tun.

Einzelhaft mochte auf Dauer schrecklich sein, aber mal einen Abend für sich allein zu haben war auch nicht schlecht. Katharina blickte zur Deckenbeleuchtung. Normalerweise wurde das Licht um zehn Uhr abends gelöscht, aber als Katharina auffiel, wie grell die Lampe strahlte, überkam sie ein Verdacht. Dieses Licht würde vermutlich die ganze Nacht brennen. Zumindest war die Pritsche breiter als sonst.

Katharina schaufelte die Lederstücke auf die Schlafgelegenheit. Zwei Teile benutzte sie als Decke, aus den anderen baute sie eine Art Höhle, in der sie ihren Kopf versteckte. Wie erhofft drang kein Lichtstrahl durch das Lederdickicht.

Und nach einer Weile schlief Katharina tatsächlich ein.

Als Katharina mitten in der Nacht aufwachte, spürte sie eine Hand auf ihrem rechten Oberschenkel.

»Hey, Zeeb«, hörte sie eine raue Stimme. »Rutsch mal rüber. Wir wollen es uns gemütlich machen.«

Katharina hob den Kopf aus dem Lederstapel. Auf der Bettkante saß die dicke Berta, angetan mit einem lächerlich züchtigen Unterrock, der ihr fast bis zu den Knöcheln ging. Und jetzt bemerkte Katharina, dass das Deckenlicht gedimmt war. Das sollte wohl auf eine abartige Art romantisch sein.

Katharina rutschte mit dem Rücken an die Wand und zog die Beine an. Ihr war klar, was die dicke Berta vorhatte. Trotzdem versuchte sie, so zu tun, als wüsste sie nicht, worum es der dicken Berta ging.

»Entschuldigen Sie«, sagte Katharina geflissentlich. »Ich muss wohl eingeschlafen sein. Aber ich hole das alles wieder auf. Aber dafür bräuchte ich wieder richtiges Licht.«

Die dicke Berta fegte die Lederstücke von der Pritsche.

»Nun vergiss doch mal die blöden Teile, Kathi.«

Sie plumpste an Katharinas Seite. »Hast du denn immer nur Arbeit im Kopf?«

Katharina ging auf Abstand. Die dicke Berta rückte nach. Bis Katharina auf der Pritsche in der Ecke hockte und es keine Rückzugsmöglichkeit mehr gab.

»Ich will das nicht«, sagte Katharina, ohne die dicke Berta anzusehen. Die lachte hässlich.

»Ich mag es, wenn man sich sträubt.«

Eine Hand der dicken Berta nestelte an einem Knopf von Katharinas Gefängnisuniform.

»Ich will das wirklich nicht«, sagte Katharina.

Sie schlug die Hand der dicken Berta weg. Umgehend kam die Hand zurück. Als Katharina die Hand wieder wegschlagen wollte, griff die dicke Berta mit der einen Hand an Katharinas Jackenkragen. Die andere hielt Katharina ein Messer an die Kehle.

»Hätte 85453 jetzt die Güte, eine wenig mehr Kooperation gegenüber der Gefängnisleitung zu zeigen?«

Katharina spürte die Klinge auf der empfindlichen Haut.

»Gut«, hauchte sie. Es sollte eine Spur verführerisch klingen.

Die dicke Berta lachte. »Ich wusste, dass du zur Vernunft kommst.«

Das Messer verschwand von Katharinas Kehle. Die nutzte die Chance und schlüpfte unter dem Arm der Aufseherin hindurch. Dann sprang sie von der Pritsche.

»Was …?«, fragte die dicke Berta misstrauisch. Katharina beugte sich nach vorn und legte ihr einen Finger auf die Lippen.

»Sch«, machte Katharina. »Wir haben doch Zeit.«

Dann baute sie sich vor der Aufseherin auf, wiegte sich in den Hüften und begann, ihre Gefängnisjacke aufzuknöpfen. Die dicke Berta beobachtete die Show mit Hingabe.

»Das sind ja ganz neue Seiten«, gluckste sie.

Als Katharina beim dritten Knopf angekommen war, ging sie in die Hocke. Die Aufseherin, die eine weitere erotische Raffinesse erwartete, beobachtete sie gebannt. Katharina machte einen kleinen Ausfallschritt zur Seite, dann griff sie schnell nach dem Hocker und knallte ihn mit Wucht gegen die Schläfe der Aufseherin. Die kippte wie vom Blitz getroffen um.

Als die dicke Berta wieder zu sich kam, kniete Katharina über ihr, ein Bein des Schemels gegen den Kehlkopf gedrückt.

»Du hast nur eine Chance«, sagte Katharina kalt. »Du verschwindest aus der Zelle. Rückwärts, langsam, Hände in der Luft. Keine Tricks. Du hast mindestens eine mittelschwere Gehirnerschütterung. Morgen erzählst du, du bist gestolpert, oder was auch immer.«

Katharina drückte mit dem Stuhlbein eine Spur stärker. Die Aufseherin krächzte.

»Wenn nicht, ist heute hier für dich Schluss.«

Krächzen.

»Und mach dir keine Sorgen um mich«, sagte Katharina höhnisch. »Mein Leben ist sowieso verpfuscht. Da macht es nichts aus, wenn ich noch jemand mitnehme. – Verstanden?«

Ein weiteres Krächzen, das sich als Zustimmung interpretieren ließ. Katharina verminderte den Druck auf den Kehlkopf.

»Aufstehen«, kommandierte sie. Während die Aufseherin sich mühsam aufrappelte, achtete Katharina darauf, außer Reichweite von Bertas dicken Beinen zu bleiben.

Während die dicke Berta bewusstlos gewesen war, hatte Katharina ihr den Zellenschlüssel abgenommen. Leider hatte die Aufseherin nur diesen einen Schlüssel bei sich.

Katharina schloss die Tür auf und öffnete.

»Raus«, sagte Katharina zur Aufseherin. Die humpelte zum Ausgang.

Als die dicke Berta Katharina passierte, überlegte Katharina für einen Moment, ob sie die Aufseherin nicht als Geisel nehmen und einen Ausbruch wagen sollte. Aber das Zuchthaus galt nicht umsonst als ausbruchssicher. Es gab noch zwei Sicherungsschleusen, und die Leute dort ließen nicht mit sich spaßen.

Katharina warf den Schlüssel auf den Gang. Dann gab sie der dicken Berta einen Tritt in den Hintern. Katharina schloss die Tür von innen; sie hörte, wie von draußen abgeschlossen wurde. Sie rechnete damit, dass nun wieder die Beobachtungsorgie durch das Guckloch beginnen würde, aber stattdessen hörte Katharina, wie sich müde Schritte schlurfend entfernten.

Nun warf sich Katharina auf die Pritsche. Während der ganzen Aktion war sie unheimlich ruhig geblieben, aber nun, wo die Anspannung vorbei war, raste ihr Herz, und ihre Knie schlotterten. Und dann sah sie auf dem Boden der Zelle – das Messer, das die Aufseherin ihr an die Kehle gehalten hatte.

Katharina stieg von der Pritsche und inspizierte die Klinge. Genau so ein Messer hatte sie gesucht.

Das Licht in der Zelle blieb gedimmt, aber Katharina dachte nicht an Schlaf. Sie blieb auf der Pritsche sitzen, die Tür immer im Blick, denn so richtig traute sie dem Frieden nicht.

Doch bis zum Morgen blieb alles ruhig. Im Morgengrauen hörte Katharina, wie auf den Fluren Geschäftigkeit ausbrach und die Wachleute sich an den Türen zu schaffen machten. Und als Katharina hörte, wie an ihrer Tür gewerkelt wurde, nahm sie das Messer und – schnitt sich die Pulsadern auf.

XIII Mittwoch, 23. September 1857 Nacht

In seinem Traum war Stoltz so jung wie vor der Revolution. Er war randvoll mit jenem Mix aus Ahnungslosigkeit und Selbstbewusstsein, der zu allen Zeiten das Privileg der Jugend war. Und ihn erfüllte eine ungeheure Lebenslust. Der junge Stoltz tobte über eine Wiese, sprang über Bäche und kletterte auf Bäume. Seine Freunde – und deren hatte er viele – bauten derweil im Freien vor einer Mühle einen Esstisch auf, der sich bald unter Tellern, Terrinen und Speisen bog.

Man saß und tafelte, auch noch, als die Sonne sich längst zum Untergang neigte. Stoltz hörte die Stimmen der Freunde, ihr Lachen, aber sah nicht ihre Gesichter. Mit einer Ausnahme. Plötzlich tauchte der ebenfalls noch junge Gaiser neben ihm auf, eine Flasche Wein und zwei Gläser in der Hand. Sie stießen an, »Auf die Freundschaft!«, sagte Gaiser, und Stoltz, der aus den Augenwinkeln sah, wie Katharina am Rande eines Feldes den Sonnenuntergang bewunderte, fügte hinzu »Auf die Liebe», worauf Gaiser zustimmend nickte, sie die Gläser aneinanderstießen und dann in einem Zug leerten.

Aber als sich Stoltz erhob, um auf Katharina zuzugehen, brach der Traum plötzlich ab.

Stoltz schlug die Augen auf. Etwas hatte ihn geweckt. Ein Geräusch, ein Geruch? Keine Ahnung. Er äugte in die Dunkelheit seines Hotelzimmers. Aber selbst mit größter Mühe konnte Stoltz nichts erkennen.

»Wer ist da?«, fragte Stoltz aufs Geratewohl und kam nicht umhin, zu bemerken, dass so eine Frage, in die Dunkelheit gerufen, immer ein wenig furchtsam klang.

Keine Antwort.

»Hallo. Wer ist da?«, fragte Stoltz noch einmal. Diesmal war ihm, als hörte er ein Geräusch.

Stoltz setzte sich in seinem Bett auf. Die Federn quietschten. Er versuchte, sich zu erinnern, wo im Zimmer die Petroleumlampe gestanden hatte. Vergebens. Stoltz tastete sich im Dunkeln an das Kopfende seines Bettes heran. Er hoffte, dass sich im Nachtschränkchen neben der Bibel auch Kerzen und Zündhölzer befanden.

Doch als er die Schublade öffnete, warf sich jemand mit all seinem Körpergewicht auf ihn. Stoltz wollte dem Angriff seitlich ausweichen. Das gelang nicht. Der Unbekannte versuchte nun, seine Handgelenke auf der Bettdecke zu fixieren. Um endlich Oberhand zu bekommen, boxte Stoltz blind in die Richtung, wo er das Gesicht des Angreifers vermutete.

Stoltz hörte ein Stöhnen. Das klang nach einem Treffer. Er legte nach. Wieder ein Treffer. Aus dem Stöhnen wurde ein Schmerzenslaut. Und als Stoltz zum dritten Mal zuschlug, hörte er:

»Mein Fahn. Mein Fahn.«

Die Stimme kannte Stoltz. Er schubste den Mann im Dunkeln zur Seite, kämpfte sich zum Nachtschränkchen durch. Wie vermutet fanden sich in der Schublade Kerzen und Streichhölzer.

Stoltz entzündete das Licht und sah im flackernden Kerzenschein seinen Valet Aristide, der sich die Wange hielt.

»Aristide, was soll der Quatsch?«, fragte Stoltz. Dann erhob er sich und machte sich mit der Hand auf dem Weg zur Petroleumlampe.

»Ich wollte dich übefaffen.«

Stoltz hatte die Petroleumlampe gefunden und zündete sie an.

»Das ist dir gelungen.«

Im nun erleuchteten Zimmer sah Stoltz, wie Aristide aufhörte, mit der Zunge die Innenseite seiner Mundhöhle abzutasten. Die Blicke der beiden trafen sich, und beide mussten lachen.

»Du hattest vielleicht schon Ideen, die blöder waren. Aber bestimmt nicht viele.«

Aristide nickte.

»Der Überraschungseffekt war's mir wert.«

Stoltz blickte auf die Uhr auf der Kommode. Es war halb zwei Uhr früh. Aristide in seinen handgenähten Schuhen und seinem maßgeschneiderten beigen Anzug, der hervorragend mit Aristides ebenholzschwarzem Teint kontrastierte, sah immer wie aus dem Ei gepellt aus. Stoltz hatte gelegentlich mit dem Gedanken gespielt, Aristide ohne Vorwarnung in einen Bach oder eine Pfütze zu schubsen. Und sei es nur, um zu sehen, wie Aristide zehn Minuten später seinen Spaziergang fortsetzen würde, ohne einen Flecken oder Kratzer.

»Was machst du überhaupt in diesem Hotel?«, fragte Stoltz.

»Ich habe die Suite gegenüber!«

»Die Suite? Aber das Hotel ist ausgebucht. Ich habe buchstäblich das letzte Zimmer bekommen.«

Aristide lächelte fein. »Mag sein. Aber für den Honorarkonsul der Republik Liberia findet sich immer was.«

Stoltz sah Aristide skeptisch an. »Das haben sie dir abgekauft?«

»Warum nicht? Du sagst doch selbst immer, dass ich etwas Aristokratisches an mir habe.«

Stoltz nickte. Er hätte hinzufügen können: Allerdings auch, weil ich weiß, dass du das so gerne hörst.

Stoltz und Aristide hatten sich kennengelernt, als Stoltz in Amerika gerade wieder auf die Beine gekommen war. Aristide stammte ursprünglich aus dem Norden, war also frei geboren, was er äußerst angemessen fand, denn schließlich entstammte er einem alten westafrikanischen Herrschergeschlecht.

Trotz seiner Vorfahren zeigte Aristide allerdings geringe Ambitionen, wenn es um Macht und Positionen ging. Er machte Musik, tanzte und führte Kunststücke auf, und wenn er im Zirkus über der Manege in schwindelerregender Höhe herumturnte, war das Haus voll.

Aristide genoss den Erfolg, aber er machte auch den Fehler, zu glauben, alle Menschen würden sich mit ihm über seinen Erfolg freuen. Sklavenjäger, die wussten, dass man mit seinen Talenten im Süden gut verdienen konnte, lockten ihn den Fluss hinunter, und als sie in New Orleans angekommen waren, fälschten sie einen Steckbrief, der Aristide als entflohenen Sklaven brandmarkte. Der Abkömmling eines Königs fand sich plötzlich unter Sklaven wieder.

Den eigenen Erwartungen zum Trotz hielt sich Aristide wacker. Aber natürlich setzte er Himmel und Hölle in Bewegung, um Verbindung zu seinen Leuten im Norden aufzunehmen – die sich wunderten, weshalb er von einem Tag auf den anderen von der Bildfläche verschwunden war, aber selbst in ihren kühnsten Alpträumen nicht damit gerechnet hätten, dass Aristide in der Sklaverei schmachtete.

Bei den Bemühungen, Aristide zu finden und wieder in die Freiheit zurückzuführen, war Stoltz hilfreich. Die beiden fanden sich sympathisch. Aber mehr passierte erst mal nicht. Nach seiner Heimkehr wurde Aristide als Star gefeiert. Gerade war das Buch *Onkel Toms Hütte* erschienen, und in den Damenzirkeln der gebildeten Stände war man ganz begierig darauf, einen echten Onkel aus Fleisch und Blut zu erleben.

Aristide ging das mächtig gegen den Strich, er wollte alles sein, aber kein Onkel Tom. Als der letzte Vortrag absolviert war, fragte Aristide Stoltz, ob er sich vorstellen könnte, dass Aristide ihn bei all seinen Unternehmen begleitete. Stoltz konnte.

Stoltz kehrte zum Ausgangsthema des Gesprächs zurück.

»Trotzdem werden die irgendwann rauskriegen, dass du kein richtiger Honorarkonsul bist.«

»Dann sind wir hoffentlich längst wieder weg. Oder wie lange willst du bleiben?«

»Höchstens bis nächsten Mittwoch.»

»Na also. Solange keiner auf die Idee kommt, dass ich den beiden Kaisern am Zeug flicken will, wird nichts passieren.«

»Ich denke, dafür kann ich sorgen.«

Aristide sah Stoltz mit schräg gehaltenem Kopf an. »Wie darf ich das verstehen? Hast du mit der Sache zu tun?«

Stoltz machte eine vage Handbewegung. Er hatte schließlich Wulberer vollste Verschwiegenheit zugesagt.

»Besser, du fragst nicht. Dann muss ich dich auch nicht anlügen.«

Aristide nickte. Aber hätte trotzdem gerne erfahren, worum es ging.

»Wenn du dauernd hochwichtige Missionen hast, dann dürfte die Konversation im Laufe der Zeit ein wenig einseitig werden.«

»Dauernd«, protestierte Stoltz.

»Natürlich dauernd«, sagte Aristide. »Erst fahren wir nach Paris. Und mir sagt niemand, warum. Dann geht es weiter in Richtung Italien. Aber niemand sagt Aristide, worum es geht. Wie soll ich dir da helfen?«

»Tja …«, antwortete Stoltz. »Ich fürchte, da musst du mir einfach vertrauen.«

Aristide verzog gespielt entrüstet das Gesicht. »Vertrauen? Dir?«

Stoltz nickte. »So sieht's aus.«

Aristide tat, als müsse er eine Weile überlegen.

»Also gut. Und da wir jetzt ja eine Basis für eine vertrauensvolle Zusammenarbeit etabliert haben, schlage ich vor, dass wir ganz vertrauensvoll deine Koffer in dein Zimmer tragen.«

»Du hast die mitgebracht.«

»Natürlich. Schon vergessen, wir wollten uns in Stuttgart treffen. Sowie ich mich von meiner Zahnbehandlung erholt habe.«

Das hatte Stoltz tatsächlich vergessen. Aristide musterte ihn prüfend.

»Scheint, als ob die letzten Tage bei dir ziemlich turbulent waren.«

»Das kann man sagen«, bestätigte Stoltz.

Dann holten sie seine Koffer aus der Suite – die dreimal so groß war wie Stoltz' Zimmer –, und Stoltz begann, sich langsam heimisch zu fühlen.

»Gibt es sonst noch was, was ich für dich tun kann?«

Stoltz nickte. Dann erzählte er von dem Gepäckwagen, der vermutlich am Stuttgarter Bahnhof stand. Und dem Umschlag. Und dem Revolver.

»Wird erledigt. Ich frage besser nicht, was in dem Umschlag drin ist?«

»Auf dem Ohr bin ich taub, das weißt du doch.«

Sie nahmen noch einen Schlummertrunk, dann noch

einen. Und noch einen. Dann zogen sie sich jeder in seine Gemächer zurück.

XIV Donnerstag, 24. September Morgen

Am nächsten Morgen wachte Stoltz leicht verkatert, aber mit bester Laune auf. Als er an die Tür von Aristides Suite klopfte, hörte er nur ein unwilliges Brummen. Daher rief er nur »Bis später!« durch die Tür und ging zur Treppe.

Als er aus dem Portal des Hotels auf die Königstraße hinaustrat, schien hier halb Stuttgart unterwegs zu sein. Handwerker und Kanzleigehilfen eilten zu ihren Wirkungsstätten, vornehme Herren mit hohen Zylindern auf den Schädeln fuhren mit bedeutsamen Mienen die breite Straße entlang. Würdevolle Damen der Gesellschaft zogen in ihren Krinolinen über den Bürgersteig, meist mit einer missmutig dreinblickenden Matrone im Schlepptau.

Am Schlossplatz sang ein Mädchenchor des Waisenheims in der Dorotheenstraße unter Anleitung einer forschen Erzieherin fromme Lieder. Stoltz überquerte die Straße und ließ einen Double Eagle in den Spendentopf vor dem Mädchenchor plumpsen. Die Dirigentin nahm die großzügige Spende so unbeeindruckt zur Kenntnis, als hätte er sich nur eines halben Kreuzers entledigt, aber eines der Mädchen stieß mit Blick auf Stoltz ihre Nachbarin an. Sie wollte ihr etwas ins Ohr flüstern, was aber von der Dirigentin umgehend unterbunden wurde. Stoltz winkte den Mädchen zu und entfernte sich.

Er blickt auf seine Uhr. Laut Planung sollte der russische Zar kurz vor vier Uhr am Nachmittag am Bahnhof

Feuerbach eintreffen. Die Besprechung hatte Wulberer für elf Uhr Vormittag angesetzt. Da war noch Zeit für eine Runde durch die Stadt.

Stoltz studierte die Auslagen der Geschäfte und bemerkte, dass an allen Ecken Buden und Verkaufsstände aufgebaut wurden. Das Zwei-Kaiser-Treffen war anscheinend nicht zuletzt ein Konjunkturprogramm für die Stadt. Als Stoltz an der Denksäule vorbeikam, die sich Wilhelm, der viel geliebte treue Freund seines Volkes, zu seinem fünfundzwanzigjährigen Thronjubiläum spendiert hatte, dachte er, dass die Leute ihrem König an diesen Tagen vermutlich tatsächlich dankbar sein würden. Angesichts der Wirtschaftskrise dürften sie froh um jeden Gulden sein, der in der Kasse klingelte. Und auch der freie Tag anlässlich des Geburtstags Seiner Hoheit trug wohl zur Vielgeliebtheit des Monarchen bei.

Stoltz schmunzelte und lächelte in sich hinein. Er genoss es, zur Abwechslung mal wieder über gepflasterte Straßen zu laufen, statt durch den Morast in den Kaffs des Westens. Als er den Schlossplatz verließ, kaufte er an einem Zeitungskarren die aktuelle Ausgabe des *Schwäbischen Merkur* und eine drei Tage alte Ausgabe der *Times* neben einer Ausgabe des *Figaro*, die nur zwei Tage alt war. Die *Times* wollte Stoltz selbst lesen, der *Figaro* war für Aristide, der für jede Gelegenheit dankbar war, bei der er Stoltz mit seinen guten Französischkenntnissen beschämen konnte.

Als Stoltz das Wechselgeld entgegennahm, fiel ihm ein hoch aufgeschossener junger Mann auf, der ihn von der anderen Straßenseite verstohlen beobachtete. Stoltz tat so, als hätte er nichts bemerkt. Er setzte sich in Bewegung, und wie Stoltz vermutet hatte, folgte ihm der junge Mann mit einem Abstand. Blieb Stoltz stehen, verharrte der junge

Mann und starrte in die Luft, als habe er an einer Fassade etwas wahnsinnig Interessantes entdeckt.

Stoltz verlangsamte seinen Schritt, und als er die Büchsenstraße erreicht hatte, bog er unvermittelt rechts ab, wie es jeder Tourist getan hätte, der die Sehenswürdigkeiten der Stadt abklappern wollte.

Dann zog sich Stoltz in den nächsten Hauseingang zurück. Wie erwartet bog auch bald der junge Mann um die Ecke. Er trug Zivil, schien aber zu der Sorte Mensch zu gehören, die sich in Uniform wohler fühlte.

Als sich der Verfolger suchend in der Straße umsah, trat Stoltz aus dem Hauseingang und klopfte dem jungen Mann auf die Schulter. Der fuhr erschrocken herum. Stoltz schenkte ihm sein herzlichstes Lächeln. Er deutete in Richtung Büchsentor, wo eine Kirche die umliegenden Bauten überragte.

»Entschuldigen Sie, ich bin fremd hier. Ist das die berühmte Stiftskirche?«

Der junge Mann schüttelte den Kopf. »Das ist die Spitalkirche. Die Stiftskirche ist beim Prinzenpalais. Direkt hinter dem Schillerdenkmal.«

Der junge Mann überlegte kurz und fügte dann hinzu: »Wenn Sie wollen, kann ich Sie gern hinbringen. Ich habe zufällig denselben Weg.«

Eine weitere Gelegenheit für ein herzliches Lächeln. »Was für ein reizender Zufall«, bemerkte Stoltz. »Das Angebot nehme ich gern an. Vielleicht erzählen Sie mir unterwegs, warum Sie mich die ganze Zeit beschatten?«

Der junge Mann hielt sich erschrocken die Hand vor den Mund.

»Das haben Sie gemerkt?«

»In der Tat.«

Stoltz setzte sich in Bewegung. Der junge Mann folgte ihm.

»Können Sie mir einen Gefallen tun?«

Stoltz war ganz Ohr.

»Sagen Sie bitte nicht Sekondeleutnant Wulberer, dass Sie mich entdeckt haben. Ich bin noch nicht lange bei den Landjägern. Wenn er das hört, fliege ich gleich wieder raus.«

Stoltz machte eine beruhigende Geste. »Keine Angst. Von mir erfährt der Sekondeleutnant nichts.«

Stoltz streckte dem Mann seine Hand entgegen. »Mich kennen Sie ja bereits. Darf ich fragen, wer Sie sind?«

»Landjäger Pflumm.«

Hätte Stoltz nicht die Hand auf seinen rechten Arm gelegt, dann hätte Pflumm vermutlich salutiert.

»Haben Sie auch einen Vornamen, Landjäger Pflumm?«

»Anton«, murmelte der Landjäger.

»Sehr schön. Ich bin Richard. Da wir ja wohl die nächsten Tage irgendwie zusammenarbeiten werden, ist es wohl besser, wenn wir gleich auf Duzfuß stehen.«

Dem Landjäger gefiel der Gedanke, allerdings beunruhigte er ihn auch. »Aber was, wenn der Sekondeleutnant das merkt?«

»Wenn er uns sieht, machen wir natürlich ganz streng und formell Männchen, wie sich das gehört.«

Pflumm nickte erleichtert.

»Was hältst du von einer Kutschfahrt, Anton?«

Bevor Pflumm etwas sagen konnte, nahm Stoltz dessen Bedenken den Wind aus den Segeln. »Wulberer wird uns nicht sehen. Der hockt in der Marienstraße und hat den Kopf in seinen Akten vergraben. Aber ich muss mir ein Bild von der Umgebung machen. Und du kannst mir sicherlich einiges erklären.«

Sie nahmen eine der Kutschen, die vor dem Hotel auf Kunden warteten. Als sie am Polytechnikum vorbeikamen, sah Stoltz eine Frau, die er im ersten Moment für Fräulein Holder hielt. Allerdings sah dieses Fräulein Holder nicht wie das graue Mäuschen aus, das er in den Diensträumen von Wulberer in der Marienstraße kennengelernt hatte. Dieses Fräulein Holder hatte den Rücken durchgedrückt, den Kopf stolz erhoben und den Blick erwartungsvoll nach vorn gerichtet. In ihren Armen hielt sie einen Stapel Bücher, der von einem Gurt zusammengehalten wurde.

Stoltz wollte ihren Namen rufen, aber da war die Frau schon im Polytechnikum verschwunden. Vermutlich eine Verwechslung, dachte Stoltz.

Die Kutsche fuhr weiter in Richtung Marstall die Königstraße entlang. Landjäger Pflumm gab einen passablen Stadtbilderklärer ab. Stoltz bemerkte zu seiner Freude, dass im Residenzschloss auch das Theater untergebracht war. Je mehr Zeit die Majestäten in geschlossenen Räumen verbrachten, umso besser, dachte Stoltz. Am liebsten wäre Stoltz gewesen, wenn der Zar am Bahnhof in der Stadt ankommen würde, von da wäre es nur ein Steinwurf bis zum Hotel, aber das konnte man wohl nicht mehr ändern.

Beim Marstall bog ihre Kutsche in die Anlagen ab; diesen Weg durch die Parkanlagen würden den beiden Hoheiten nehmen, wenn sie am Montag zum Wasen ritten. Schon jetzt waren in den Anlagen zahlreiche Leute unterwegs. Vermutlich würden es im Laufe der nächsten Tage nicht weniger werden.

Die Kutsche wendete. Auf der Rückfahrt sah Stoltz eine Frau aus dem Polytechnikum kommen. Die trug keine Bücher und sah jetzt so graumäusig aus wie Fräulein Holder in ihrem Büro. Auch diesmal vermied Stoltz, sie anzusprechen. Er tat so, als hätte er sie nicht gesehen.

Während sie in Richtung Marienstraße fuhren, sah er weitere Menschen, die geschäftig und vorfreudig durch die Gegend wuselten.

Plötzlich durchzuckte ihn eine Horrorvision. Wie eine Explosion die Luft zerriss, Angstschreie durch die Luft gellten, blutige Leiber sich auf dem Pflaster wälzten. Selbst ein Schuss konnte ausreichen, die Massen in Panik zu versetzen, und dazu führen, dass sie sich gegenseitig über den Haufen rannten und verletzten.

Stoltz wurde schlagartig bewusst, dass es in seiner Verantwortung lag, der Stadt und ihren Bewohnern ein solches traumatisches Erlebnis zu ersparen.

Zwar war er angeheuert worden, um Zar, Kaiser und König ein unbehelligtes Abwickeln ihres Staatsbesuchs zu ermöglichen. Aber er wollte auch – und vielleicht noch mehr –, dass die Leute auf den Straßen so weiterleben konnten wie bisher.

An der Gartenstraße ließ Stoltz die Kutsche halten. Sie waren eine gute halbe Stunde unterwegs gewesen, was – großzügig berechnet – achtundvierzig Kreuzer gekostet hätte. Stoltz gab dem Kutscher einen ganzen Gulden, was der mit einem anerkennenden Tippen an seinen Hut quittierte. Landjäger Pflumm beobachtete die Szene.

»Sie … ich meine, du bist aber kein richtiger Schwabe, oder?«, fragte Pflumm, nachdem die Kutsche sich wieder in Bewegung gesetzt hatte.

»Nee, nicht wirklich«, antwortete Stoltz. »Ich gehe jetzt zu Fuß zur Kaserne. Und ich werde nicht bemerken, dass du mich beschattest. Einverstanden?«

Landjäger Pflumm nickte.

XV Donnerstag, 24. September 1857 Mittag

Als Stoltz Wulberers Büro in der Kaserne betrat, saß der Sekondeleutnant hinter seinem Schreibtisch. Vor sich ein paar Papiere und eine Feder. Dort, wo bis vor Kurzem der nickende Vogel gestanden hatte, zeichnete sich auf dem Holz der Tischplatte ein etwas helleres Quadrat ab.

Schreiber Schaal stand an einem Pult an der Wand und hielt einen Stift in der Hand. Fräulein Holder saß auf einem Schemel, einen Notizblock auf den Knien. Für Stoltz gab es weder Hocker noch Stuhl. Offenbar erwartete Wulberer, dass Stoltz an der Besprechung im Stehen teilnahm. Darauf hatte Stoltz keine Lust. Er setzte sich – sehr zum Missfallen Wulberers – auf eine Schreibtischkante und fragte: »Ich nehme an, Sie haben bereits erklärt, weshalb ich hier bin?«

Wulberer nickte säuerlich. »Das ist, wie bereits verkündet, der Herr Stoltz, der uns bei unseren Bemühungen um die Sicherheit der hochwohlgeborenen Gäste unterstützen wird. Alles, was hier besprochen wird, muss unter uns bleiben. Auch darf niemand außerhalb der Abteilung etwas von der Mitarbeit des Herrn Stoltz erfahren.«

Fräulein Holder nickte knapp, Schreiber Schaal geflissentlich. Dann sah er Wulberer bewundernd an. Schaal blickte Wulberer die meiste Zeit bewundernd an.

Wulberer entrollte auf seinem Schreibtisch einen Plan, der den Bahnhof Feuerbach nebst Umgebung zeigte. Er deutete mit einem Stift auf den Bahnhof.

»Der russische Kaiser wird gegen vier Uhr heute Nachmittag am Bahnhof erwartet.«

Stoltz studierte den Plan. Der Maßstab war detaillierter

als der Stadtplan, den Stoltz im Hotel gekauft hatte, aber er enthielt keine grundlegend neuen Informationen.

»Gibt es eine Möglichkeit, die präzise Ankunftszeit von Alexander II. zu erfahren?«

Wulberer mochte es immer noch nicht, wenn Stoltz ihm Fragen stellte, wie ihm anzusehen war, aber Stoltz hatte mittlerweile beschlossen, so zu tun, als merkte er das nicht.

»Nicht direkt. Es wurde aber am Bahnhof Feuerbach eine Telegrafenstation eingerichtet. Außerdem sind der Kronprinz Karl und die Kronprinzessin Olga dem Zaren entgegengefahren. Sie werden in Ludwigsburg den Zug des Zaren besteigen und mit ihm gemeinsam bis Feuerbach reisen.«

Stoltz nahm sich ein Blatt von Schaals Pult und machte sich Notizen.

»Wie groß ist denn die Entourage des Herrschers aller Reußen?«

»Die üblichen Zofen, Diener.«

»Keine anderen Würdenträger?«

»Fürst Gortschakow.«

»Der Außenminister?«

»Genau der.«

Stoltz überlegte. »Wenn die hier große Weltpolitik verhandeln wollen, brauchen sie doch auch Dolmetscher und Stenografen, Protokoll-Leute und was weiß ich.«

Wulberer lächelte ein feines stolzes Lächeln.

»Das wird nicht nötig sein. Der Zar spricht sehr gut Deutsch. Er wurde unter anderem von einem deutschen Offizier erzogen und außerdem in der Sprache von einem Hamburger Juristen namens Friedrich Liepmann unterrichtet.«

»Und der Franzosenkaiser?«

»Der ist in der Schweiz aufgewachsen.«

»Da kann er auch auf der französischen Seite gelebt haben.«

Wulberer schürzte die Lippen. »Hat er aber nicht. Sondern in Thurgau am Bodensee.«

Stoltz machte sich eine weitere Notiz. »Also, zusammengefasst: Der Einzige, der Probleme mit Hochdeutsch haben könnte, dürfte der König von Württemberg sein.«

Schaal zuckte erschrocken zusammen. Fräulein Holder unterdrückte ein Lächeln. Wulberer sagte streng: »Das habe ich überhört.«

Stoltz machte eine versöhnliche Handbewegung.

»Wir erfahren also via Telegraf die Ankunft des Zaren und des Kronprinzenpaares, sie steigen aus, der König nimmt die Truppe in Empfang – wie geht es dann weiter?«

Nun checkte Wulberer seine Notizen. »Die Hoheiten fahren in einer Kutsche zur Villa Berg, wo der russische Kaiser für die Zeit seines Aufenthalts residieren wird.«

»Per Kutsche? Alle zusammen?«

Schaal machte einen Versuch, etwas zur Konversation beizutragen. »Die Prinzessin Olga und der Zar sind Geschwister. Die haben sich bestimmt viel zu erzählen.«

»Damit habe ich kein Problem«, sagte Stoltz. Ihn störte die Kutschfahrt durch die Stadt.

»Hätte man die Ankunft nicht für den Bahnhof in Stuttgart planen können? Das wäre kürzer zum Schloss und zur Villa Berg.«

Wulberer zeigte sich schmallippig. »Wenn Seine Majestät eine Ankunft in Feuerbach wünschen, dann wäre ich der Letzte …«

»Schon gut. Reisen die Herrschaften in einer offenen Kutsche oder einer geschlossenen?«

»Wir haben beides«, erklärte Wulberer. »Aber ich weiß, dass Seine Majestät die Fahrt im offenen Wagen bevorzugen.«

Stoltz nickte. »Wer steht denn außer dem König zum Empfang bereit?«

Wulberer wollte seinen Plan eigentlich schon wieder zusammenrollen. »Sie wollen wirklich alles ganz genau wissen, was?«

»Das ist mein Job.«

Wulberer seufzte. »Eine Marschmusikkapelle, eine Abordnung Eisenbahner und eine Hundertschaft Landjäger. Der russische Kaiser mag Uniformen und militärisches Gepränge. Da will der König ihm natürlich gern einen Empfang nach seinem Geschmack bereiten.«

Stoltz studierte schon wieder den Plan.

»Können Sie von der Hundertschaft ein halbes Dutzend Männer rausziehen? Sie sollten groß und stattlich sein. Hohe Zylinder wären auch nicht schlecht.«

»Uniform und Zylinder?«

»Entschuldigung, das war nicht präzise. Die sollen natürlich Zivil tragen.«

»Darf ich fragen, warum?«, warf Wulberer ein.

Stoltz deutete auf den Plan. »Direkt gegenüber dem Bahnhofsausgang gibt es eine Zeile dreistöckiger Häuser. Der Bahnhof Feuerbach hat nur ein Stockwerk. Wäre ich Attentäter, ich würde mich auf einem der Dächer auf die Lauer legen. Deshalb hätte ich gerne eine Gruppe Männer in der Menge, die ihm die Sicht verstellen.«

Wulberer studierte seinen eigenen Plan so gründlich, als hätte er ihn noch nicht gesehen.

»Das sind über sechzig Ruten«, sagte er, die Nase noch über dem Plan. Oder, wie Aristide mit seiner Vorliebe für das französische metrische System sagen würde, fast zweihundert Meter, fügte Stoltz im Geist hinzu.

»Für einen guten Schützen ist das kein Problem.«

Wulberer überlegte. Offenbar hielt er nicht viel von Stoltz' Hypothese, aber dann entschied er sich dafür, auf Nummer sicher zu gehen.

»Einverstanden.«

Dann beschied er seinen Untergebenen: »Das wäre alles für heute.« Schaal und Fräulein Holder zogen sich zurück.

Stoltz sagte: »Ich möchte einen Blick auf die Kutsche werfen, bevor der König losfährt.«

Wulberer erhob sich und zog seinen Rock an. Stoltz ließ sich vom Schreibtisch gleiten.

»Nur aus Neugier. Was ist eigentlich der Anlass für dieses Treffen?«

Wulberer strahlte stolz. »Muss es denn immer einen Anlass geben? Der König ist mit dem Zaren verwandt, und er fühlt sich Frankreich verbunden. Das sollte doch als Erklärung reichen.«

Ja, vielleicht sollte es das, dachte Stoltz. Er ging zur Tür.

»Wenn Sie mich kurz entschuldigen …«

»Natürlich«, sagte Wulberer mit huldvoller Geste.

Als Stoltz zurückkam, sah er Fräulein Holder in einem Kabuff. Sie saß an einem Wandpult und übertrug gewissenhaft einen Text aus einem Buch in ihr Notizheft. Dabei arbeitete sie so konzentriert, als habe sie die Welt um sich herum vergessen.

Stoltz räusperte sich.

Fräulein Holder fuhr hoch.

»Ich habe Sie gar nicht bemerkt«, sagte sie in normaler Tonlage.

Dann in verrauschtem Kleinmädchenton. »Sie haben mich erschreckt.«

Stoltz lächelte beschwichtigend. »Das wollte ich nicht. Ehrlich gesagt, wollte ich Sie um einen Gefallen bitten.«

Fräulein Holder schlug die Augen nieder. »Wenn es nichts Unschickliches ist.«

Stoltz schüttelte den Kopf. »Ich war lange nicht mehr in der Gegend. Warum treffen sich Kaiser und Zar ausgerechnet jetzt? Ausgerechnet hier?«

Fräulein Holder legte ihren Block zur Seite. »Nun, der König ist dem Zaren verbunden. Und Frankreich natürlich auch.«

Stoltz blickte sie geduldig an.

»Und das ist die einzige Erklärung?«

»Reicht die Ihnen nicht?«, fragte Fräulein Holder. Sie blickte ihm direkt in die Augen.

»Ehrlich gesagt: Nein.«

Fräulein Holder zuckte mit den Schultern. »Man könnte auch sagen: In deutschen Landen kämpfen Preußen und Österreich um die Vorherrschaft. Der König will Württemberg als dritte Kraft etablieren.«

Das klang plausibler als Wulberers Erklärung.

»Vielen Dank«, sagte Stoltz. Und während er zum Ausgang ging, dachte er: Ich bin mir jetzt ziemlich sicher, dass ich Fräulein Holder vor dem Eingang des Polytechnikums gesehen habe.

XVI Donnerstag, 24. September 1857 Mittag

Die königlichen Kutschen standen im Marstall neben dem Schloss. Stoltz inspizierte die offene Kalesche, ein wahres Kunstwerk mit vielen Verzierungen, Vergoldungen und Schnitzereien. Die geschlossene Kutsche wirkte dezenter und vor allem – das war in Stoltz' Augen das Wichtigste –, sie hatte Fensterscheiben und Türen.

Wulberer wirkte leicht ungeduldig. »Ich sollte jetzt anschirren lassen.«

»Moment«, sagte Stoltz. Er ging zu der Ecke des Stalls, in der verschiedene Gerätschaften und Werkzeuge lagen. Schaufeln und Besen ließ Stoltz links liegen. Ihn interessierte ein mittelgroßer Vorschlaghammer. Stoltz wog das Werkzeug prüfend in der Hand. Dann ging er mit dem Hammer zur offenen Kutsche und zerschlug mit einem gekonnten Schlag die Deichsel.

»Ups«, machte Stoltz.

Wulberer betrachtete ihn mit weit aufgerissenen Augen. »Sagen Sie mal, sind Sie wahnsinnig?«

Stoltz betrachtete gespielt bekümmert die zertrümmerte Deichsel. »Das tut mir jetzt wirklich leid. Aber ich fürchte, auf die Schnelle lässt sich da nichts reparieren.«

Wulberer kochte vor Wut. »Sie wussten ganz genau, dass der König die offene Kutsche bevorzugt. Das ist Sabotage.«

Stoltz stellte den Hammer zurück in die Ecke. »Ich würde es lieber Vorsichtsmaßnahme nennen.«

Wulberer machte Anstalten, sich auf die kaputte Deichsel zu setzen, fuhr aber sofort wieder hoch.

»Aber was soll ich denn jetzt dem König sagen, wenn er fragt …«

»Ich glaube kaum, dass er fragt. Und wenn, sagen Sie einfach, dass beim Anschirren eines der Pferde scheute. Dabei ging die Deichsel zu Bruch.«

»Sie machen sich das wirklich sehr einfach.«

In der Tür erschienen der Kutscher und Stallburschen, die vier Pferde am Halfter führten.

Der Kutscher begrüßte Wulberer.

»Nehmt die geschlossene Kutsche«, wies Wulberer an.

Der Kutscher legte den Kopf schräg. »Sicher?«

»Ja, Seine Majestät haben es sich überlegt. Es wird so gewünscht.«

Als Kutscher und Knechte die Tiere anschirrten, verließen Stoltz und Wulberer den Marstall. Mit einem schnellen Einspänner fuhren sie zum Bahnhof Feuerbach. Da hatten sich schon einige Schaulustige versammelt. Darunter die sechs Männer, die Wulberer von seiner Ehrenkompanie abgezogen hatte. Ein Dutzend Eisenbahner standen auf dem Bahnsteig in blitzblanken gebügelten Uniformen. Die Kapelle machte sich bereit für ihren großen Auftritt.

Der Stationsvorsteher war mit zwei Gehilfen beschäftigt, den roten Teppich auf dem Bahnhof auszurollen. Das heißt, er beaufsichtigte den ganzen Vorgang, während seine beiden Gehilfen den schweren roten Läufer am Bahnsteig ausbreiteten.

Egal wie viel Mühe sie sich dabei gaben, recht machen konnten sie es dem Stationsvorsteher nie. Mal war der Teppich nicht gerade genug, was dem Vorsteher Gelegenheit gab, an allen möglichen Enden herumzuzupfen. Dann war der Teppich nicht straff genug ausgerichtet, was wieder Anlass zu Zupferei gab.

So wäre es vermutlich noch stundenlang weitergegangen, aber dann schoss der Telegrafist aus seinem Häuschen.

Er trug keinen Rock, sondern nur ein Hemd mit Ärmelschonern und statt einer Krawatte eine Schleife. Mit seinen staksigen Beinen hastete er über das Pflaster des Bahnsteigs, und schon von Weitem rief er: »Sie kommen, sie kommen!«

Kurze Zeit später bog eine dampfende Lokomotive um die Kurve. Sie hatte zwei geräumige Salonwagen im Schlepptau. Dem Lokführer gelang es, seinen Zug so zu bremsen, dass der Ausgang des Wagens des Zaren genau dort hielt, wo der rote Läufer platziert worden war. Was den Stationsvorsteher mit derart unbändigem Stolz erfüllte, als wäre er selbst für das Bremsmanöver verantwortlich.

Nachdem der Zug mit quietschenden Bremsen zum Stehen gekommen war, klatschte der Stationsvorsteher in die Hände. Seine zwei Gehilfen schossen in gebückter Haltung aus dem Bahnhofsgebäude. Dabei transportierten sie ein mit Intarsien versehenes Treppchen, welches genau unter der Waggontür platziert wurde.

Nachdem das Werk vollbracht war, verscheuchte der Stationsvorsteher seine Gehilfen mit einer unwirschen Geste. Dann baute er sich neben der Tür auf, nahm die Mütze vom Kopf und neigte demutsvoll das Haupt.

Als die Tür des Waggons geöffnet wurde, entstieg ein Lakai dem Wageninneren. In vollem Bewusstsein, in der Hierarchie höher zu stehen als ein lumpiger Bahnhofsvorsteher, schob er diesen rüde zur Seite. Zudem es sich der Lakai nicht nehmen ließ, an der Position des Treppchens noch einige kleine, aber entscheidende Korrekturen vorzunehmen.

Dann machte der Lakai eine Geste in den Innenraum. Stoltz lernte bei dieser Gelegenheit, dass ein gekröntes Haupt auf der Erde so landete wie ein umgedrehter Komet; erst kam der Schweif, dann der Stern.

Zunächst entstiegen dem Wagen diverse Zofen und weiteres Personal. Danach folgte Fürst Gortschakow. Der Außenminister des Russischen Reiches war an die sechzig Jahre alt und sah auch so aus. Das Haar auf seinem Haupt war schon recht gelichtet, und was davon übrig war, changierte zwischen Grau und Weiß. Seinem Rang entsprechend trug Gortschakow eine Uniform mit goldenen Tressen, einer breiten Schärpe und Orden, aber keine Stiefel.

Da Stoltz inzwischen seine Hausaufgaben gemacht hatte, wusste er, dass der Außenminister Stuttgart aus seiner Zeit als Gesandter von früher kannte. Falls er sich über das Wiedersehen freute, ließ er es sich nicht anmerken.

Gestützt von einem Diener stieg Gortschakow umständlich auf den Bahnsteig herab und wartete dann neben dem Läufer.

Als Nächste folgten der Prinz und die Prinzessin von Württemberg. Karl war zwar gerade mal halb so alt wie der russische Außenminister, hatte aber auf dem Kopf nicht viel mehr Haare, was er mit einem wuchernden Vollbart auszugleichen versuchte.

Aus den Augenwinkeln bemerkte Stoltz, dass die königliche Kutsche bereits vorgefahren war und der König von Württemberg sich schon ins Bahnhofsgebäude begeben hatte.

Prinzessin Olga war ein Jahr älter als ihr Gatte, aber immer noch eine fast mädchenhafte Erscheinung. Die Ehe von Prinz und Prinzessin galt allgemein als Vernunftehe, das heißt, wenn man es für vernünftig hält, sein Leben mit einem Menschen zu verbringen, für den man maximal freundschaftliche Gefühle hegt.

Und dann betrat endlich die Hauptattraktion württembergischen Boden. Zar Alexander II. – noch ohne seine

Gattin –, der nicht nur einen prächtigeren Bart trug als alle anderen anwesenden Herren, er überragte mit seinen gut sechs Fuß – oder laut Aristide einem Meter sechsundachtzig – die Menge. Stoltz hätte es zwar besser gefunden, der Zar wäre so klein gewesen, wie man es gemeinhin Napoleon nachsagte, aber ein Attentat zu verhindern war nun mal kein Wunschkonzert.

Als der greise württembergische König auf seinen fast sechsundsiebzig Jahre alten Beinen dem hohen Gast entgegenschlurfte, verließ Stoltz den Bahnsteig und begab sich auf den Vorplatz. Wulberer, der auf der anderen Seite des roten Läufers gewartet hatte, tat es ihm gleich.

Als sie den Bahnhofsvorplatz betraten, fragte Wulberer: »Irgendwas Verdächtiges?«

Stoltz schüttelte den Kopf. »Bislang nicht. Wird der König eine Rede an seine viel geliebten Untertanen halten, bevor er in die Kutsche steigt?«

»Normalerweise begnügt er sich damit, huldvoll zu winken.«

Das gefiel Stoltz.

Die Kutsche stand mit geöffneten Türen vor dem Bahnhofseingang. Als die gekrönten Häupter den Vorplatz betraten, erklangen Jubel und Hochrufe. Die Zuschauermenge wurde nur von einer lockeren Kette von Landjägern zurückgehalten, aber es machte niemand Anstalten, die Kette zu durchbrechen.

Um sich zu vergewissern, ließ Stoltz noch mal seinen Blick über den Bahnhofsvorplatz schweifen. Dann musterte er die Häuserzeile. Und da sah er auf dem Dach hinter einem Giebel einen Gewehrlauf aufblitzen.

»Wulberer!«, rief Stoltz. Der Sekondeleutnant tauchte neben ihm auf.

»Das erste Haus von links. Auf dem Dach.«

Wulberer folgte Stoltz' Direktive und sah, wie der Gewehrlauf wieder hinter dem Giebel verschwand.

»Ihre langen Kerls sollen die Blickrichtung zustellen.«

Wulberer winkte seinen Spezialtrupp heran. Stoltz sah, dass auch Pflumm unter den Auserwählten war.

»Und was machen Sie?«, fragte Wulberer.

»Ich schnapp mir den Kerl.« Und damit lief Stoltz über den Platz. Nachdem Wulberer seine Leute eingewiesen hatte, folgte er Stoltz.

Die Tür des Hauses war unverschlossen, aber als Stoltz den Hausflur betrat, verbaute ihm eine Frau den Weg, die fast genauso hoch wie breit war. Sie hielt einen Schrubber in den Händen und schien keinerlei Skrupel zu haben, diesen als Waffe zu gebrauchen.

»Sie können hier nicht durch«, knurrte sie.

Stoltz machte einen Satz zur Wand des Flurs. Erstaunlich behände folgte die Frau ihm und verstellte ihm erneut den Weg.

»Ich muss aber«, sagte Stoltz.

»Mir egal. Ich hab gerade gekehrt. Sie machen alles wieder dreckig.«

Die Tür des Hauses öffnete sich von außen. Stoltz und die Putzfrau blickten zur Tür. Wulberer tauchte auf. Stoltz nutzte die Ablenkung.

»Darum kümmern Sie sich am besten«, sagte Stoltz und schlüpfte an der Putzfrau vorbei. Er hetzte die Treppen empor, immer zwei Stufen auf einmal.

Als Stoltz oben angekommen war, fand er schnell die Tür, die auf den Dachboden hinausführte. Stoltz sah sich um. Er suchte nach einem Gegenstand, den er als Waffe verwenden konnte. Aber hier oben gab es nicht mal einen

Schrubber. Und sein Revolver ruhte noch in dem Gepäckwagen.

Hinter der Tür hörte Stoltz Geräusche.

»Geben Sie auf!«, rief Stoltz. »Sie haben keine Chance.«

Die Geräusche hinter der Tür entfernten sich. Stoltz rüttelte an der Klinke. Diese Tür war verschlossen. Stoltz warf sich mit seinem Körpergewicht dagegen. Die Tür wankte, aber sie gab nicht nach.

Beim nächsten Versuch nahm Stoltz einige Schritte Anlauf. Wieder vergebens. Eher breche ich mir die Schulter, dachte Stoltz. Ob der Drache unten einen Schlüssel für die Tür hat? Aber wenn ich wieder runterlaufe, ist der Attentäter über alle Berge.

Nun erschien leicht außer Atem Wulberer auf dem Treppenabsatz. Stoltz deutete auf die Tür.

»Zusammen.«

Wulberer verstand. Gemeinsam warfen sie sich gegen die Tür. Beim dritten Versuch gab sie nach.

Stoltz und Wulberer liefen über den Dachboden. Sie fanden ein halb geöffnetes Dachfenster. Dahinter war eine Decke auf dem Boden ausgebreitet, daneben lagen ein Gewehr, einige Patronen und Waffenreinigungszeug.

Stoltz äugte durch das Fenster auf den Platz. Die Stellung war klug gewählt. Ungestört hätte der Attentäter hier gut einen Treffer landen können. Jetzt allerdings sah Stoltz nur noch, wie die königliche Kutsche den Bahnhofsvorplatz in einem großen Bogen verließ und dann in Richtung Süden fuhr.

Wulberer stieß mit dem Fuß gegen das Gewehr.

»Kennen Sie die Waffe?«, fragte er Stoltz.

Der ging in die Hocke, um das Gewehr genauer zu betrachten.

»Sharps Rifle. Hat kein Magazin. Aber ein geübter Schütze kann damit in einer Minute zehn Mal feuern.«

»Und auch was treffen? Ich meine, auf die Entfernung?«

Stoltz blickte noch mal aus dem Dachlukenfenster.

»Als geübter Schütze definitiv.«

Dann entdeckte Wulberer etwas auf der Decke. Es war ein Stück Papier, etwas größer als eine Visitenkarte. Er reichte Stoltz das Papier.

Neben einer blutigen Krone war ein Dolch gezeichnet, ebenfalls blutig, und darunter stand nur ein Satz:

Beim nächsten Mal habt ihr nicht so viel Glück.

XVII Donnerstag, 24. September 1857 Nachmittag

Wulberer öffnete die Tür zu seinem Büro und trat ein. Stoltz folgte ihm. Wulberer ging zu seinem Schreibtisch. Auf dem Weg schob er einen Sessel, der bislang nur als Dekoration genutzt worden war, in Richtung Stoltz. Während Stoltz sich setzte, umrundete Wulberer seinen Schreibtisch und ließ sich mit einem erleichterten Schnaufen in seinen Sessel fallen – der ein wenig, aber nicht viel repräsentativer war als der von Stoltz.

Wulberer ließ den Blick in die Runde schweifen, von der Tür bis zum Fenster. Hier in dieser Umgebung fühlte sich Wulberer endlich wieder sicher. Der Sekondeleutnant öffnete eine Schublade des Schreibtischs und holte eine Glocke hervor.

Wulberer bimmelte, Fräulein Holder erschien im Türrahmen.

»Kaffee«, orderte Wulberer knapp. Dann warf er einen Seitenblick auf Stoltz. »Auch einen?« Stoltz nickte.

Die Tür schloss sich wieder. Während Fräulein Holder sich um den Kaffee kümmerte, entnahm Wulberer seiner Box eine Zigarre. Auch Stoltz wurde bedacht.

Die beiden Männer pafften, aber das Gefühl von Ruhe und Gelassenheit wollte sich bei Wulberer immer noch nicht einstellen. Als Fräulein Holder mit dem Ellbogen die Türklinke herunterdrückte und mit trippelnden Schritten ein Tablett mit Kanne, Tassen, Zucker und Co zum Schreibtisch balancierte, sagte Wulberer: »Bringen Sie uns noch einen Heuschnaps.«

Diesmal ging der fragende Blick in Richtung Stoltz erst raus, nachdem die Bestellung aufgegeben war. Aber Stoltz hatte keine Einwände.

Fräulein Holder nahm den Auftrag beflissen entgegen und führte ihn prompt aus. Sie stellte ein weiteres kleines Tablett mit einer Karaffe und zwei Schnapsgläsern auf den Tisch.

»Das wäre dann alles«, sagte Wulberer, ohne sie anzusehen.

Fräulein Holder nickte und zog sich zurück.

Wulberer fühlte die beiden Schnapsgläser. Stoltz griff zu. Wulberer dachte kurz daran, mit Stoltz anzustoßen, unterließ es dann aber. Sosehr ihn der Attentatsversuch emotional aufgewühlt hatte, alle Grenzen wollte er nun doch nicht einreißen.

Bei aller Liebe, Stoltz war immer noch ein Werkzeug, das Wulberer zu diesem Zweck eingespannt hatte. Nur weil Stoltz bislang die Erwartungen erfüllte, gab es keinerlei Anlass zur Verbrüderung. Das konnte warten. Nein, beschloss Wulberer nach weiterem Nachdenken, es wird nie eine

Verbrüderung geben. Schließlich dürfen wir nie vergessen, woher dieser Mann kommt und wofür er einmal stand.

Aber dennoch konnte Wulberer nicht verleugnen, wie sehr Stoltz durch diesen Vorfall am Bahnhof in seiner Achtung gestiegen war. Nicht auszudenken, was geschehen wäre, hätte sich Wulberer mit dem Vorschlag, die offene Kutsche zu nutzen, durchgesetzt. Und was wäre passiert, hätte dieser Ex-Pinkerton-Mann nicht rechtzeitig auf dem Dach den Gewehrlauf aufblitzen sehen? Wulberer genehmigte sich einen zweiten Schnaps.

Stoltz hatte an seinem Glas eher vorsichtig genippt. Obwohl er es sich nicht anmerken ließ – der Attentatsversuch hatte auch ihn aufgewühlt. Denn auch wenn man den vereitelten Anschlag von Chicago in Rechnung stellte, gehörte es selbst in Stoltz' bewegtem Leben nicht zum Alltag, ein Mordkomplott dieser Dimension zu verhindern. Der Einsatz zum Schutz des Präsidenten war der Höhepunkt seiner Laufbahn gewesen, aber selbst damals ging es nur darum, eine Person zu schützen. Hier in Stuttgart könnte das Machtgefüge in Europa zerstört werden. Ein solches Desaster würde den Lauf der Weltgeschichte verändern. Egal, in welche Richtung. Da die Stadt mittlerweile randvoll mit Korrespondenten war, würden die Nachrichten darüber in Windeseile um den Globus gehen.

Stoltz verspürte keinerlei Bedürfnis, für ein derartiges Ereignis verantwortlich zu sein. Und – es war ja noch längst nicht ausgestanden. Bis Montag würden die Herrschaften flanieren, parlieren und salutieren – unter den Augen einer vermutlich stetig anschwellenden Menge. Am liebsten wäre es Stoltz gewesen, man hätte die drei wie in einem Konklave in einen Schlossflügel sperren und sie dann am Montag am

Bahnhof wieder in den Zug verfrachten können. Aber das war leider unmöglich. Wer konnte ahnen, welche Herausforderungen ihnen in den nächsten Tagen noch ins Haus standen? Zum ersten Mal beschlich Stoltz der Verdacht, dieser Aufgabe nicht gewachsen zu sein.

Wulberer blies einen Rauchring in die Luft. »Tun Sie sich keinen Zwang an. Ich bin gespannt auf Ihre Einschätzung.« Wulberer paffte noch einmal. »Das war übrigens gute Arbeit heute Vormittag.«

Stoltz nickte und schwieg. Dabei hätte er das Kompliment durchaus zurückgeben können. Ganz ehrlich, Stoltz hatte eher erwartet, dass Wulberer in der sicheren Deckung seiner langen Kerls an der Kutsche zurückbleiben werde. Stattdessen stürzte er sich mit Stoltz in das Getümmel. Und wer es schaffte, eine schwäbische Putzfrau in der Kehrwoche zu überwinden, dem war sowieso alles zuzutrauen.

Wulberer drückte seine Zigarre aus. »Noch mal: Tun Sie sich keinen Zwang an. Ich bin ganz Ohr.«

Stoltz' Zigarre war noch nicht einmal zur Hälfte heruntergebrannt. Er schmauchte weiter und sagte: »Bis heute dachte ich, der Attentäter würde aus Russland oder Frankreich kommen.«

Wulberer nickte. »Das dachte ich auch.«

»Aber jetzt müssen wir uns wohl auf einen Einheimischen konzentrieren. Das erschwert die Lage. Der Attentäter kennt sich vermutlich in der Gegend sehr gut aus. Er weiß, wo er sich verstecken und zuschlagen kann.«

»Könnte es ein Auftragskiller sein?«

»Unwahrscheinlich, aber auch das würde ich nicht völlig ausschließen. Auf jeden Fall hat er Nerven wie Stahl. Neunundneunzig Prozent aller Attentäter hätten angefangen, wild um sich zu ballern, und dann versucht, in der Panik zu flüchten. Unser Mann hingegen hat sofort erkannt, dass er heute nicht zum Schuss kommt. Worauf er sich gelassen und planvoll zurückzog.«

Wulberer stieß hörbar verächtlich Luft aus. »Nicht ohne einen Abschiedsgruß zu hinterlassen.«

»Ach ja, die Karte«, sagte Stoltz. »Haben Sie die noch?«

Wulberer schob die Karte in Richtung Stoltz über die Tischplatte. Stoltz drehte die Karte in den Händen und musterte sie von allen Seiten.

»Haben Sie in Ihrer Abteilung einen Schriftexperten?«, fragte Stoltz, während er weiter die Karte studierte.

»Sie meinen, einen … Grafologen?»

»Ich glaube, so heißen, die. Ja«, sagte Stoltz und legte die Karte auf den Tisch.

»Ich weiß, dass diese Kerle jetzt an allen Ecken gefragt sind. Aber ich glaube nicht an diesen neumodischen Kram.«

»Schade«, sagte Stoltz. Er nahm sein Taschenmesser und schnitt einen schmalen Streifen vom Rand. Wulberer beobachtete ihn erstaunt.

»Ich darf doch?«, fragte Stoltz der Form halber.

»Wenn Sie mir erklären, was das soll?«

»Das ist ein besonderes Papier. Diesen Beigeton gibt es nicht überall. Außerdem ist es sehr schwer und faserig. Vielleicht finde ich eine Visitenkartendruckerei, die damit arbeitet.«

»Gute Idee«, sagte Wulberer.

Stoltz überlegte, ob er in Anbetracht des Tauwetters zwischen ihnen Wulberer bitten sollte, seinen persönlichen Bewacher Landjäger Pflumm abzuziehen. Dann verwarf er den Gedanken. Offiziell hatte Stoltz noch gar nicht gemerkt, dass er bei jedem seiner Gänge beschattet wurde.

»Wieso glauben Sie, dass es sich bei dem Attentäter um einen Auftragsmörder handeln könnte?«

»Na, dieses Gewehr. Sharps Rifle. So was hat doch nicht jeder.«

Da fiel Stoltz noch etwas ein. »Findet morgen nicht das Wettschießen der Schützenvereine Württembergs statt?«

»Ja, warum?«

»Zwei Bitten. Es wäre schön, wenn niemand von den Majestäten an dem Wettbewerb teilnimmt.«

Wulberer überlegte. »Das wird nicht einfach, aber ich verstehe, warum. Schließlich wollen wir es unserem Attentäter nicht zu einfach machen.«

»Danke«, sagte Stoltz.

»Und was ist die zweite Bitte?«

»Ich bräuchte eine Uniform von irgendeiner Schützengilde. Dann könnte ich mich unter die Leute mischen. Vielleicht kennt da jemand einen, der ein Freund von Sharps Rifle ist.«

Wulberer blickte ihn misstrauisch an. »Das Gewehr wollen Sie aber nicht zufällig mitnehmen?«

»Würden Sie es mir denn mitgeben?«, fragte Stoltz gespannt.

Wie erwartet schüttelte Wulberer den Kopf. »Aber eine Uniform können Sie haben.«

Es klopfte an der Tür.

»Herein«, bellte Wulberer.

Ein Sergeant der Landjäger trat ein und salutierte. Dann schickte er einen fragenden Blick in Richtung Stoltz.

»Sie können frei sprechen, Sergeant«, sagte Wulberer.

»Wir haben die Umgebung des Bahnhofs abgesucht. Alle Dächer, alle Häuser, alles.«

»Und?«, fragten Wulberer und Stoltz gleichzeitig.

»Negativ. Nirgends eine Spur. Niemand hat jemanden gesehen oder etwas gehört.«

Wulberer ließ die schlechte Nachricht auf sich wirken. »Danke, Sergeant«, sagte er.

Der Landjäger salutierte erneut und verließ das Büro.

»Wissen Sie schon, wann Napoleon morgen eintreffen wird?«

Wulberer nickte. »Etwa um dieselbe Zeit.«

»Wenigstens sind wir diesmal im Vorteil«, erklärte Stoltz. »Wir können die Dächer besetzen, und wir haben das Gewehr«, versuchte Stoltz Optimismus zu verbreiten.

»Das stimmt leider nur zum Teil«, dämpfte Wulberer die Hoffnungen. »Die Waffe haben wir, das ist richtig, aber die Dächer können wir vergessen. Im Gegensatz zum Zaren kommt der Kaiser nicht in Feuerbach, sondern in Stuttgart an.«

Deshalb entnahm Wulberer den Untiefen seiner Schublade einen neuen Plan. Der zeigte den Bahnhof von Stuttgart und die nähere Umgebung.

»Wie hoch sind hier die Häuser?«

»Zwei, manchmal drei Stockwerke.«

Höher als in Feuerbach, dachte Stoltz.

»Können Sie mit Ihren Männern alle Dächer überwachen?«

»Auf jeden Fall so viele wie möglich.«

Stoltz studierte noch einmal den Plan. Napoleon wollte in der Residenz übernachten. Die war nur einen Katzensprung entfernt. Und es würde wieder ein militärisches Empfangskomitee geben. Sowie sie den Kaiser der Franzosen in die Kutsche verfrachtet hatten, war die größte Gefahr gebannt.

Wulberer sah Stoltz prüfend an. »Weshalb, glauben Sie, hat der Attentäter sein Gewehr zurückgelassen? Er nimmt sich Zeit, uns eine Karte zu schreiben, aber er lässt seine Waffe zurück. Je mehr ich darüber nachdenke, umso unprofessioneller wirkt er auf mich.«

»Hm. Krone und Dolch und die blutige Dekoration waren vorgedruckt. Einen Satz kann man schnell schreiben. Vielleicht war der vorbereitet. Als Plan B gewissermaßen.«

»Jaja, aber das Gewehr.«

»Offenbar musste er auf seiner Flucht in der Menschenmenge verschwinden. Und da wäre er mit einem Gewehr bestimmt aufgefallen.»

»Das leuchtet mir ein«, sagte Wulberer. Dann murmelte er: »Ich wüsste nur zu gern, wo sich der Kerl versteckt.«

Diesen Wunsch teilte Stoltz. Und er hatte auch schon eine Vermutung. Aber davon sagte er Wulberer nichts.

XVIII Donnerstag, 24. September 1857 Nachmittag

Als Katharina wieder zu sich kam, hörte sie Stimmen. Die Matratze unter ihrem Rücken fühlte sich weicher an als die Pritschen im Gefängnis, woraus sie schloss, dass man sie auf die Krankenstation verlegt hatte. Auf ihren Lidern spürte sie das Licht einer Lampe, dennoch hielt sie die Augen vorerst geschlossen.

»Das ist sie«, sagte eine der Stimmen. Sie klang weiblich und nicht mehr ganz jung.

»Eigentlich sieht sie ganz friedlich aus«, sagte eine weitere Stimme. Ebenfalls weiblich, aber eindeutig jünger.

»Lass dich da nicht täuschen. Die kann im Handumdrehen zur Furie werden«, meldete sich Stimme Nummer eins wieder.

»Stimmt das, dass sie eine Wärterin mit einem Messer bedroht haben soll?«

Katharina begriff. Die beiden Frauen sprachen über sie. Also hielt Katharina die Augen weiter geschlossen.

»Nicht nur das«, bestätigte die Ältere. »Manche munkeln, sie soll eine Hexe sein.«

Katharina konnte hören, wie die Jüngere erschrocken Luft holte.

»Ist das wahr?«

»Wie gesagt, man munkelt so einiges.«

Die Stimmen entfernten sich, und Katharina versank in einen angenehmen Schlummer.

Der aber nicht lange anhielt.

»Hey«, diesmal rüttelte sie jemand derb an der Schulter. Katharina schlug die Augen auf. Es war die Frau mit der älteren Stimme, und die sah genauso aus, wie Katharina sie sich vorgestellt hatte. Die könnte gut die Schwester der dicken Berta sein, dachte Katharina. Oder zumindest die beste Freundin.

Berta II schob ihr Gesicht an das von Katharina heran.

»Denkst du, ich weiß nicht, was hier gespielt wird?«, zischte sie.

Während ihrer Zeit im Knast hatte Katharina gelernt, dass die meisten Fragen des Personals nur rhetorisch gemeint waren. Deshalb sagte sie nichts, sondern senkte einfach nur demütig das Kinn auf die Brust.

»Selbstmord, dass ich nicht lache«, sagte Berta II mit einem höhnischen Lachen, wie man es von Leuten kennt, die jeglichen Spaß am Leben verloren haben. »Dafür waren deine Einschnitte gar nicht tief genug. Nein, ich habe dich durchschaut. Du wolltest einfach auf der Krankenstation faulenzen. Aber die Suppe werde ich dir versalzen.«

Schon am nächsten Tag wurden ihre Verbände gewechselt, und Berta II befand, dass Katharina für leichtere Arbeiten durchaus einsatzfähig war.

Also wurde Katharina vor einen Webstuhl platziert, an dem sie nur langsam gesundheitliche Fortschritte machte. Das gefiel Berta II zwar überhaupt nicht, aber den schwächlichen Zustand der Gefangenen konnte selbst die Aufseherin nicht übersehen. Denn ihre jüngere Assistentin, ein Landmädel mit großen Augen, die in ihrer Gutmütigkeit und Duldsamkeit an eine Kuh erinnerten, blickte Katharina immer wieder mal mitleidig an.

Der Vorteil der Arbeit am Webstuhl bestand darin, dass Katharina sich hier ein besseres Bild vom Alltag auf der Krankenstation machen konnte. Alles, was man im Schlafsaal bemerkte, war, wie der Tag in die Nacht überging und umgekehrt.

Hier hingegen sah Katharina, wie am Morgen die Aufseherinnen hereinstürmten und ihre Befehle durch die Räume brüllten und zum Mittag die Kübel hereingebracht wurden, mit Inhalten, die sicher schon vor einer halben Woche fürchterlich geschmeckt hatten.

Zwar war Katharina nicht die Einzige, die im Krankentrakt arbeiten musste, aber sie konnte beim Teppichknüpfen keinerlei Kontakt zu ihren Schicksalsgefährtinnen aufnehmen. Miteinander sprechen war streng untersagt, selbst Gesten oder gar Blickkontakt wurden umgehend unterbunden. In diesem Punkt war die kuhäugige Assistentin genauso streng wie Berta II.

Katharina grübelte, aber ihr fiel kein Weg ein, wie sie das strenge Regime unterlaufen konnte. Außerdem war die Fluktuation im Trakt hoch. Berta II vertrat offenbar die Meinung, dass es den Genesungsprozess beschleunigte, wenn die Maladen so unfreundlich wie möglich behandelt wurden. Und wenn sie nach getaner Arbeit müde in den Schlafsaal schlurften, waren die meisten tatsächlich so erschöpft, dass ihnen umgehend die Augen zufielen. Da es auch im Schlafsaal eine Aufseherin gab, wagte hier ebenfalls niemand einen Mucks. Selbst dann nicht, wenn die Aufseherin längst eingenickt war. Katharina fühlte sich elender als je zuvor. Einsamkeit war schon heftig genug, wenn man wirklich allein war. Unter einem Haufen Zombies zu sein, die sich längst aufgegeben hatten, machte alles noch schlimmer.

Am Morgen gab es eine flüchtige Visite durch einen zerstreuten Arzt, der offenbar sehr darunter litt, dass ihn ein ungnädiges Schicksal ausgerechnet zum Gefängnismediziner gemacht hatte. In seinem Schlepptau trudelte eine gleichermaßen desinteressierte Schwester daher, die in einer Kladde notierte, was der missgelaunte Mann von sich gab. Mit ihrem Nachnamen Zeeb kam Katharina regelmäßig als Letzte an die Reihe.

»85453«, sagte die Krankenschwester.

Der Arzt bedeutete der Schwester immerhin, dass sie die Verbände bei Katharina lösen sollte.

Die Einschnitte an ihren Handgelenken waren immer noch rot und breit.

»Das ist doch nur ein Läusebiss, maximal«, sagte der Arzt.

Du Arsch, dachte Katharina.

»Spätestens in drei Tagen sind Sie wieder zurück«, verkündete der Arzt. Die Schwester machte eine Notiz, und in Begleitung einer Aufseherin schlurfte das medizinische Personal zum Ausgang.

Nach dem »Frühstück« – genauso ekelhaft wie das »Mittagessen« – ging es in den Andachtsraum, wo Berta II es sich nicht nehmen ließ, die gefallenen Seelen mit einer Predigt auf die Tagesaufgaben einzustimmen. Bertas Sermon lief jedes Mal auf dasselbe hinaus. Die Frauen im Zuchthaus sollten Gott dafür danken, dass er ihnen Gelegenheit gab, die schwere Schuld durch ehrliche Arbeit zu sühnen.

Dann wurden zwei Lieder gesungen, wobei eine Nonne, deren Gesicht unter der weißen Haube keiner der Anwesenden jemals zu sehen bekam, sie auf einer Orgel begleitete. Die Nonne haute mit einer Inbrunst in die Tasten, die nur noch von ihrer Talentfreiheit übertroffen wurde. Wenn sie mit ihrer Begleitung fertig war, fragten sich nicht wenige im Publikum, ob ein Leben im Jenseits – egal in welcher Abteilung – nicht doch angenehmer wäre.

Während sich die Frauen zum Abmarsch in die Arbeitssäle formierten, verkündete Berta II noch, dass es am Sonntag einen ganz besonderen Leckerbissen geben werde, denn die Frau Oberin vom nahe gelegenen Franziskanerinnenkloster werde sich persönlich ihrer schwarzen Seelen annehmen.

Das brachte Katharina auf eine Idee. Natürlich hatte sie den Selbstmordversuch nur inszeniert, um auf die Krankenstation zu kommen. Allerdings waren ihre Ambitionen schon etwas weitreichender, als ein paar Tage zu faulenzen.

Doch um ihren Plan in die Tat umsetzen zu können, musste Katharina in ein Einzelkrankenzimmer. Davon gab es auf der Station nur zwei. Eines war belegt von einer älteren Frau, deren Leib über und über mit Pusteln, Pickeln und eitrigen Exzessen übersät war. Jeder, inklusive der Frau selbst, wusste, dass sie sterben würde. Nachts schallten ihre klagenden Schreie über den Flur und verschafften nicht nur den sensibleren Seelen Albträume.

Katharina überlegte. Ein Weg, in das unbelegte Krankenzimmer zu gelangen, wäre also, wenn man in den Verdacht geriete, unter einer hoch ansteckenden Krankheit zu leiden. Dazu könnte sich Katharina bei der Kranken anstecken. Allerdings war sie nicht lebensmüde, nur zu allem entschlossen.

Die rettende Idee kam ihr, als sie sich an die Drohung von Berta II erinnerte: »Dir werde ich die Suppe versalzen.«

Als ihnen das nächste Mal der ungenießbare Fraß auf den Blechnapf gepappt wurde, nutzte Katharina die Gelegenheit, einen Salzstreuer zu entwenden. Dabei handelte es sich um keinen gewöhnlichen Salzstreuer. Dieser hier war aus Blech gefertigt. Oben gab es ein paar Löcher, viel zu wenig für Katharinas Zwecke. Der Boden war fest verschraubt.

Pro Schicht am Webstuhl waren zwei Pausen gestattet, für den Gang zur Toilette. Etwa eine Stunde nach Arbeitsbeginn meldete sich Katharina. Von einer Wächterin eskortiert, begab sie sich in den Raum, der als Abort diente. Drinnen stank es entsetzlich, aber das war nicht Katharinas größtes Problem. Sondern: Sie bekam den verdammten Salzstreuer einfach nicht auf.

Katharina sah sich um. Hinter dem Abort gab es ein angekipptes Fenster, das auf einen Luftschacht hinausführte. Das Kippfenster war so gesichert, dass es sich nicht vollständig öffnen ließ. Denn dann hätten die Gefangenen ja mit einer Verrenkung weit oben ein Stück des Himmels sehen können.

Katharina interessierte sich nicht für den Himmel. Sie nutzte das Kippfenster als Werkzeug. Sie nahm den Salzstreuer, klemmte ihn ganz unten in das V zwischen Fensterscheibe und Rahmen. Dann drückte sie mit aller Kraft oben gegen das angekippte Fenster.

Dazu musste sie auf den Bottich steigen, der als Abtritt diente. Während sie oben stand, flehte Katharina inständig: Bloß nicht abrutschen, bloß nicht abrutschen. Dabei war sie bemüht, so wenige Geräusche wie möglich zu verursachen.

Beim zweiten Versuch gelang es ihr, den Salzstreuer seitlich aufzuschlitzen. Katharina hüpfte zurück auf den Boden. Sie drückte den Salzstreuer gegen die Brust und flüsterte: »Gott, ich habe so viel für dich gearbeitet, jetzt kannst du auch mal was für mich tun.«

Dann drehte sie sich, so schnell sie konnte, auf der Stelle um ihre Achse. Als sie damit fertig war und leicht torkelte, legte sie den Kopf in den Nacken, öffnete den Mund kippte sich das Salz aus dem Streuer in den Schlund.

Sie kämpfte gegen den Würgereiz an, bis es nicht mehr ging. Dann warf sie den Streuer in den Bottich, steckte sich zwei Finger in den Hals, öffnete die Tür und taumelte zurück in Richtung Webstuhl.

Das Timing war geradezu perfekt. Berta II und ihre Assistentin sahen synchron auf, als Katharina in die Knie ging und sich heftig erbrach.

Die Jüngere machte einen Schritt auf Katharina zu. Berta II ergriff sie am Arm. »Die simuliert nur.«

Ein zweiter Schwall Erbrochenes strafte Berta II Lügen.

Katharina sah die Aufseherinnen mit weit aufgerissenen Augen mitleidheischend an. Das musste sie nicht spielen.

»So geht das schon seit dem Morgen«, keuchte sie. »Und außerdem habe ich am Abend Durchfall gehabt.«

Katharina berührte ihre Stirn: »Mir ist so heiß.«

Dann musste sie wieder würgen.

Die Wärterinnen blickten einander an. Durch beide Köpfe blitzte derselbe Gedanke: Typhus?

Damit war nicht zu spaßen. Da sollte man kein Risiko eingehen. Überraschend behände eilten die Wärterinnen über den Flur, um sich Gesichtsmasken und Kittel zu holen. Auch Katharina bekam einen Kittel zugeworfen. Dann wurde sie aus angemessener Distanz in das zweite Einzelzimmer dirigiert.

Als sie auf der Pritsche lag, rollten ihr Tränen der Erleichterung über die Wangen. Geschafft. Aber das war nur der erste Teil ihres Plans.

XIX Donnerstag, 24. September 1857 Abend

Für den Abend war Aristide Desormeaux, seines Zeichens Honorarkonsul der Republik Liberia, von örtlichen Honoratioren zu einem Essen in den Petersburger Hof am Bahnhof eingeladen worden. Aristide hatte die Einladung, ohne mit der Wimper zu zucken, angenommen. Im Gehrock und mit seinen tadellosen Manieren machte er einen guten Eindruck. Niemand wagte es, irgendwelche Zweifel an seiner Position anzumelden. Das Einzige, was die Leute misstrauisch stimmte: Aristide war ohne Diener gekommen. Aber als Aristide erklärte, dass sein Valet Richárd (er sprach den Namen französisch aus) derzeit den örtlichen Behörden in einer nicht näher bezeichneten Angelegenheit half, war auch der letzte Zweifel ausgeräumt.

Da man in Württemberg gerne Kindermädchen aus der Schweiz beschäftigte, die den Nachwuchs sowohl in Deutsch als auch in Französisch unterrichteten, war die Kenntnis des Welschen in Stuttgart weiter verbreitet als anderswo in Deutschland, was aber für Aristide keine Hürde bedeutete. Er formulierte flüssig und geschickt, und was die politischen Entwicklungen betraf, konnte er die gängigen Plattitüden mühelos aus dem Ärmel schütteln. Es dauerte nicht lange, bis auch der Letzte in der Runde zu der Erkenntnis gekommen war, dass sie hier eine absolute Koryphäe am Tisch hatten.

Zum Abschluss des Abends hielt Aristide noch eine improvisierte Rede über die Republik Liberia, die, wie jeder wusste – und selbst die, die es nicht wussten, nickten wissend –, von freigelassenen Sklaven aus den Vereinigten Staaten gegründet worden war und in vielen Augen als Rollenmodell für die Zukunft des dunklen Kontinents galt. Dann streute Aristide noch ein paar Fakten ein, die er dem *Brockhaus Konversationslexikon* in der Bibliothek des Hotels entnommen hatte. Am Ende wurde er herzlich und mit Applaus verabschiedet. Der Stapel Visitenkarten, die man ihm übergeben hatte, war so groß, dass sich die Tasche seines Mantels sichtbar wölbte.

Wieder zurück im Hotel entledigte sich Aristide seines Gehrocks und schlüpfte in eine Lakaien-Livree, die ihn als Diener eines reichen Herrn auswies, allerdings nicht so viele glänzenden Tressen und blinkende Knöpfe hatte wie allgemein üblich. Das hatte Gründe.

Mit den Dienerklamotten wechselte Aristide auch seine Persönlichkeit. Aus dem vor Selbstbewusstsein strotzenden Vertreter eines souveränen Staates wurde war ein zwar kundiger, aber doch am liebsten unsichtbarer Lakai, der nur seinen Herrn glücklich machen – und nirgendwo Aufsehen erregen wollte.

Vor dem Hotel bestieg Aristide eine Kutsche, um sich von ihr zum Gelände hinter dem Bahnhof bringen zu lassen. Als der Kutscher ihn misstrauisch fragte, wer denn die

Bezahlung für die Kutschfahrt leisten werde, antwortete Aristide, dass sein Herr, der Graf von und zu Stoltz, selbstverständlich die Kosten übernehme, blickte der Kutscher misstrauisch.

»Sie können gerne an der Rezeption fragen«, sagte Aristide mit Unschuldsaugen.

»Ob du es glaubst oder nicht, das werde ich tun.«

Der Kutscher verschwand in der Hotellobby. Aristide überlegte für einen Moment, ob er es mit seiner Chuzpe in diesem Moment nicht zu weit getrieben hatte, aber nach zehn Minuten war der Kutscher wieder da und sagte: »Alles klar, die Ausgaben des Herrn Stoltz werden übernommen, von wem auch immer.«

Am Bahnhof stieg Aristide aus und fragte den Kutscher:

»Wie teuer wird es, wenn Sie warten?«

»Jede Viertelstunde zwölf Kreuzer«, sagte der Kutscher.

»Dann warten Sie bitte«, sagte Aristide. Er hoffte, in einer halben Stunde die Angelegenheit erledigt zu haben.

Das Bahngelände hatte ein Pförtnerhäuschen. In dem saß auch ein Pförtner, aber der schlummerte tief. Aristide huschte an ihm vorbei und versuchte, sich zu orientieren.

Von der Hauptstrecke führte eine Abzweigung auf das Eisenbahngelände. Dann folgten drei weitere Weichen, sodass insgesamt vier Gleise parallel wie Zinken einer Gabel auf das Gelände führten. Ein Gleis endete im Freien an einem Prellbock, die anderen endeten in einer Halle. Direkt vor der Halle gab es eine Art Drehscheibe, auf der auch ein Gleis befestigt war. Aristide brauchte nicht lange zu überlegen, um den Sinn der Konstruktion zu begreifen.

Dank der Scheibe konnte man ankommende Wagen oder Lokomotiven von einem Gleis auf ein anderes verteilen. Der Wagen wurde einfach auf die Drehscheibe geschoben und durch Drehen der Scheibe auf ein anderes Gleis gesetzt. Mit Lokomotiven funktionierte es vermutlich ebenso, allerdings hatte Aristide keine Vorstellung, wo die Kraft herkommen sollte, um die Lokomotive zu bewegen.

Bis zu diesem Moment hatte Aristide auf dem Gelände keine einzige Menschenseele gesehen. Es mussten aber Menschen unterwegs sein, denn Aristide hörte, wie jemand mit einem Hammer auf Metall schlug. Und an verschiedenen Stellen schnauften und pufften Lokomotiven.

Aristide, der wusste, dass er dank seiner dunklen Kleidung und der dunklen Haut aus der Ferne fast unsichtbar war, ergriff seine Tasche und ging aufs Geratewohl auf die Halle zu.

Am Eingang standen zwei Arbeiter, die sich eine Pausenpfeife genehmigten. Aristide überlegte, ob er sie einfach ansprechen und irgendein Lügenmärchen auftischen sollte. »Mein Herr hat leider einen wichtigen Koffer in einem Gepäckwagen vergessen. Und er wird mich züchtigen, wenn ich ihm nicht den Koffer besorgen kann«, oder so ähnlich. Aber dann schwieg er einfach, weil der eine Arbeiter den anderen fragte:

»Machst du die Gepäckwagen heute?«

»Kann ich machen, aber die stehen ganz hinten in der Halle. Und wir sollen erst mal den Salonwagen fertig machen. Morgen ist doch wieder großer Staatsbesuch.«

Die beiden Arbeiter entfernten sich plaudernd, und Aristide huschte in die Halle auf das am weitesten entfernte Gleis.

Stoltz hatte versucht, ihm eine brauchbare Beschreibung des Gepäckwagens zu geben, aber leider hatte er sich keine Wagennummer gemerkt, und wenn man ehrlich war, bei

Gepäckwagen galt immer noch das Prinzip: Kennst du einen, kennst du alle.

Einfach auf sein Glück vertrauend, öffnete Aristide die Tür des ersten Wagens und sprang hinein. Die Lage der Paneele hatte Stoltz sehr genau beschrieben. Aristide entnahm seiner Tasche einen kleinen Beitel und hebelte eine Platte in der Holzverkleidung aus. Er entzündete eines dieser neumodischen Sicherheitszündhölzer und machte sich ans Werk.

Aristide stocherte hinter der Abdeckung herum, ohne einen Revolver gefunden zu haben. Kein Revolver hieß auch kein Umschlag, und das zusammen hieß, dass er im falschen Wagen arbeitete. Aristide verschloss das Paneel wieder. Er öffnete die Tür, sprang auf das Gleisbett und lief zum nächsten Wagen.

Dort öffnete er die Tür. Um nicht gesehen zu werden, war Aristide hinter den Gepäckwagen gelaufen, was den Nachtteil hatte, dass er sich beim nächsten Wagen aus dem Gleisbett hochziehen musste. Auf der anderen Seite gab es eine Art improvisierten schmalen Bahnsteig aus Brettern, aber eben auch Licht, weshalb man Aristide schon von Weitem gesehen hätte.

Nachdem sich Aristide in den zweiten Gepäckwagen gezogen hatte, schloss er leise die Tür hinter sich und bemerkte im selben Moment, wie die an der gegenüberliegenden Seite geöffnet wurde. Aristide hechtete hinter die nächstbeste Deckung – ein großer Postsack – und wartete.

Die Tür wurde weit geöffnet, dann sah Aristide durch einen Spalt, wie eine Frau, an der das einzig Auffällige ihre betonte Farblosigkeit war, ihre Röcke schürzte und das Innere des Gepäckwagens erklomm.

Zu Aristides großer Erleichterung lief sie an dem Postsack vorbei und ging zielstrebig auf eine Kiste zu, die aus Weidenruten geflochten war.

Die Frau hatte eine kleine Petroleumlampe mitgebracht, die sie jetzt entzündete und auf einem Versandkoffer abstellte. Aristide lugte aus seinem Versteck hervor.

Die Frau war so in ihre Arbeit versunken, dass sie nichts um sich herum wahrnahm. Die Frau öffnete die innen gepolsterte Kiste und entnahm ihr verschiedene Gerätschaften, die wie Laborzubehör aussahen, und einige Flaschen und Tüten mit Pulvern und Tinkturen. Die Frau baute ihre Schätze auf einer kleinen Decke vor sich auf. Dann betrachtete sie mit liebevollem Blick ihren Besitz, bevor sie ihn in einen kleinen Rucksack packte. Dann verschloss sie die Weidenkiste wieder und verließ den Gepäckwagen auf demselben Weg, auf dem sie gekommen war.

Als ihre Schritte verklungen waren, wartete Aristide noch eine Minute. Es blieb still. Keine zwei Minuten später hatte Aristide das Paneel gelöst und den in einer Socke versteckten Revolver aus dem Versteck genommen. So richtig perfekt lief es nicht, aber Aristide hoffte einfach, dass er die Holzplatte im Dunkeln einigermaßen sauber wieder einsetzen konnte.

Die Deckenverkleidung am anderen Ende des Gepäckwagens war schwieriger zu lösen. Gerade als Aristide glaubte, den Dreh herauszuhaben, hörte er wieder, wie sich Schritte näherten. Die beiden Arbeiter hatten offenbar ihre Pfeifen aufgeraucht und waren nun gewillt, sich an die Arbeit zu machen.

Noch bevor sie die Tür geöffnet hatten, war Aristide auf der anderen Seite ins Gleisbett gesprungen. Ohne weitere Zwischenfälle gelangte er bis zum Tor, wo zu seiner

Überraschung der Pförtner inzwischen wach in seinem Häuschen saß. Also entfernte sich Aristide ein paar Meter. Um das Bahngelände zog sich eine Mauer, die gut zwei Meter fünfzig hoch war.

Aristide bedankte sich im Stillen dafür, dass noch niemand auf die Idee gekommen war, zur Bewachung des Geländes Hunde anzuschaffen. Aber die beiden Arbeiter von der Nachtschicht legten einen geradezu verblüffenden Elan an den Tag. Gerade als Aristide eine Kiste an die Innenseite der Mauer gewuchtet hatte, hörte er wieder die mittlerweile vertrauten Stimmen sich nähern.

Aristide wollte auch diesmal kein Risiko eingehen. Er warf seine Tasche über die Mauer, sprang auf die Kiste und saß einen Augenblick später rittlings auf der Mauer. Im Dunkeln konnte er nicht erkennen, wie der Boden auf der Außenseite beschaffen war. Aristide vertraute darauf, dass ihn sein Glück an diesem Abend nicht verließ. Er sprang, rollte ab und landete im weichen Gras.

Als er kurz darauf am Eingang des Werkgeländes ankam, wartete der Kutscher immer noch wie versprochen. Aristide legte die Tasche auf die Sitzbank gegenüber und stieg ein.

»Wie lange mussten Sie warten?«, fragte Aristide.

Der Droschkenkutscher konsultierte seine Armbanduhr.

»Dreiviertelstunde.«

»Machen Sie eine Stunde draus«, schlug Aristide vor.

Eine Viertelstunde später waren sie zurück am Hotel.

XX Freitag, 25. September 1857 Morgen

An dem Abend, als Aristide sein Talent als Meisterdieb unter Beweis stellte, hatte Stoltz versucht, mit alten Achtundvierzigern Kontakt aufzunehmen. Schließlich waren nicht alle wie er außer Landes gegangen. Allerdings kannte er in Schwaben – im Unterschied zu Baden – kaum jemand. Seine zaghaften Vorstöße in Buchläden und Kneipen führten ins Leere. Kein Mensch gibt sich gern als Anhänger einer verlorenen Sache zu erkennen. Die wenigen Männer, die in seinem Alter waren und bekannten, sich schon damals für Politik interessiert zu haben, erklärten ihm rundheraus, dass sie von Anfang an den Revolutionären skeptisch gegenübergestanden hätten und eigentlich doch jeder mit nur ein wenig politischem Sachverstand habe erkennen können, wie aussichtslos das ganze Unternehmen gewesen sei. Außerdem habe sich bislang noch jeder Weltverbesserer als weltfremder Spinner herausgestellt. Wer sein Leben verbessern wollte, der sollte sich auf sein eigenes Bankkonto beschränken. Da hätte er genug zu tun, aber da könnte er am Ende auch sehen, ob es sich gelohnt habe oder nicht.

Stoltz nahm die Antworten und Erklärungen mit einem freundlichen Lächeln zur Kenntnis. Er war nicht überrascht und auch nicht enttäuscht. Denn genau dieselben Erklärungen hatte er auch immer abgegeben, wenn ihn Leute fragten, wie er damals so wahnwitzig gewesen sein konnte, nahezu jedes gekrönte Haupt in den deutschen Landen herauszufordern.

Am Freitagmorgen wachte Stoltz ohne Hilfe eines Weckers auf. Er sprang aus dem Bett und zog die Vorhänge zur Seite. Der Blick auf die Königstraße war eindrucksvoll. Die

Sonne schien, und die Straße füllte sich mit immer mehr Menschen.

Stoltz wusste nicht, wie Stuttgart normalerweise aussah, aber er hatte den Eindruck, unter dem Einfluss des Kaisertreffens ändere die Stadt ihren Charakter. Sie wirkte betriebsamer, hektischer, so als wollte sie, wo doch hier nun bald Weltgeschichte geschrieben werden sollte, mindestens zeitweise wie eine Metropole aussehen.

Stoltz machte Morgentoilette und rasierte sich. Gerade als er überlegte, ob er direkt in den Frühstücksraum gehen oder erst auf einem Spaziergang eine Zeitung kaufen sollte, klopfte es an der Tür.

Draußen der Page des Hotels.

»Morgen«, sagte Stoltz.

Der Hoteldiener erwiderte seinen Gruß. Dann nahm er förmlich Haltung an und schmetterte: »Guten Morgen. Der Honorarkonsul der freien Republik Liberia möchte Graf Richard von und zu Stoltz zu einem Frühstück in seiner Suite einladen.«

Stoltz hatte Mühe, ernst zu bleiben.

»Gerne, wann?«

»Sofort.«

Also folgte Stoltz dem Pagen bis zu Aristides Suite. Er klopfte.

»Ist offen«, rief Aristide durch die Tür.

Der Page schritt zur Seite und blieb erwartungsvoll stehen. Stoltz verstand und drückte ihm ein paar Kreuzer in die Hand. Der Page blickte ernüchtert auf seine Handfläche voll Münzen.

»Ist das zu wenig?«, fragte Stoltz. »Tut mir leid, ich bin noch nicht so lange im Land. Ich muss mich erst an die Währung gewöhnen.«

»Ist schon in Ordnung«, sagte der Page und zog sich zurück.

In Aristides Suite war der Tisch reichlich gedeckt. Es gab Tee, Kaffee, verschiedene Brotsorten, Obst, Gemüse und alles, was das Land so hergab, also so gut wie alles außer Kartoffeln. Was zu kühlen war, wurde durch Eisblöcke gekühlt.

Stoltz war beeindruckt. Aristide, der in Denkerpose am Fenster gestanden hatte, wandte sich zu Stoltz.

»Wenn der Herr Graf bitte Platz nehmen würde? Mir knurrt der Magen.«

Stoltz setzte sich.

»Sag mal, hast du nicht Angst, dass der Schwindel auffliegt? Irgendwann werden die doch die Rechnung schicken.«

Aristide butterte sein Brot. Dabei zuckte er mit den Schultern.

»Da mach ich mir keine Sorgen. Selbst wenn Beschwerden kommen: Wie wollen die rausfinden, wer sie betrogen hat?«

Stoltz schenkte sich Kaffee ein.

»Wie lief deine Mission?«

»Teils, teils.«

Stoltz blickte auf. »Das heißt?«

»Revolver ja, Umschlag nein.«

Umgekehrt wäre es Stoltz tatsächlich lieber gewesen. Aristide musterte ihn aufmerksam.

»Ich bleib dran. Ich weiß ja jetzt, wo der Gepäckwagen steht. Heute Nacht hole ich den Umschlag. Garantiert.«

»Danke noch mal«, sagte Stoltz.

Aristide drückte sich mit den Armen von der Tischkante ab und schob seinen Stuhl zurück.

»Da nicht für, wie man in New Orleans sagt. Aber vorher möchte ich dir noch mal ins Gewissen reden.«

Aristide blickte Stoltz direkt in die Augen.

»Du hast mir erklärt, dass du mir nicht sagen kannst, was sich in dem Umschlag befindet und wo er hinsoll.«

Stoltz überlegte, welchen Käsebelag er bei seinem zweiten Wecken wählen sollte.

»Das ist leider so.«

»Und du kannst mir auch nicht sagen, welche Mission dich in der Stadt umtreibt.«

»Auch das ist richtig.«

Nun erwiderte Stoltz Aristides Blick.

»Ich weiß, das klingt alles sehr geheimniskrämerisch, aber ich wäre dir dankbar, wenn du nicht weiter quengeln würdest. Denn dann muss ich dir keine Lügen erzählen.«

»Ich quengele nicht«, protestierte Aristide.

»Dann bin ich ja beruhigt«, sagte Stoltz mit leichtem Spott.

»Es ist nur«, begann Aristide. »Ich möchte dir ins Gewissen reden. Damit du nicht wieder einen Blödsinn anfängst und ich dich am Ende aus dem Schlamassel holen muss.«

Stoltz lächelte.

»Beim letzten Mal habe ich *dich* aus dem Schlamassel geholt.«

»Danke, dass du mich daran erinnerst.«

»Keine Ursache«, der Spott in Stoltz' Stimme wurde hörbarer.

»Im Ernst«, sagte Aristide. »Du hast mir damals erklärt, dass dein idealistisches Revolutionsabenteuer eine Jugendsünde war. Du würdest nie wieder irgendwelchen Wolkenkuckucksheimen nachhängen. Von jetzt an geht es nur um Geld. Viel Geld.«

»Das ist auch heute noch so, ja.«

»Keine deiner Unternehmungen, weder das, was du hier in der Stadt treibst, noch der Grund für die Reise nach Italien hat höhere Gründe.«

»Auf keinen Fall«, entgegnete Stoltz.

Als Aristide schwieg, legte Stoltz nach. »Die Reise nach Italien dient dem Vergnügen, und was hier in Stuttgart passiert, ist – sagen wir – eine Familienangelegenheit. Aber damit möchte ich dich wirklich nicht behelligen.«

Und mehr wollte Stoltz in diesem Moment dazu nicht sagen. Aristide kannte ihn lange genug, um zu wissen, dass es keinen Sinn hatte, weiter – wie Stoltz sagen würde – zu »quengeln«.

»Gut«, sagte Aristide. Er erhob sich und ging zu seiner Tasche. »Dann wollen wir dich mal wieder zum Teil der Waffen tragenden Bevölkerung machen.«

Er übergab Stoltz die Socke mit dem Revolver. Stoltz öffnete das Transportbehältnis und zog die Faustfeuerwaffe hinaus.

»Oh«, sagte Aristide erschrocken.

Der Schlagbolzen war gebrochen.

»Das tut mir jetzt wirklich leid«, sagte Aristide. »Das muss passiert sein, als ich über die Mauer gehechtet bin.«

»Hauptsache, ich habe die Waffe erst mal wieder. Ich werde schon einen Weg finden, sie zu reparieren.«

»Und wie willst du das machen?«

Stoltz überlegte, ob er Aristide sagen sollte, dass er später zum Treffen der Schützengilden gehen wollte. Und da musste sich doch jemand finden, der wusste, wie man eine Waffe reparierte. Aber dann sagte er nur: »Mir wird schon was einfallen.«

XXI Freitag, 25. September 1857 Vormittag

Die Sitzordnung bei der Besprechung in der Marienstraße spiegelte die neuen Machtverhältnisse wider. Wulberer saß auf seinem Sessel hinter seinem Schreibtisch. Stoltz auf einem nur eine Spur weniger repräsentativen davor. Schreiber Schaal hatte an seinem Pult an der Wand Platz genommen. Fräulein Holder saß auf ihrem Schemel mit einem Notizblock auf den Knien, es sah so aus, als wäre sie am liebsten unsichtbar.

Offenbar hatte Wulberer keine Lust mehr, die Pläne auf seiner Tischplatte auszurollen. Deshalb hatte er sich eine Staffelei in sein Büro stellen lassen. Ohne Vorwarnung warf er einen zusammengerollten Stadtplan Schreiber Schaal zu, der ihn verblüfft auffing.

Wulberer deutete mit dem Kopf in Richtung Staffelei, und kurz darauf war der Plan angepinnt.

Wulberer erhob sich und winkte Stoltz heran. »Ich habe mir mal ein paar Gedanken über den Ablauf heute Nachmittag gemacht. Sagen Sie mir einfach, was Sie davon halten.«

Schaal und Fräulein Holder wechselten einen wissenden Blick. Wulberer ignorierte ihn. Wie ein Lehrer in der Dorfschule hatte er plötzlich einen Zeigestock in der Hand.

»Die Ankunft des französischen Kaisers Napoleon ist für vier Uhr Nachmittag geplant.«

Die Spitze des Zeigestocks deutete auf den Bahnhof.

»Gibt es bis dahin schon irgendwelche Pläne für die gekrönten Häupter?«, fragte Stoltz.

Wulberer blickte auf seine Uhr. »Derzeit besucht der Kaiser von Russland die königliche Familie im Schloss. Das läuft aber unter Privattermin.«

Der Zeigestock zitterte nun über der Schloßstraße.

»Ab drei Uhr wird hier ein Bataillon Infanterie aufziehen.«

»Wie viele Soldaten hat ein Bataillon?«, fragte Schreiber Schaal. Dann hielt er sich erschrocken die Hand vor den Mund.

»Zwischen drei- und vierhundert Mann«, sagte Stoltz schnell, bevor Wulberer seinen Schreiber zusammenstauchen konnte.

»Genau«, bestätigte Wulberer. »Mein Plan ist, die Leute als Kette vom Schloss bis zum Bahnhof aufzureihen. Dadurch ist eine Seite der Straße gesichert.«

»Was ist mit der anderen Straßenseite?«, fragte Stoltz.

»Die bleibt frei. Die Schaulustigen können sich das alles aus der Ferne ansehen.«

»Gute Entscheidung.«

Eine weitere Geste des Zeigestocks. »Dort, wo die Schloßstraße auf die Königstraße stößt, habe ich ein Kavallerieregiment angefordert. Das fungiert quasi als Empfangsspalier, wenn König und Kaiser ins Schloss fahren. Aber die können natürlich auch jederzeit eingreifen.«

Er machte eine effektvolle Pause. »Falls es zu einem Zwischenfall kommen sollte.«

Stoltz bemerkte, wie sich Schaal verstohlen bekreuzigte.

»Am Bahnhof wird es ein Empfangskomitee geben«, erklärte Wulberer. »Generalleutnant von Baumbach …«

»Wer ist das?«

»Der Gouverneur unserer schönen Stadt«, sagte Wulberer und fuhr dann unbeeindruckt fort. »Gegen vier Uhr werden sich die Mitglieder der königlichen Familie in ihren Kutschen zum Bahnhof begeben.«

»Offen oder geschlossen?«, fragte Stoltz.

»Was für eine Frage, geschlossen natürlich«, antwortete Wulberer, als hätte er nie etwas anderes erwogen. »Die erste Kutsche auf der Hinfahrt wird die der Prinzen Friedrich und August sein. Als Nächstes folgt der Kronprinz, als Letzter selbstverständlich der König, der vom Freiherrn von Taubenheim begleitet wird.«

Leider hielt Schreiber Schaal diesmal den Mund. Stoltz hatte keine Lust, zu fragen, und so blieb im Dunkeln, um wen es sich bei diesem Herrn handelte. Aber eigentlich war das Stoltz auch egal. Eine Hofschranze mehr oder weniger, was machte das schon?

»Nach Ankunft des Kaisers der Franzosen wird er von dem König und den Prinzen begrüßt.«

»Wie lange wird die Begrüßung dauern?«

»Nicht länger als ein Händeschütteln und ein paar warme Worte. Dann steigen alle wieder in ihre Kutschen.«

»Sehr schön«, sagte Stoltz.

»Die Kutschen verlassen den Bahnhof in umgekehrter Reihenfolge. Zuerst der König – nun mit dem Kaiser –, dann die Prinzen. Sie fahren direkt zum Schloss.«

»Noch besser«, sagte Stoltz. »In was für einer Geschwindigkeit?«

»Schrittgeschwindigkeit«, sagte Wulberer.

Das gefiel Stoltz gar nicht. »Warum kann er nicht schneller fahren? Es gibt doch gar keine Schaulustigen an der Strecke.«

»Unser König hat sich für seinen kaiserlichen Gast noch etwas ausgedacht. Direkt an der Strecke wird eine Militärkapelle positioniert sein.«

Offenbar war der Kaiser der Franzosen ein genauso großer Freund des militärischen Zeremoniells wie der russische Zar.

»Während der Kaiser der Franzosen vorbeifährt, wird die Kapelle …«, Wulberer konsultierte seinen Spickzettel, »… *Partant pour la Syrie* intonieren.«

»Soll das passen? Württemberg liegt ja nun nicht unbedingt in der Wüste.«

»Aber es ist ein Lied, das von Hortense de Beauharnais persönlich komponiert wurde.«

Stoltz kannte den Stammbaum der Herrscherhäuser besser, als er es sich eingestehen wollte.

»Der Mutter des Kaisers?«

Wulberer nickte. »Genau.«

Stoltz nickte ergeben. Da war wohl nichts zu machen. Hoffentlich würde der Kaiser nicht so gerührt sein, dass er seine Kutsche anhalten ließ. Um die Kapelle persönlich zu dirigieren.

Aber ansonsten gefiel Stoltz der Ablauf ganz gut. Keine Menschenmengen, die sich an den Straßenrändern drängten, weite, gut einzusehende Flächen. Stoltz war versucht, Wulberer auf die Schulter zu klopfen und dabei »Gute Arbeit« zu sagen. Aber ihm war klar, dass eine solche herablassende Geste vor Wulberers Untergebenen nicht gut ankommen würde.

Also sagte er nur: »Die Dächer der umliegenden Häuser sind durch Ihre Landjäger gesichert?«

»Selbstverständlich.«

»Dann bleibt mir nur zu sagen: Ich bin beeindruckt, Sekondeleutnant.«

Stoltz registrierte, dass Wulberer das Lob genoss. Im nächsten Moment verzog dieser missmutig das Gesicht. Offenbar war es Wulberer unheimlich, dass ein Lob von einem Mann wie Stoltz, der ja quasi sein Haussklave war, eine solche Wirkung auf ihn hatte.

Um Wulberer zu erlösen, sagte Stoltz: »Wie lange bleiben König und Kaiser auf dem Schloss?«

»Nur kurz. Dann geht es zur Villa Berg, zum Zaren. Aber darüber reden wir, wenn wir den Empfang am Bahnhof hinter uns gebracht haben.«

XXII Freitag, 25. September 1857 Mittag

Nachdem Schreiber Schaal und Fräulein Holder das Büro verlassen hatten, sagte Stoltz: »Was das Treffen der Schützengilden betrifft ...«

Worauf Wulberer zu einem Schrank an der Längsseite seines Büros ging. Er öffnete die Tür und drückte Stoltz ein Jackett in die Hand. Es war grün, mit violetten Aufschlägen und einem Revers, das ebenfalls in diesem Farbton gehalten war. Auf der linken Jackettbrust prangte ein großer Orden mit der Aufschrift: Unser Schützenkönig.

»Das soll ich anziehen?«, fragte Stoltz entgeistert.

»Das werden Sie anziehen müssen«, entgegnete Wulberer. »Wenn Sie nicht auffallen wollen.«

Es überstieg Stoltz' Vorstellungskraft, dass es einen Ort geben könnte, an dem er in dieser Kluft nicht auffallen würde. Aber er sah ein, dass Widerspruch zwecklos war. Also zwängt er sich in das Jackett.

»Haben Sie einen Spiegel?«, fragte Stoltz.

»Leider nein«, antwortete Wulberer. »Aber glauben Sie mir, Sie sehen richtig beeindruckend aus.«

Stoltz glaubte Wulberer kein Wort. Er ging zum Fenster, in der Hoffnung, dass die Scheibe einen brauchbaren Spiegel abgebe.

»Moment«, sagte Wulberer und stülpte ihm eine Kopfbedeckung über. Die sah aus wie ein Tropenhelm, war in Popelgrün gehalten und trug an der Spitze einen Busch violetter Federn. Die Fensterscheibe gab Stoltz' Abbild nur schemenhaft wieder. Aber es reichte. Wulberer trat einen Schritt zurück.

»Was sagen Sie?«

In seinen Augen sah Stoltz nicht nur aus wie eine Vogelscheuche, er fühlte sich auch so. Aber er sagte nichts. Stoltz entfernte sich vom Fenster. Auf dem Weg fragte er: »Ist das alles?«

Wulberer schlug sich eine Spur übertrieben an die Stirn. »Oh. Fast hätte ich das Wichtigste vergessen.«

Wulberer öffnete den Schrank erneut. Diesmal entnahm er ihm ein Gewehr. Stoltz nahm die Waffe in die Hand und musterte sie interessiert.

»Das ist unser neuestes Infanteriegewehr. Auch Vereinsgewehr genannt. Damit werden Sie beim Wettschießen Eindruck schinden.«

Da war sich Stoltz nicht so sicher. Dieses Gewehr war fast zehn Pfund schwer. Es verschoss zwar die modernen Minié-Patronen, aber im Unterschied zu dem Zündnadelgewehr, das er vor Jahren in Rastatt in den Händen gehalten hatte, war das Vereinsgewehr immer noch ein Vorderlader.

Wulberer drückte Stoltz eine Packung Kugeln, einen Satz Papierpatronen und ein Päckchen Zündhütchen in die Hand.

Will er mich tatsächlich mit einem scharfen Gewehr durch die Stadt laufen lassen?, fragte sich Stoltz stumm. Wie zur Antwort öffnete Wulberer die Tür seines Büros und rief über den Flur: »Landjäger Pflumm.«

Prompt erschien der Landjäger in der Tür. Er trug dieselbe absonderliche Uniform wie Stoltz, zudem hielt er das gleiche Gewehr in der Hand. Pflumm salutierte und rief: »Zu Befehl, Sekondeleutnant Wulberer.«

Wulberer bedeutete Pflumm mit einer lässigen Geste, dass er bequem stehen könne. Dann stellte er die beiden einander vor. »Landjäger Pflumm – Sergeant Stoltz.«

Stoltz staunte. Offenbar war er soeben befördert worden.

Er tat so, als sähe er Pflumm zum ersten Mal, und streckte ihm die Hand entgegen.

»Freut mich, Sie kennenzulernen.«

Dankbar, weil Stoltz vor Wulberer nicht durchblicken ließ, dass Pflumms stümperhafte Beschattungsversuche nicht funktioniert hatten, schüttelte ihm der Landjäger die Hand.

»Na, dann Weidmannsheil und Gut Schuss, oder was immer man in diesen Kreisen so wünscht«, sagte Wulberer und schob die beiden aus seinem Büro hinaus.

Das Wettschießen der Schützengilden fand bei der großen Infanteriekaserne an der Rotebühlstraße statt, weil es dort viele Schießstände gab. Auf Kosten des Steuerzahlers genehmigten sich die Schützenkameraden Stoltz und Pflumm eine Kutsche.

Während die ihrem Ziel entgegenrollte, sagte Stoltz: »Ich hoffe, ich muss nicht schießen. Ich bin nämlich ein bisschen aus der Übung.«

Pflumm sah ihn erstaunt an. »Es stimmt also nicht, wenn man über Sie erzählt, Sie wären im Wilden Westen gewesen?«

Stoltz staunte immer wieder, wie schnell sich über die Gerüchteküche Informationen verbreiteten. Das ging schneller als jeder Telegraf.

»Ich war in Kalifornien. Während des Goldrausches«, sagte er.

»Gab es da nicht jede Menge Schießereien?«

»Es gab Schießereien«, bestätigte Stoltz. »Aber da konnte man sich auch raushalten.«

Pflumm nahm die Antwort leicht enttäuscht zur Kenntnis. Offenbar war in seiner Fantasie der Westen eine einzige Schießbude.

»Jedenfalls würde ich mich freuen, wenn Sie als Schütze unseren Verein vertreten könnten.«

Pflumm lachte. »Gerne. Als junger Spund war ich bei uns auf dem Dorf tatsächlich in der Schützengilde. Ich war gar nicht so schlecht.«

»Wunderbar«, sagte Stoltz

Als sie auf dem Kasernengelände ankamen, machte Stotz die verblüffende Entdeckung, dass ihre Tracht bei Weitem nicht die auffallendste war. Es gab Uniformen, die eher an bunt gescheckte Papageien oder explodierte Farbbeutel erinnerten.

Stoltz und Pflumm mischten sich unter die Menge, ihr Gewehr mit geöffnetem Schloss im Arm. Stoltz sah sich um. Die meisten Schützen waren reifere Herren, viele recht beleibt, die aber stolz ihre Waffen präsentierten und deren Vorteile priesen und diskutierten. Während er durch die Reihen schritt, drangen ihm Fetzen von verschiedenen Fachsimpeleien ans Ohr. Er hörte alles Mögliche über Kugelformen und Gewichte, Pulvermischungen und Lauflängen und Anzahl der Züge. Die meisten Schützenfreunde trugen veraltete Stutzen, die im Vergleich zu Stoltz' Vereinsgewehr wie aus dem letzten Jahrhundert wirkten.

Stoltz kam schnell mit den Leuten ins Gespräch. Nach einer Weile nahm er Pflumm gar nicht mehr bewusst wahr, denn der schwieg die meiste Zeit und nickte nur ab und an mal höflich.

Wenn Stoltz versuchte, sich mit seinen Kenntnissen in die Fachsimpeleien einzumischen, wurden seine Beiträge zwar wohlwollend zur Kenntnis genommen, aber wann immer er versuchte, das Gespräch auf Sharps Rifle oder ähnliche Modelle zu bringen, wichen seine Gesprächspartner aus oder wechselten das Thema.

Am Rande des Treffens war wie in einem Bierzielt eine Reihe langer Bänke aufgestellt. Ungefähr alle fünf Meter thronte auf den Tischen ein anderer Wimpel oder Stander, damit hatten die verschiedenen Schützengilden ihr Revier markiert. Im Laufe des Mittags wurde es auf dem Gelände immer voller, alle redeten und gestikulierten durcheinander, es summte und brummte wie im Bienenkorb.

Dann zerriss ein Schuss die Stille.

Sogleich warfen sich nicht wenige Schützenfreunde auf den Boden. Was nicht besonders heldenhaft wirkte, aber da zunächst niemand den Knall zuordnen konnte, war das ein nachvollziehbarer Impuls. Auch Stoltz und Pflumm waren hinter einer Tischreihe in Deckung gegangen.

Als sie es wagten, die Köpfe wieder über die Tischplatte zu heben, sahen sie am anderen Ende der Tischreihe einen älteren Herrn, er entschuldigend eine gestopfte Pfeife in die Höhe hob.

»Es war ein Versehen«, krähte er. »Ein Versehen.«

Der Greis hatte sich ein Pfeifchen gestopft und war beim Anzünden zu dicht an das Schloss seines Stutzens gekommen, wo sich das in der Kammer befindliche Pulver entzündet hatte. Seine Augenbrauen waren leicht angesengt, ansonsten hatte er das Malheur glimpflich überstanden.

»Es konnte gar nichts passieren«, sagte der alte Mann. »Es war doch gar keine Patrone im Lauf.«

Die Entwarnung sprach sich nur langsam herum. Und je mehr Leute begriffen, dass die Panik unbegründet war, desto stärker stieg der Lärmpegel.

Die Schießstände befanden sich an der Nordseite des Übungsplatzes. Anlässlich des Wettbewerbs waren zwei Mal zwei Bahnen eingerichtet worden. Vor der einen Doppelbahn standen in etwa hundert Schritt Entfernung zwei Truthähne, vor den anderen zwei Zehner-Ringscheiben.

Vor dieser Anlage erhob sich ein Podium, das für die Präsidenten der verschiedenen Gilden vorgesehen war. Dieses bestieg nun ein nicht mehr ganz so rüstiger Herr, dem zwei Gehilfen über drei Stufen halfen. Zur Sicherheit stützten ihn die beiden Assistenten auch, als er oben stand und seine Rede schwang. Die dauerte zum Glück nicht lange.

Es gab viele Hochrufe auf den König, viele Beschwörungen der Wehrhaftigkeit der Schützenfreunde und einige Belehrungen, wie die, dass niemand betrunken durch die Gegend ballern und niemand es wagen sollte, seine Waffe mit auf den Abort zu nehmen.

XXIII Freitag, 25. September 1857 Mittag

Damit war der Wettbewerb eröffnet. Aus einem Los wurde ein Name gezogen.

»Alois Steinhilber«, verkündete der Gehilfe des greisen Präsidenten.

Alois Steinhilber war ein Mann Anfang vierzig. Er trug einen beeindruckenden sorgfältig rasierten Backenbart, wie ihn der Kronprinz Karl in Mode gebracht hatte. Wie Steinhilber nun durch die Reihen der Schützen schnürte, gab der Backenbart seinem Gesicht den Ausdruck einer angriffslustigen Bulldogge.

Auf seine Blicke wurde ganz unterschiedlich reagiert. Einige starrten angriffslustig zurück, andere wieder senkten demütig die Lider, und manche taten so, als bemerkten sie Steinhilbers Blick überhaupt nicht.

Stoltz hatte die Regeln schnell begriffen. Steinhilber durfte sich einen Gegner für das Wettschießen aussuchen. Bei dem Truthahn hatte jeder Teilnehmer drei Schuss. Da der Holz-Truthahn am Ende der Schießbahn aus verschiedenen Teilen zusammengesetzt war, konnte der Schütze ihn quasi filetieren. Je weniger Flügel, Krallen und Kopfteile noch am Rumpf hingen, desto mehr Punkte gab es am Ende.

Bei der Ringscheibe waren nur zwei Schuss erlaubt. Da wurden einfach die Ringe zusammengezählt. Wer die meisten Punkte verzeichnen konnte, hatte gewonnen.

Steinhilber war inzwischen bei Stoltz und Pflumm angelangt. Pflumm, der schon aufgrund seiner Körperlänge oft auffiel, versuchte, sich so klein wie möglich zu machen.

Und fiel gerade dadurch auf.

»Du«, sagte Steinhilber, während sein Zeigefinger nach vorn schoss. »Wie heißt du?«

»Pflumm«, antwortete der Landjäger leise.

»Bist du gut?«, fragte Steinhilber lauernd.

»Geht so«, sagte Pflumm wieder leise.

»Dann zeig mal, was du draufhast«, brummte Steinhilber.

Sie gingen zu den Truthahnscheiben. Stoltz lief als Assistent mit und klopfte Pflumm aufmunternd auf den Unterarm.

Steinhilber nahm seinen Stutzen, lud, legte an und feuerte. In der Ferne segelte dem Sperrholz-Truthahn der Kopf vom Körper. Einer der Assistenten des greisen Präsidenten spähte durch ein Spektiv. Dann nahm er den Kopf zurück und verkündete: »Zehn Punkte.«

Der Kopf des Vogels brachte zehn Punkte. Die Flügel jeweils fünf, die Krallen drei.

Nun war Pflumm an der Reihe. Er lud sein Vereinsgewehr und legte an. Auch bei Pflumms Truthahn segelte nach dem Schuss der Kopf zu Boden.

»Zehn Punkte«, wurde auf dem Präsidiumspodium auf einer Tafel notiert.

Beim zweiten Schuss trennte Steinhilber den rechten Flügel vom Rumpf, Pflumm den linken.

»Der dritte Schuss bringt die Entscheidung«, verkündete das Präsidium.

»Das schaffen Sie«, flüsterte Stoltz aufmunternd. Aber Pflumm hörte kaum zu. Stoltz folgte seinem Blick und sah unter den Zuschauern ein vielleicht siebzehnjähriges Mädchen, das Pflumm unverhohlen anhimmelte. Neben ihr stand ein glatt rasierter Mann, der sowohl das Wettschießen als auch den Flirt zwischen den beiden jungen Menschen amüsiert verfolgte.

Steinhilber schoss und zeigte Nerven. Diesmal ging nur eine Kralle – die linke – zu Boden.

»Drei Punkte.«

»Jetzt nur noch den anderen Flügel. Dann ist dieser Wettbewerb gewonnen«, flüsterte Stoltz. Dabei hätte er sich besser auf die Zunge gebissen. Er sah, dass Pflumm sowieso schon nervös war, weil das Mädchen mittlerweile erwartungsvoll in die Hände klatschte und ihn mit ihren Blicken geradezu zu verschlingen schien.

Beim Laden fiel Pflumm seine Minié-Kugel in den Sand.

»Das kann jedem mal passieren«, beschwichtigte Stoltz.

Pflumm las die Kugel aus dem Sand auf, pustete sie sauber und schob sie in den Lauf. Beim Zielen schien Pflumm seine Ruhe wiedergewonnen zu haben. Aber er drückte viel zu schnell ab. Der Schuss peitschte in den Erdwall hinter den Zielscheiben, ohne den Truthahn getroffen zu haben.

Steinhilber reckte die Fäuste gen Himmel, das Mädchen schien nicht besonders betrübt zu sein. Pflumm war am Boden zerstört.

»Soll ich weitermachen?«, fragte Stoltz. Pflumm nickte.

»Ich übernehme«, erklärte Stoltz.

»Moment«, protestierte Steinhilber. »Ich habe nur einen alten Stutzen. Diese Herren hier schießen mit dem Vereinsgewehr. Das ist das Neueste, was es gibt. Das ist unfair.«

»Sie können gerne das Gewehr meines Kameraden haben«, sagte Stoltz. Pflumm nickte. Er drückte Steinhilber sein Gewehr in die Hand. Auch die Munition wechselte den Besitzer.

Steinhilber besah sich das Gewehr ausgiebig und murmelte: »Ein schönes Teil.« Er lud das Gewehr und zielte lange und sorgfältig. Nachdem der Schuss sich gelöst hatte, drehten sich alle Köpfe zu dem Mann mit dem Spektiv auf dem Podium.

»Eine Zehn«, verkündete er. »Nein, wartet, eine Innen-Zehn sogar.«

Die Zehn auf der Scheibe bestand aus zwei Ringen, einem außen, einem innen. Eine Innen-Zehn war das höchste der Gefühle; mehr ging nicht.

Auch Stoltz hatte sein Gewehr in der Zwischenzeit studiert. Er lud die Waffe und legte an. Während er die rechte Wange an den Kolben schmiegte, sah Stoltz über das Visier ins Ziel. Das Korn sah er scharf, die Scheibe verschwommen, aber am meisten störte ihn, wie Kimme und Korn vor seinen Augen tanzten. Er war jetzt, wie seine amerikanischen Freunde es nannten, in der *Wobble Zone*.

Stoltz atmete langsam aus, bis sich in seinen Lungen kaum noch Luft befand. Dann hielt er die Luft an. Sein Zeigefinger lag schon am Druckpunkt, nun zog Stoltz den Abzug langsam durch. Der Knall des Schusses hallte über die Anlage und überraschte Stoltz genauso wie jeden anderen auch.

Alle Augen gingen wieder in Richtung Präsidium.

»Auch eine Innen-Zehn«, wurde verkündet.

Steinhilber musterte Stoltz eingehend. Das junge Mädchen in der Menge zog einen Zirkus ab, um Stoltz' Aufmerksamkeit zu erringen. Sie lachte, klatschte, warf den Kopf in den Nacken … Stoltz beachtete sie nicht.

Er sah nur zu Steinhilber, der ebenso wie beim ersten Versuch sein Gewehr lud und wieder lange und gründlich zielte.

Der Schuss hallte über den Platz und prompt gingen die Blicke zu dem Mann mit dem Spektiv auf dem Podium.

Der ließ sich Zeit.

»Eine Neun.«

Ein Raunen der Bewunderung ging durch die Menge. Eine Neun und eine Zehn – Innen-Zehn. Das war kaum zu toppen. Stoltz müsste noch eine Zehn schießen und hätte selbst dann Steinhilber nur um einen Punkt übertroffen.

Stoltz zwang sich zur Ruhe. Er wusste, dass er an guten Tagen einen ganz passablen Schützen abgab, aber er wusste auch, dass die Freude über einen gelungenen Schuss ihm oft genug einen Streich gespielt hatte. Auf eine Zehn folgte daher bei ihm meist nur eine Sieben. Oder schlechter.

Stoltz ging zur Feuerlinie. Als er stand, atmete er dreimal tief und langsam durch. Dann lud er sein Gewehr und zielte lange, ruhig und sorgfältig.

Mississippi. Mississippi …, intonierte Stoltz stumm. Beim dritten Mississippi löste sich der Schuss aus dem Lauf.

Wieder alle Köpfe in Richtung Präsidium.

Der Mann auf dem Podium sprach, während er immer noch ein Auge am Okular des Spektivs ließ.

»Das … das ist …« Er nahm den Kopf nach oben. »Ich sehe keinen weiteren Treffer auf der Scheibe. Alois Steinhilber riss triumphierend die Arme nach oben. Seine Anhänger jubelten in der Menge. Stoltz wandte sich an das Podium.

»Moment«, sagt er laut und bestimmt. Der Mann auf dem Podium sah ihn neugierig an.

»Ich habe nicht danebengeschossen. Das weiß ich genau.«

Der Mann auf dem Podium war verwirrt.

»Aber das würde ja bedeuten, dass … dass …«

Stoltz vollendete den Satz. »… dass zwei Schüsse durch *ein* Loch in der Scheibe gegangen sind.«

Steinhilber stemmte die Arme in die Seite. »Das ist doch lächerlich.«

Das Gemurmel der Umstehenden zeigte: Die Leute waren auf Steinhilbers Seite.

»Warum gucken wir nicht einfach nach?«, schlug Stoltz vor.

»Einverstanden«, knurrte Steinhilber.

Der Präsidentengehilfe setzte sich als Erster in Bewegung. Hinter ihm folgte Steinhilber, dann Stoltz. Den Schluss bildeten der Glattrasierte und die junge Frau, die Stoltz mit einem spöttischen Lächeln musterte.

Zuerst inspizierten sie den Kugelfang hinter Steinhilbers Scheibe. Wie erwartet fanden sie dort zwei deformierte Minié-Kugeln.

»Nun zu mir«, sagte Stoltz.

Zur allgemeinen Überraschung fanden sie in Stoltz' Kugelfang ebenfalls zwei platt gedrückte Kugeln. Der Gehilfe des Präsidenten pfiff anerkennend durch die Zähne.

»Das gibt's doch gar nicht«, sagte Steinhilber. Die junge Frau musterte Stoltz erneut. Diesmal war aller Spott aus ihrem Blick verschwunden.

Gemeinsam stiefelten sie zurück, und die Jury erklärte Stoltz zum Gewinner dieser Runde.

»Wenn Sie wollen, können Sie jetzt den nächsten Schützenverein herausfordern.«

Stoltz schüttelte den Kopf. »Wir müssen leider schon los. Aber dieses Recht treten wir gerne an Alois Steinhilber ab.«

Als Stoltz und Pflumm sich einen Weg durch die staunende Menge bahnten, verstellte ihnen der Glattrasierte den Weg. Er streckte Stoltz die Hand entgegen.

»Schneyder.«

Stoltz schüttelte die Hand.

»Stoltz.«

»Das war wirklich ein beeindruckender Schuss.«

Stoltz machte auf bescheiden. »Man tut, was man kann.« Er sah sich suchend um. »Die junge Frau, war das Ihre Tochter?«

Schneyder schüttelte den Kopf. »Nein, das war Maria. Sie ist die Tochter von Alois Steinhilber. Die arbeiten gerne im Team. Er schießt, und sie lenkt die Leute ab.«

Als Pflumm das hörte, wurde er puterrot und stapfte schneller voraus. Plötzlich standen Stoltz und Schneyder allein am Rande des Schießplatzes.

»Es gibt da noch einen Schießclub«, begann Schneyder. »Nichts Offizielles. Aber wenn Sie Lust haben … da sind jede Menge Experten.«

Stoltz wurde hellhörig. »Gibt es da auch ausgefallene Waffen?«

»Jede Menge.«

»Auch …« Stoltz versuchte, so beiläufig wie möglich zu klingen. »Ein Sharps Rifle?«

»Haben wir«, bestätigte Schneyder.

»Das würde ich zu gern mal schießen.«

Schneyder griff in seine Westentasche und kritzelte etwas auf eine Visitenkarte. »Kommen Sie einfach morgen vorbei.«

Stoltz steckte die Karte ein. »Das mache ich bestimmt.«

Sie verabschiedeten sich. Stoltz schritt schneller aus, und an der Rotebühlstraße hatte er Pflumm wieder eingeholt.

»Soll ich uns eine Kutsche rufen?«, fragte Stoltz freundlich. Pflumm sah ihn verletzt an.

»Jetzt kommen Sie sich wohl wahnsinnig toll vor, was?«

Stoltz verstand nicht gleich.

»Erst erzählen …« Pflumm äffte Stoltz nach: »›Oh, ich bin ein bisschen aus der Übung.‹ Haben Sie es wirklich so nötig, irgendwelchen Frauenzimmern zu imponieren?«

Nun war es an Pflumm, eine Kutsche heranzuwinken.

Pflumm stieg ein. Stoltz folgte. Er machte noch einen Versuch, zu erklären, dass er mitnichten Pflumm bloßstellen wollte, sondern einfach nur verdammt viel Glück gehabt hatte.

Aber Pflumm sagte nur unwirsch: »Verschonen Sie mich mit Ihrem Gelaber.« Dann blickte Pflumm demonstrativ auf die andere Seite der Straße.

Stoltz gab es auf. Zum einen, weil ihm die ganze Angelegenheit nicht so wichtig war. Und zum anderen beschäftigte ihn etwas viel Interessanteres. Stoltz war aufgefallen, dass Schneyders Visitenkarte aus demselben Material zu sein schien wie die Nachricht, die der Attentäter am Bahnhof Feuerbach hinterlassen hatte.

XXIV Freitag, 25. September 1857 Mittag

Seinen nächsten Versuch, den Umschlag aus dem Versteck in dem Gepäckwagen zu holen, bereitete Aristide besser vor. Anstatt sich in der Nacht auf das Gelände zu schleichen, beschloss er, die nächste Aktion bei Tageslicht durchzuführen. In seiner Suite komponierte Aristide ein Schreiben des Honorarkonsuls Aristide Desormeaux, in dem er seinem Diener Richárd umfassende Vollmacht erteilte, die Gepäckstücke des Konsuls aus Wagen fünfundsiebzig zu holen.

Dann zog Aristide wieder eine Lakaienuniform an und ließ sich von einer Kutsche zu den Rangiergleisen am Bahnhof fahren. Diesmal saß ein Pförtner hellwach in seinem Häuschen am Eingang. Das kalligrafisch beeindruckend gestaltete Schreiben hinterließ die gewünschte Wirkung, wozu sicherlich auch das von Aristide auf das Dokument applizierte Siegel beitrug.

»Wissen Sie, wo der Gepäckwagen fünfundsiebzig steht?«, fragte Aristide.

Der Pförtner zuckte mit den Schultern. »Ganz ehrlich, für mich sehen alle Gepäckwagen gleich aus.«

Das war bis gestern für Aristide ganz genauso gewesen.

»Ich werd den Wagen schon finden.« Aristide tippte zum Gruß an seinen Dreispitz und begab sich auf das Gelände. Eigentlich wollte er einfach alle drei Gleise systematisch durchsuchen, aber dann zog er sich urplötzlich in den Spalt zwischen zwei Waggons zurück.

Ihm kam eine alte Bekannte entgegen. Eine Frau, wie schon gestern Nacht ganz auf Mauerblümchen und Unscheinbarkeit gestylt, steuerte zielstrebig auf einen Gepäckwagen zu, der nicht die Nummer fünfundsiebzig trug.

Bis zu dem Moment, da sie ihren Gepäckwagen erreicht hatte, war die Frau ganz und gar weltfremdes und unpraktisches Fräulein. Aber als sie die Schiebetür erreicht hatte, sah sie sich vorsichtig um. Aristide blieb in seinem Spalt versteckt und hoffte, unentdeckt zu bleiben. Seine Gebete wurden erhört.

Sich unbeobachtet glaubend, wuchtete die Frau nun mit einer kraftvollen Bewegung die Waggontür auf. Dann stützte sie sich mühelos am Boden des Waggons auf und sprang hinein. Nun wiederholte sich das Ritual, das Aristide bereits aus der letzten Nacht kannte. Die Frau griff nach einem Weidenkorb, dem sie erneut ein paar Laborgerätschaften, Pulver und Tinkturen entnahm. Nachdem sie ihre Besitztümer wieder mit einem liebevollen Blick betrachtet hatte, wickelte die Frau ihre Utensilien in weiche Tücher, die sie in einer Tasche verstaute. Mit dieser Tasche in der Hand stöckelte sie vom Gelände, nun wieder ganz auf hilfloses Weibchen getrimmt.

Aristide wurde aus der Sache nicht schlau. Er überlegte, wozu die Frau die Chemikalien und die ganzen Laborgerätschaften brauchen könnte. Trotz längerem Nachdenken fiel ihm nur dieser neumodische Kram ein, diese Daguerreotypien. Diese Fotos, wo man ewig stillsitzen musste und der Fotograf wie ein Alchimist in einer dunklen Kammer verschwand, wo er dann diverse Mittel auf Platten und Papiere kippte, auf dass ein Bild entstehe. Aber wenn das der Fall war, warum machte die Frau dann so ein Geheimnis um ihr Tun? Hätte sie sich die ganzen Sachen nicht auch einfach mit der Post schicken lassen können?

Als Aristide keine plausible Erklärung einfiel, ermahnte er sich: Hör auf zu grübeln. Dafür bist du nicht gekommen.

Also klapperte er weiter Waggon um Waggon ab – nur um am Ende festzustellen, dass sich der Gepäckwagen fünfundsiebzig überhaupt nicht auf den Rangiergleisen befand.

Aristide kontrollierte noch mal den Bestand, aber nein, er hatte sich nicht verzählt und auch keinen Waggon übersehen.

Auf einem Prellbock saßen zwei Arbeiter, die aus einem mitgebrachten Korb ihr Mittagessen verzehrten.

»Entschuldigen Sie«, begann Aristide. »Kann ich Ihnen eine Frage stellen?«

Der eine Arbeiter kaute ungerührt weiter und schwieg. Der andere sagte: »Das war doch schon eine Frage.« Worauf Aristide nur den Mund verzog und dachte: Sehr witzig. Dann sagte er: »Ich suche den Gepäckwagen fünfundsiebzig. Kann ihn aber nirgendwo finden.«

Die beiden Arbeiter überlegten. »Fünfundsiebzig? Ist das nicht der mit der angebrochenen Achse?«, fragte der eine. Der andere nickte.

»Was an Waggons repariert werden muss, bleibt nicht hier, sondern wird weiter nach Cannstatt rangiert«, erklärte der erste Arbeiter.

»Heute ist doch dieser Kaiserempfang. Da soll im Umfeld des Bahnhofs kein kaputtes Material rumstehen«, ergänzte der zweite Arbeiter.

»Und wo genau in Cannstatt stehen die Wagen?«

»Das wissen wir nicht«, sagte der erste Eisenbahner.

»Und ganz ehrlich: Das interessiert uns auch nicht.« Der zweite hielt seine Wurststulle hoch: »Wir würden nämlich gerne essen.«

Aristide bat um Entschuldigung und zog sich zurück. Er tat erst so, als wollte er das Gelände über den Pförtnereingang verlassen, aber dann versteckte er sich hinter der letzten Reihe Waggons und wartete, bis die beiden Arbeiter das Gelände verlassen hatten. Da auch in der Nacht Arbeiter unterwegs gewesen waren, vermutete Aristide, dass die Tagschicht bald abgelöst werden würde.

Als die beiden weg waren, sah sich Aristide sichernd um. Dann nahm er aus dem Gleisbett einen Stein und – schlug an einem Schlafwagen gut sichtbar eine Scheibe ein.

Danach stieg er in den Wagen, legte sich in einem Abteil am anderen Ende in ein Bett und wartete. Wie vermutet, hörte er nach einer Weile Stimmen und Rufe. Eine Lokomotive rangierte über das Gleis. Der Schlafwagen wurde angekoppelt und vom Gelände gezogen. In Richtung Cannstatt, so hoffte Aristide.

XXV Freitag, 25. September 1857
Nachmittag

Landjäger Pflumm hatte tatsächlich bis zur Ankunft in der Kaserne in der Marienstraße kein einziges Wort mit Stoltz gewechselt. In der Kaserne entledigten sich beide ihrer albernen Schützengildenuniform. Pflumm nahm Stoltz' Vereinsgewehr in Empfang und schloss es in den Waffenschrank ein.

Wieder in Zivil begab sich Stoltz zum Schloßplatz, wo alles so arrangiert war, wie Wulberer es geplant hatte.

Vom Bahnhof zum Schloss zog sich ein Kordon Soldaten. Sie trugen nagelneue blaue Paradeuniformen. Die goldenen Knöpfe an den Uniformen glänzten in der Sonne, die gründlich gewienerten schwarzen Stiefel ebenso.

Die Kavalleristen, die das Empfangskomitee direkt vor dem Schloss bildeten, sahen in ihren doppelbrüstigen Uniformen noch eine Spur schneidiger aus als die Infanterie. Falls das ging und falls man ein Faible für derartige Zeremonien hatte. Stoltz hatte das nicht, aber er suchte dennoch mit den Augen die Reihen der Soldaten ab, weil er hoffte, Wulberer irgendwo zu entdecken.

Auf der anderen Seite des Kordons hatte sich eine Menge von Schaulustigen versammelt, die aber noch nichts von sich hören ließen, sondern einfach nur in einer erwartungsvollen Stille verharrten, die geradezu andachtsvoll war. Hinter dem Kordon hatte sich eine Militärkapelle formiert, die geduldig auf ihren Einsatz wartete.

»Da sind Sie ja.«

Stoltz fuhr herum. Wulberer hatte in einem Torbogen des Alten Schlosses gewartet.

»Wie war's auf dem Schützenfest?«

Stoltz berichtete erst, wie Pflumm sich am Anfang sehr wacker geschlagen hatte – den blamablen Teil ließ er weg –, und dann von seinem Kontakt mit Schneyder und dessen Sharps-Rifle-Freunden.

»Das klingt nach einer Spur.«

Stoltz berichtete von der Ähnlichkeit des Papiers der beiden Karten.

»Das klingt noch besser«, sagte Wulberer.

Er ließ den Blick über das Arrangement schweifen.

»Wäre toll, wenn wir den Kerl endlich kriegen. Für heute mache ich mir allerdings weniger Sorgen.«

Stoltz stimmte ihm da zu. Die lange Kette der Soldaten schirmte den König und seine Gäste weiträumig ab. Und sollte trotzdem ein Attentäter einen Durchbruch wagen, dann wäre im Handumdrehen die Kavallerie zur Stelle.

Die Soldaten, die Kapelle, die Schaulustigen, alle warteten geduldig. Kaum jemand bewegte sich. Es sah sehr würdevoll aus; beinahe wie auf einem Gemälde, hätte nicht das ein oder andere Pferd des ein oder anderen Kavalleristen den ein oder anderen Pferdeapfel fallen lassen.

Gegen vier kamen aus dem Schloss die angekündigten Kutschen vorgefahren. Erst die Prinzen, dann der Kronprinz, dann der König. Die drei Kutschen warteten auf dem Platz vor dem Bahnhof. Weder der König noch die Prinzen verließen ihre Kutsche.

Alle warteten weiter.

»Aber irgendwann werden sie doch aussteigen«, vermutete Stoltz.

»Es macht einen besseren Eindruck, wenn die Menge den König erst zusammen mit dem Kaiser sieht«, erläuterte Wulberer.

Gerade als das Warten ungemütlich zu werden drohte, kam wie gestern in Feuerbach ein Telegrafist aus dem Bahnhofsgebäude. Er trug wie dieser Ärmelschoner und einen grünen Schirm auf der Stirn. Er stakste sehr eilig auf die Kutsche des Königs zu. Weder Stoltz noch Wulberer konnten verstehen, was in der Kutsche besprochen wurde, aber sie sahen, wie der König plötzlich ungehalten gestikulierte, während der arme Telegrafist immer kleiner wurde.

»Ich schau mal nach, was da los ist«, sagte Wulberer. Stoltz hielt die Stellung.

Als Wulberer die Kutsche erreicht hatte, erstattete der Telegrafist mit gesenktem Kopf Bericht. Stoltz sah, wie

Wulberer auf ihn einredete und ihn schließlich zurück ins Bahnhofsgebäude schickte.

»Was ist los?«, fragte Stoltz, nachdem Wulberer wieder bei ihm angekommen war.

»Der Zug hat Verspätung«, erklärte Wulberer.

»Das kann doch mal vorkommen.«

»Schon. Aber es gab einen Zwischenstopp in Baden. Der preußische König hat einen Prinzen nach Baden geschickt, um dem Kaiser der Franzosen seine Aufwartung zu machen. Unangekündigt. Aber natürlich kann Napoleon III. den Preußen nicht einfach übergehen. Und Wilhelm I. ist jetzt stinksauer, weil er nicht der Erste war, der den Franzosenkaiser auf deutschem Boden begrüßt hat.«

Stoltz fragte sich, was man wohl für ein glückliches Leben führen musste, wenn man sich über solche Lappalien echauffieren konnte.

Gegen halb fünf ertönte der Pfiff einer Lokomotive, und bald darauf fuhr der Sonderzug in den Bahnhof ein. Die Soldaten strafften sich. In die Menge kam Bewegung. Der Kaiser und seine Begleitung verließen das Bahnhofsgebäude und betraten den Vorplatz. Napoleon III. war fast fünfzig Jahre alt. Er trug hohe Kürassierstiefel und diesen komischen Hut der Franzosen, der Stoltz immer an einen etwas extravagant geratenen Eierwärmer erinnerte. Entgegen einem landläufigen Vorurteil war dieser Napoleon nicht gerade zierlich. Er stach aus der Menge heraus, wozu sicherlich auch sein auffälliger Kinn- und Schnurrbart beitrugen.

Eine ganz andere Erscheinung war der Graf Walewski. Gedrungen, mit einem teigigen Gesicht, sah er älter aus als der Kaiser, obwohl er zwei Jahre jünger war. Er war für die äußeren Angelegenheiten des Kaiserreichs zuständig und sollte sich wohl zusammen mit Fürst Gortschakow um den Kleinkram der Verhandlungen kümmern. Was immer das beinhalten mochte. Denn Stoltz hatte immer noch nicht verstanden, worum es bei dem Treffen eigentlich ging.

Als die Menge ihren Herrscher und seine Gäste sah, setzte ein verhaltener Jubel ein, vereinzelte Hochrufe ertönten. Der König und der Kaiser hoben ihre Rechte, die bei beiden in einem weißen Stulpenhandschuh steckte, und winkten huldvoll der Menge zu. Wie es aussah, wechselten König und Kaiser ein paar Begrüßungsworte. Als die Belegung der Kutschen für die Rückfahrt besprochen wurde, stieg Graf Walewski, ohne zu murren, in die Kutsche des Kronprinzen ein. Der Kaiser nahm selbstverständlich in der Kutsche seines Gastgebers, des Königs, Platz.

Stoltz hätte eine andere Verteilung bevorzugt. Graf Walewski bei den Prinzen, der Kaiser beim Kronprinzen und der König in der ersten Kutsche. Aber natürlich war ihm klar, dass eine solche Aufteilung einem diplomatischen Affront gleichgekommen wäre. Wulberer hätte das niemals vorschlagen können, ohne eine sofortige Entfernung aus dem Amt zu riskieren. Mit umgehender Verbannung. Mindestens.

Stoltz tröstete sich damit, dass es bis zur Residenz nur ein paar hundert Ruten waren.

Die drei Kutschen setzten sich in Bewegung. Der Dirigent der Militärkapelle gab das Zeichen, und die Musiker begannen mit *Partant pour la Syrie*, was zu Stoltz' Überraschung nicht so schrecklich klang wie befürchtet. Die Melodie eignete sich als Nationalhymne sogar recht gut, wenngleich sie einem Vergleich mit der Marseillaise nicht standhalten konnte. Fand Stoltz. Allerdings war er in dieser Frage als Exrevolutionär auch befangen.

Als die Kutschen an der Kapelle vorbeifuhren, waren alle Augen auf den Gastgeber und seine hohen Gäste gerichtet, weshalb auch Stoltz erst mit Verzögerung bemerkte, wie ein junger Schuhputzer mit seinem Karren um die Ecke bog.

Der Junge war vielleicht siebzehn Jahre alt und schien von dem Geschehen um sich herum nichts wahrzunehmen. Er war barfuß, trug eine Schürze mit einer Tasche, in der eine Bürste und Schuhcreme steckten. Während er seinen Karren über das holprige Pflaster schob, war der Blick des Schuhputzers in die Ferne gerichtet, und er bewegte sich wie ferngesteuert.

»Hey«, rief Wulberer und gestikulierte, als er den Jungen sah. »Was willst du hier? Verschwinde!«

Der Junge lief wie ein Schlafwandler weiter. Er war aus Richtung der Residenz gekommen.

»Hey!«, rief Wulberer noch einmal. Er hoffte, dass zumindest ein paar der Soldaten im Kordon aufmerksam würden, aber die standen alle stramm und salutierten Kaiser und König. Und damit die Menge und die Soldaten auch was von dem historischen Moment hatten, bewegten sich die Kutschen wie geplant sehr, sehr langsam vorwärts.

Als der Schuhputzerkarren noch etwa hundert Meter von den Kutschen entfernt war, parkte der Junge ihn auf dem Bürgersteig. Dann drehte er um und gab Fersengeld.

Wulberer unterdrückte einen Fluch und nahm die Verfolgung auf. Der Junge verschwand um die nächste Ecke. Wulberer ließ sich nicht abschütteln.

Stoltz untersuchte derweil den Karren. Irgendwas an der Kiste erschien ihm merkwürdig. Als er die obere Klappe öffnete, also dort, wo üblicherweise der Kunde Platz nahm, entdeckte Stoltz darunter zwei Päckchen, um die eine

Menge Schrotkugeln und Nägel drapiert waren. Stoltz ging davon aus, dass die Päckchen Sprengstoff enthielten.

Heftige Bewegungen vermeidend untersuchte Stoltz das Arrangement. Von den Päckchen führten Drähte zu einer Uhr, deren Zeiger auf fünf vor zwölf standen. Offensichtlich diente sie als eine Art Zeitzünder, aber Stoltz bemerkte zu seiner grenzenlosen Erleichterung, dass die Uhr nicht tickte, der Zeitzünder also nicht aktiviert worden war.

Stoltz fiel ein Stein vom Herzen. Sie mussten nur warten, bis die Prozession im Schloss verschwunden war. Dann könnten sie die Feuerwache, die vor dem Calwer Tor ihr Quartier hatte, benachrichtigen. Die würden mit ihrer Wasserpumpe den Karren klitschnass durchtränken und so den Sprengstoff unwirksam machen; worauf ihn Pioniere der Armee vor die Stadt transportieren und dort sprengen würden.

Stoltz' Pulsschlag beruhigte sich. Als ein Korporal aus dem Kordon sich fragend zu ihm umsah, machte Stoltz mit der rechten Hand eine beruhigende Geste und flüsterte tonlos: »Entwarnung.«

Der Korporal nickte und wandte seinen Blick wieder dem Zug der Kutschen zu. In diesem Moment kam Wulberer, heftig nach Luft schnappend, von seiner Verfolgungsjagd zurück.

»Dieser Mistkerl«, keuchte Wulberer. »Der war einfach zu schnell.«

»Haben Sie gesehen, wohin er gelaufen ist?«, fragte Stoltz.

»Nach Norden, die Friedrichstraße hoch«, sagte Wulberer. »Dort habe ich ihn aus den Augen verloren.«

Bevor Stoltz etwas sagen konnte, erklomm Wulberer den Kundensitz des Schuhputzerkarrens.

»Ich muss erst mal ausruhen«, japste Wulberer.

»Sekondeleutnant!«

Aber es war schon zu spät. Kaum ließ Wulberer sich auf den Stuhl fallen, gab es einen Knacks und – die Uhr im Innern des Stuhls setzte sich in Bewegung.

»Was ist das?«, fragte Wulberer.

»In dem Stuhl ist eine Bombe versteckt.«

»Und das sagen Sie mir erst jetzt?«

Wulberer wollte sofort aufstehen, aber Stoltz drückte ihn in den Sitz.

»Sekondeleutnant, als Sie sich hingesetzt haben, haben Sie die Bombe scharf gemacht. Es kann sein, dass die in die Luft fliegt, wenn Sie aufstehen.«

Wulberers Gesicht war aschfahl.

»Sind Sie sicher?«

»Ich würde auf jeden Fall jegliches Risiko vermeiden«, sagte Stoltz.

»Haben Sie die Bombe gesehen?«

Stoltz nickte. »Mindestens vier Pfund Sprengstoff. Dazu genug Nägel und Schrott, um uns alle hier in Schweizer Käse zu verwandeln.«

Während Stoltz mit Wulberer sprach, hatte er begonnen, mit seinem Taschenmesser die Schrauben an der seitlichen Platte zu lösen.

»Ogottogott«, murmelte Wulberer. »Ogottogott.«

Stoltz stellte die Holzplatte auf den Boden. Wulberer wagte es nicht, nach unten zu blicken.

»Was sehen Sie?«, fragte Wulberer.

»Eine Uhr. Zwei Drähte. Aber ich kann noch nicht nachvollziehen, wie das alles miteinander verbunden ist.«

»Welche Zeit zeigt die Uhr?«

»Drei Minuten vor zwölf.«

»Ogottogott«, ließ sich Wulberer wieder vernehmen.

In seiner Goldgräberzeit hatte Stoltz mit Sprengungen zu tun gehabt. Er war kein Sprengmeister, aber er hoffte, dass sein Know-how für diesen Fall ausreichte. Falls nicht, dürfte es keine Probleme mehr geben, über die er sich den Kopf zerbrechen müsste.

»Es sind doch zwei Drähte, nicht?«, fragte Wulberer. Er wagte es immer noch nicht, nach unten zu sehen.

»In der Tat«, sagte Stoltz. Mit der Klinge des Taschenmessers verfolgte er, wie die Leitungen geführt waren.

»Und welchen Draht müssen Sie durchschneiden? Den roten oder den blauen?«

»Tut mir leid, die sind beide blau«, sagte Stoltz. Schweißperlen traten auf Wulberers Stirn, Tränen rannen aus seinen Augen.

Stoltz hatte sich entschieden. Er durchtrennte einen Draht. Nichts. Aber die Uhr tickte weiter.

»Wie viel Zeit noch?«, fragte Wulberer.

»Eine Minute. Aber ich glaube, ich habe den richtigen Draht gefunden.«

»Was heißt: Sie glauben?!«, schrie Wulberer erbost. Ein paar Soldaten drehten sich nun um. Zum Glück waren die Kutschen schon etwas weiter entfernt.

Als die Zeiger der Uhr auf der Zwölf zusammentrafen, hörte das Ticken auf.

Nichts. Nur Stille.

»Und jetzt?«, fragte Wulberer kläglich.

Stoltz streckte ihm die Hand entgegen. »Können Sie aufstehen?«

»Ich versuch's.«

Wulberer ergriff Stoltz' Hand und erhob sich zaghaft.

Stille.

Stoltz stützte Wulberer, während der torkelnd und schwankend die beiden Stufen von seinem Kundenthron herunterstieg.

Als Wulberer wieder festen Boden unter den Füßen hatte, sagte Stoltz: »Das war's. Sie haben's geschafft.«

Wulberer nickte mit leerem Blick. Dann versagten ihm seine Beine den Dienst.

XXVI Freitag, 25. September 1857 später Nachmittag

Stoltz geleitete Wulberer zu einer Kutsche.

»Wohin bringen Sie mich?«, fragte Wulberer matt.

»In das Militärspital hinter der Infanteriekaserne. Das ist nicht weit von hier …«

»Ich weiß, wo das Spital ist. Aber ich gehe nicht ins Krankenhaus. Ich werde hier gebraucht.«

»Sie brauchen vor allem Ruhe. Wenn Sie nicht ins Spital wollen, dann fahren Sie nach Hause.«

Wulberers Widerstand begann zu bröckeln. Stoltz legte nach.

»Sie fahren nach Hause. Ich kümmere mich darum, dass der Karren verschwindet. Dann bringe ich Sie auf den neuesten Stand.«

Stoltz platzierte Wulberer auf seinem Sitz. Dabei strich er sorgfältig den Mantel des Sekondeleutnants glatt und kontrollierte, ob auch nichts aus seinen Taschen gefallen war.

»Können Sie auf dem Heimweg an der Kaserne in der Marienstraße vorbeifahren und Pflumm herschicken?«

Wulberer nickte, fügte dann jedoch hinzu: »Aber keine Eigenmächtigkeiten.«

Stoltz sah der Kutsche hinterher, bis sie in die Königstraße einbog. Dann stellte er sich neben den Schuhputzerkarren und wartete.

Inzwischen war der Kordon der Soldaten aufgelöst worden. Die Militärkapelle war verschwunden, und auch die Kavallerie hatte ihren Posten verlassen. Die Passanten gingen ihren üblichen Geschäften nach. Die hohen Herrschaften tafelten vermutlich gerade im Schloss und hatten hoffentlich nichts von dem Zwischenfall bemerkt.

Als Landjäger Pflumm auftauchte, registrierte Stoltz erfreut, dass der nicht mehr sauer war, weil Stoltz sich trotz anderweitiger Beteuerungen als Meisterschütze entpuppt hatte.

»Was gibt's?«, fragte Pflumm bei seiner Ankunft geschäftsmäßig.

»Stellen Sie zwei Landjäger als Posten vor den Karren. Es darf niemand zu nahe kommen, und es darf niemand etwas draufstellen.«

Pflumm grinste. »Sind da drinnen die Schuhmoden der kommenden Saison versteckt?«

»Nein, in der Kiste steckt eine Bombe.«

Pflumm machte unwillkürlich einen Schritt zurück.

»Die ist aber entschärft.«

»Von wem?«, fragte Pflumm.

»Das tut nichts zur Sache. Fragen Sie in der Kaserne nach Ingenieuren, die sich mit Sprengstoffen und Ähnlichem auskennen. Die sollen die Maschine ausbauen und in die Kaserne bringen. Wir schauen uns das Gerät dann morgen genauer an.«

Pflumm organisierte zwei Landjäger und meldete sich dann zur Kaserne ab.

»Und was machen Sie jetzt?«, fragte er Stoltz zum Abschied.

»Ich muss noch etwas erledigen.«

Stoltz lief zum Museum der bildenden Künste an der Neckarstraße. Da Stoltz in der Zeitung auch lauter Artikel las, die ihn eigentlich gar nicht interessierten, wusste er, dass am Sonntag – dem Geburtstag des Königs – die Jahresarbeiten präsentiert würden. Da der König ein großer Kunstfreund war und auch gerne mal eine Skulptur für die Wilhelma orderte, ging Stoltz davon aus, dass auch jetzt noch in den Ateliers gearbeitet wurde.

Stoltz hatte sich nicht getäuscht. Als er die Ateliers betrat, werkelten in allen Ecken und Winkeln emsig Studenten. Einige malten, andere zeichneten, wieder andere gipsten, töpferten oder hämmerten. Beaufsichtigt wurden sie von einem missmutigen Greis, der eine Baskenmütze trug und offenbar seiner eigenen verpatzten Künstlerkarriere hinterhertrauerte.

Stoltz trat auf den Mann mit der Baskenmütze zu.

»Professor Haath?«, fragte Stoltz auf gut Glück. In der Zeitung hatte gestanden, dass Professor Haath beim Besuch des Königs am Sonntag die Rede halten werde.

Die Baskenmütze schüttelte den Kopf. »Der ist heute nicht hier.«

»Darf ich fragen, wer Sie sind?«

Die Baskenmütze legte den Kopf schräg. »Darf *ich* fragen, wer das wissen will?«

Stoltz präsentierte die Dienstmarke, die Wulberer normalerweise in seiner Manteltasche trug. Sie war rund, trug das Wappen Württembergs mit dem Wahlspruch noch in der alten Schreibweise: *Furchtlos und treuw.* Stoltz hatte keine Ahnung, wie die Dienstmarke in seine Tasche gelangt war. Möglicherweise war das Malheur passiert, als er Wulberer auf seinen Platz in der Kutsche geleitet hatte.

»Sergeant Stoltz. Landjäger. Spezialkommando. Es geht um eine äußerst wichtige Angelegenheit.«

Dienstmarke und Ton zeigten Wirkung: »Geheimer Rat Löbele. Ich bin einer der Dozenten. Wenn Sie den Haath sprechen wollen, müssen Sie morgen wiederkommen.«

»Da kann es bereits zu spät sein.«

Löbele sah Stoltz erschrocken an. »Ist denn was passiert?«

Stoltz war selbst verblüfft, wie gut er diesen staatstragenden Ton produzieren konnte.

»Noch nicht, lieber Löbele, noch nicht. Und wir wollen doch alle dafür sorgen, dass es so bleibt.«

Löbele nickte.

»Welche Fächer unterrichten Sie, wenn ich fragen darf?«, sagte Stoltz.

»Gegenständliches Zeichnen und Kunstgeschichte.«

»Hervorragend. Ich suche einen Studenten, der ohne Vorlage zeichnen kann. Allein wenn man ein Objekt beschreibt.«

Löbele überlegte. »Brauchen Sie jetzt einen Aktzeichner, einen Landschaftsmaler …«

»Ehrlich gesagt, reicht mir ein Porträtzeichner.«

Löbele winkte einen Studenten aus der Menge herbei. Der junge Mann sah Stoltz skeptisch an und war offenbar nicht glücklich darüber, dass man ihn in einer kreativen Phase gestört hatte. Stoltz präsentierte wieder Wulberers Marke.

»Wie heißen Sie?«

»Peter.« Den Nachnamen sagte der Student auch, aber den hatte Stoltz sofort wieder vergessen.

»Wenn ich Ihnen einen Menschen beschreibe, könnten Sie danach ein Porträt zeichnen?«

Peter überlegte. »Wenn die Beschreibung gut genug ist.«

»Wir können das gerne ausprobieren«, schlug Stoltz vor.

Peter blickte zu seiner Staffelei, die am anderen Ende des Ateliers stand.

»Eigentlich habe ich bis Sonntag noch ganz schön viel zu tun …«

Stoltz zückte eine seiner Golddollar-Münzen.

»Niemand erwartet, dass Sie umsonst arbeiten.«

Eine Minute später spannte Peter einen neuen Papierbogen auf seine Staffelei.

»Um wen geht's?«, fragte Peter.

Stoltz musste nicht lange überlegen, womit er Peters Können am besten testen könnte.

»Um eine Frau«, sagte Stoltz.

»Wie groß?«

»Geht mir bis hier«, zeigte Stoltz an. »Aber es geht vor allem um das Gesicht.«

»Haarfarbe?«

»Blond.«

»Hell?«

»Eher dunkler.« Straßenköterblond hatte Katharina damals mit einem Lachen dazu gesagt. Aber das erwähnte Stoltz nicht.

Nach zehn Minuten Fragerei war der Kunststudent mit seiner Arbeit fertig.

»Beeindruckend«, lobte Stoltz. Obwohl der Student Katharina noch nie in seinem Leben gesehen hatte, war sie ganz deutlich auf dem Bild zu erkennen.

»Übernehmen Sie auch Auftragsarbeiten?«

Student Peter spiegelte Nachdenklichkeit vor. »Wenn es meiner künstlerischen Integrität nicht zuwiderläuft.«

Was für eine gestelzte Wortwahl, dachte Stoltz. Das nimmt dir doch kein Mensch ab.

»Im Gegenteil«, sagte er laut. »Es wäre sogar Dienst am Vaterland.«

Peter blickte enttäuscht. »Also ohne Honorar.«

»Ich könnte noch mal zwanzig Golddollar springen lassen«, sagte Stoltz.

»Vierzig.«

»Suchen Sie zusammen, was Sie für eine vernünftige Zeichnung brauchen. Wir treffen uns draußen. Ich organisiere eine Kutsche.«

XXVII Freitag, 25. September 1857 früher Abend

Sekondeleutnant Martin Wulberer bewohnte mit seiner Frau und drei Kindern eine schmucke Biedermeiervilla in der Nähe des Wilhelmstors.

Stoltz und Kunststudent Peter durchschritten einen kleinen Garten mit einem gepflegten Rasen. Auf ihr Klopfen hin öffnete Dorothea Wulberer die Tür, eine rundliche Erscheinung mit Stupsnase, die gewiss ihr ganzes Leben darauf ausgerichtet hatte, das Dasein des Sekondeleutnants so angenehm wie möglich zu machen.

»Guten Abend …«, begann Stoltz.

»Sie müssen die Kollegen meines Mannes sein.«

Stoltz nickte. »Ich bin Sergeant Stoltz, und das ist mein Assistent Peter …«

Er blickte den Kunststudenten fragend an.

»Einfach Peter reicht«, sagte der. Für Stoltz war das in Ordnung. Während die Hausfrau ihre Jacken in die Garderobe brachte, nutzte Stoltz die Gelegenheit, Wulberers Dienstmarke in dessen Manteltasche verschwinden zu lassen.

Dann sah er sich in dem Zimmer um.

Den Fußboden bedeckte ein Teppich mit einem Muster aus zweifarbigen Quadraten. Die Wände waren mit einer Tapete in einem leichten Ockerton versehen. Die Türrahmen hoch, weit und weiß lackiert. Falls in ihnen tatsächlich mal Türflügel gehangen haben sollten, waren sie vor langer Zeit entfernt worden.

Vor dem dunkel gerahmten Fenster stand ein Sekretär ohne Schreibutensilien. Wie es aussah, konnte Wulberers Zuhause sehr gut ohne solchen Zierrat auskommen. Es gab überhaupt nichts, was in dem Haus an Wulberers Arbeit erinnerte. An der Wand standen zwei Kommoden. Über der einen hing ein hoher Spiegel, auf der anderen stand eine Uhr, deren empfindliche Mechanik durch eine Glasglocke geschützt war.

Stoltz lugte ins Nebenzimmer, wo sich die Kinder aufhielten. Zwei Jungen, ein Mädchen. Der kleinere Junge, vielleicht vier, lag auf dem Boden und spielte mit Bauklötzen. Der größere, etwa zwei Jahre älter, ritt auf einem Steckenpferd durchs Zimmer und ärgerte damit seine nur wenig ältere Schwester, die an einem Klavier saß und versuchte, die Noten der aufgeschlagenen Etüde in hörenswerte Musik zu verwandeln.

Frau Wulberer erschien im Türrahmen.

»Mein Mann lässt sich entschuldigen. Er ist immer noch etwas schwach auf den Beinen.«

»Das ist überhaupt kein Problem«, sagte Stoltz. »Können Sie ihn wohl fragen, ob wir ihn im Schlafzimmer sprechen könnten?«

Frau Wulberer zog die Augenbrauen hoch.

»Es handelt sich um eine wichtige dienstliche Angelegenheit.«

Frau Wulberer verschwand. Fünf Minuten später stand sie wieder im Türrahmen. »Mein Mann erwartet Sie.«

Wulberer lag auf der einen Seite eines imposanten Doppelbetts mit Baldachin. Er hatte sich einige Kissen ins Kreuz geschoben. So konnte er halbwegs aufrecht sitzen und seinen Kamillentee schlürfen. Über seinen massigen Leib hatte Wulberer eine Steppdecke geworfen, die sich über seinem Bauch beeindruckend wölbte, weshalb der Sekondeleutnant Stoltz in diesem Moment ein wenig an einen gestrandeten Wal erinnerte.

Wulberer zog ein wehleidiges Gesicht, so als ob er an einem schweren Fall von Männergrippe litte. Stoltz nahm ihm das nicht übel. Das Wissen, nur knapp einem Bombenanschlag entronnen zu sein, hatte schon ganz andere Männer in die Knie gezwungen.

»Wie geht's Ihnen?«, fragte Stoltz freundlich.

Wulberer antwortete nicht. Er nippte an seiner Teetasse, die in ihrem Muster – natürlich – genau auf Tapete und Teppich abgestimmt war.

»Was wollen Sie?«, fragte Wulberer mit kläglicher Miene. Und nach einem weiteren Schluck Tee. »Wer ist das?«

Stoltz schob den widerstrebenden Kunststudenten nach vorn. Auf dem Weg flüsterte Peter Stoltz ins Ohr: »Ich soll den jetzt nicht nackt malen, oder?«

Stoltz schüttelt kurz den Kopf und wandte sich dann an Wulberer. »Das ist Peter. Student an der Kunstakademie. Er gehört zu jenen Studenten, die am Sonntag von Seiner Majestät ausgezeichnet werden.«

Wulberer verstand immer noch nicht. »Wollen Sie sich jetzt malen lassen?«

»Nein. Peter soll nach Ihren Beschreibungen eine Skizze des Schuhputzers zeichnen.«

»Sie haben den auch gesehen.«

»Aber nicht so lange wie Sie. Ich habe es getestet. Das funktioniert. Dieses Bild lassen wir vervielfältigen und verteilen es an alle Landjäger.«

Wulberer überlegte. Er stellte seine Teetasse auf die Untertasse. »Schaden kann das nicht.«

Wulberer setzte sein Geschirr auf dem Nachttisch ab.

»Ich kann den Kerl aber nicht beschreiben, wenn Sie danebensitzen und glotzen.«

»Kein Problem«, sagte Stoltz. »Ich warte draußen. Lassen Sie sich so viel Zeit, wie Sie brauchen.«

Im Kinderzimmer hatte sich inzwischen Frau Wulberer über ihre Tochter gebeugt.

»Noch mal die C-Dur-Tonleiter. Nur die weißen Tasten, das weißt du doch.«

Die Kinderhände tasteten wie blinde Würmchen unsicher über die Tastatur und erzeugten falsche und richtige Töne.

»Darf ich mich kurz zu Ihnen setzen?«

»Gerne.« Frau Wulberer lächelte. »Wenn Sie eine passende Sitzgelegenheit finden.«

Stoltz sah sich um. Im Kinderzimmer gab es nur Kinderstühlchen. Stoltz setzte sich auf einen Hocker.

Frau Wulberer blätterte eine Seite in Czernys Etüdenband um.

»Jetzt noch mal die erste Übung.«

Das Mädchen zog die junge Stirn kraus und bearbeitete die Tasten.

»Wie heißt denn unser Wunderkind?«, fragte Stoltz freundlich.

»Clara.«

»Wie Clara Schumann?«

Frau Wulberer nickte. »Sie ist wirklich sehr begabt.«

Sie lächelte. »Spielen Sie auch Klavier?«

»Leider nein.« Aristide war ganz gut auf dem Piano. Allerdings hatte er in seiner Zeit in New Orleans eher Musik bevorzugt, für die man ihn bei den Wulberers vermutlich umgehend vor die Tür setzen würde.

Frau Wulberer formte die linke Hand ihrer Tochter zu einem Akkord. »Wir müssen noch viel üben. Am fünfzehnten Oktober sind die Aufnahmeprüfungen an der Musikschule. Und mein Mann will unbedingt, dass Clara angenommen wird.«

»Lassen Sie sich durch mich nicht stören«, sagte Stoltz.

Clara und ihre Mutter übten weiter. Was den Jungen auf seinem Steckenpferd nicht störte, aber der Kleinste mit seinen Bauklötzen konnte es bald nicht mehr ertragen, nicht im Mittelpunkt zu stehen. Er fing an, zu plärren und seine Bauklötze auf den Teppichboden zu werfen.

»Bruno!«, ermahnte ihn seine Mutter.

Bruno blieb untröstlich. Frau Wulberer hob ihren Jungen vom Boden.

»Könnten Sie ihn kurz auf den Schoß nehmen? Das beruhigt ihn bestimmt.«

»Wenn Sie das sagen.« Stoltz nahm den Jungen. Der sah ihn erst mit großen Augen an, schmiegte sich dann an Stoltz' Schulter und war kurze Zeit darauf eingeschlafen. Dass Schwester Clara weiterübte, störte ihn nun nicht mehr.

Eine gute Viertelstunde später kam Kunststudent Peter aus dem Schlafzimmer.

»Meine Arbeit ist getan.«

Und bevor Stoltz noch etwas sagen konnte, klappte die Tür zu, und Kunststudent Peter war aus dem Haus und dem Leben der Wulberers verschwunden.

XXVIII Freitag, 25. September 1857 Abend

Als Stoltz zu Wulberer ins Schlafzimmer kam, hatte der sich aus seinem Bett erhoben. Wulberer trug einen Morgenmantel und eine Zipfelmütze. Mit einer Hand stützte er sich am Bettpfosten ab, die andere ruhte auf einem Krückstock. Beide Hände zitterten. Wulberer stieß sich am Bettpfosten ab und versuchte, sich in Richtung Tür zu bewegen. Er schaffte keine zwanzig Zoll. Wulberer knickte japsend ein und landete mit dem Hintern wieder auf der hohen Matratze.

»Sie brauchen Ruhe«, sagte Stoltz. »Ruhen Sie sich in Gottes Namen aus. Sie kriegen noch einen Herzanfall.«

Stoltz nahm die Skizze in die Hand. »Da haben Sie aber gute Arbeit geleistet.« Obwohl Stoltz den Schuhputzer nur kurz gesehen hatte, hätte er ihn auf diesem Bild sofort wiedererkannt. »Ich lasse das sofort vervielfältigen und verteilen.«

Wulberer nickte und versuchte wieder, sich zu erheben.

»Herr Sekondeleutnant«, mahnte Stoltz.

Wulberer sah ihn gequält an. »Ich muss hoch. Heute Abend findet die Venezianische Nacht in der Villa Berg statt. Und der Attentäter läuft noch immer frei herum.«

»In dieser Verfassung können Sie dort überhaupt nichts ausrichten«, sagte Stoltz.

»Und was, wenn der Attentäter gerade heute Abend zuschlägt?« Wulberer sah Stoltz anklagend an. »Sie sind dann fein raus aus der Nummer. Sie gibt es offiziell in dieser Sache ja überhaupt nicht. Aber bei mir …«

Wulberer machte eine Kopf-ab-Geste.

»Wenn Sie wollen, übernehme ich für Sie die Stallwache«, schlug Stoltz vor.

»Sie? Ich kann Sie unmöglich allein dorthin lassen. Nachher kriegen Sie einen Rückfall in Ihre jakobinischen Zeiten.«

O Mann, dachte Stoltz. »Dann stellen Sie mir halt einen Aufpasser zur Seite. Wie wär's mit Landjäger Pflumm?«

»Sind Sie wahnsinnig? Der hat doch für dieses Ambiente gar nicht die Klasse. Außerdem sticht der doch mit seiner Länge wie ein Leuchtturm aus der Menge.«

Wulberer überlegte.

»Nein. Schaal soll mit Ihnen gehen.«

Stoltz biss sich auf die Zunge. Sonst hätte er eingewandt, dass Schaal nicht viel kleiner als Pflumm war und auch nicht unbedingt Klasse und Esprit versprühte.

»Und die Holder auch«, dekretierte Wulberer.

»Fräulein Holder wirkte auf mich bislang eher wie ein Mauerblümchen.«

»Eben drum.« Wulberer schlug zur Bekräftigung mit der Hand auf seine Bettdecke. »Sie wissen doch gar nicht, was bei diesen Festen abgeht. Da gibt's Leute, die denken, das Personal sei Freiwild. Bei Fräulein Holder muss ich mir in diesem Punkt keine Sorgen machen.«

Das haben Sie aber sehr charmant formuliert, dachte Stoltz. Laut fragte er: »Was heißt Venezianische Nacht überhaupt?«

»Dass Sie sich verkleiden müssen. Mit diesen Masken und das ganze Zeug. Der Schaal weiß da Bescheid.«

»Und das ist alles?«, fragte Stoltz.

»Schön wär's«, knurrte Wulberer. Er kontrollierte seine Uhr. »Derzeit ist der Zar mit der Kronprinzessin auf dem Weg zur Residenz, um dort Napoleon seine Aufwartung zu machen.«

»Der Zar kommt von der Villa Berg?«

»Genau. Da hat er ja sein Lager aufgeschlagen. So gegen sieben fährt der russische Kaiser dann wieder zur Villa zurück.«

»Das ist alles?«

»Nein. Laut Zeitplan wird Napoleon III. gegen neun die Residenz verlassen und zur Villa Berg fahren.«

Stoltz verstand nicht. »Warum kann der Zar dann nicht einfach in der Villa Berg hocken bleiben und warten, bis der Franzosenkaiser vorbeikommt?«

Wulberer schnaubte verächtlich. »*Hocken.* Lassen Sie diesen Ton auf keinen Fall heute Abend auf dem Fest hören. Das sind alles Protokollfragen. Der russische Kaiser war als Erster in Stuttgart begrüßt worden. Also muss er, damit die Hofetikette gewahrt bleibt, seinerseits den ersten Schritt auf Napoleon zumachen.«

»Und warum können die nicht zusammen in die Villa Berg fahren? Das würde doch zumindest unsere Arbeit erleichtern.«

Wulberer verdrehte die Augen. »Weil für die Zeit des Besuchs der Zar Hausherr in der Villa Berg ist. Und es ist seine Pflicht als Gastgeber, den französischen Kaiser zu empfangen.«

»Muss er auch so tun, als hätte er den jahrelang nicht gesehen?«

Wulberer richtete sich in seinem Bett auf. »Ganz ehrlich, Stoltz. Mir kommen Zweifel, ob Sie der Aufgabe wirklich gewachsen sind. Diese Protokollfragen sind von eminenter Wichtigkeit. Es braucht sich nur eine der Majestäten düpiert fühlen, und schon ist der nächste Krimkrieg da. Wollen Sie das?«

Stoltz schüttelte den Kopf und gab sich zerknirscht.

»Natürlich nicht.« Er fasste zusammen. »Der Zar

empfängt in der Villa Berg, und wir gehören zu den auserwählten Gästen.«

»Im Hintergrund. Immer im Hintergrund bleiben.«

»Natürlich. Werden Seine Majestät König Wilhelm auch zugegen sein?«

Wulberer kontrollierte seinen Plan. »Nein, der bleibt in der Residenz. Aber der Kronprinz wird die Gelegenheit wahrnehmen, sein außenpolitisches Profil zu schärfen. Und natürlich der Außenminister sowie die Außenminister von Frankreich und Russland.«

Stoltz nutzte die Gelegenheit, um zu zeigen, dass er aufgepasst hatte. »Fürst Gortschakow und Graf Walewski.«

Wulberer nickte.

»Heißt das, dass an diesem Abend wirklich Weltpolitik verhandelt wird?«

Wulberer hielt den Kopf schräg. »Stoltz, so naiv können Sie nicht sein, oder?«

Stoltz wechselte das Thema.

»Für den Fall, dass es einen Zwischenfall gibt, haben Sie irgendwelche Leute vor Ort?«

»Der Eingang wird von zwei Infanteristen bewacht. Drinnen sind Sie auf sich allein gestellt.«

Stoltz deutete eine Verbeugung an. »Wir werden Sie nicht enttäuschen, Sekondeleutnant Wulberer.«

»Das will ich schwer hoffen«, knurrte Wulberer. »Und jetzt raus hier.«

Damit drehte er den Kopf zur Wand und würdigte Stoltz keines weiteren Blickes mehr.

Stoltz ging auf Zehenspitzen aus dem Zimmer.

Als er das Haus verlassen wollte, trat Frau Wulberer auf ihn zu. »Möchten Sie vielleicht zum Abschied eine Tasse Kaffee?«

Stoltz überlegte. »Wenn es nicht zu lange dauert.«

»Ich habe den Kaffee schon aufgesetzt«, sagte Frau Wulberer. »Und wenn wir uns in die Küche setzen, kriegt auch mein Mann nichts mit.«

Sie deutete mit dem Kopf in Richtung Schlafzimmer, aus dem ein leises Schnarchen zu hören war.

In der Küche füllte Frau Wulberer zwei Tassen.

»Mit Zucker? Milch?«

»Nur schwarz, bitte.«

Frau Wulberer trank einen Schluck und sah Stoltz schüchtern an.

»Ich weiß, Sie dürfen über dienstliche Dinge nicht sprechen, aber könnte ich Ihnen trotzdem eine Frage stellen?«

Stoltz konnte wieder nicht verhehlen, dass er sich in der Rolle des beflissenen Staatsbeamten ganz gut gefiel. »Wenn es sich nicht um Dienstgeheimnisse handelt, gern, gnädige Frau.«

»Na ja, indirekt vielleicht schon«, sagte Frau Wulberer.

Stoltz sagte nichts.

»Es geht um meinen Mann.«

Stoltz nickte aufmunternd.

»Er hat bisher noch nie erzählt, worin seine Arbeit eigentlich besteht.«

Das dürfte auch nicht einfach gewesen sein, dachte Stoltz. Aber er sagte nichts, sondern sah Frau Wulberer nur teilnahmsvoll an.

»Es waren sicher schwierige und verantwortungsvolle Aufgaben dabei«, fuhr Frau Wulberer fort. »Aber wie gesagt, er hat sich nie etwas anmerken lassen. Ein guter Beamter bringt keine Arbeit mit nach Haus. Ja, das ist immer sein Wahlspruch gewesen.«

Frau Wulberer lehnte sich zurück.

»Aber heute. So aufgelöst, ja geradezu fertig habe ich ihn noch nie erlebt.«

Stoltz überlegte. Die Versuchung, Wulberer vor seiner Frau als Schaumschläger und Pantoffelhelden bloßzustellen, war gegeben. Nicht zuletzt, weil Stoltz ihm die Behandlung auf der Feste Hohenasperg noch nicht verziehen hatte. Aber erstens wäre das nicht sonderlich klug gewesen – schließlich mussten Stoltz und Wulberer noch bis zum Wochenende miteinander auskommen –, und zweitens, was hätte es gebracht? Das ganze heimelige Heim, das Frau Wulberer für ihren Göttergatten hegte und pflegte, wäre auf einen Schlag zu einer Lebenslüge geworden. Symbol für vergebliche Mühe und Selbstbetrug. Das wollte Stoltz ihr nicht zumuten. Und den Kindern erst recht nicht.

Also sagte er: »Sie verstehen natürlich, dass ich keine Einzelheiten preisgeben darf. Aber vielleicht nur so viel. Sekondeleutnant Wulberer wird in seiner ganzen Abteilung geachtet und geschätzt. Gerade wegen seiner Nervenstärke und Kaltschnäuzigkeit.«

»Aber … aber was ist dann heute passiert? Das muss ja … furchtbar gewesen sein.«

»Einfach nur Überlastung«, tröstete Stoltz. »Glauben Sie mir, morgen ist er wieder ganz der Alte.«

Stoltz stand auf. »Aber jetzt muss ich wirklich los.«

Frau Wulberer brachte ihn zur Tür. Stoltz ging durch den Garten zurück zur Straße. An der Gartenpforte sah er sich noch einmal um.

Wäre sein Leben anders verlaufen, dann hätte es vielleicht genau so ausgesehen, dachte Stoltz. Ein Heim, Kinder, eine liebende Frau. Gewissheit statt Abenteuer. Geborgenheit statt Gefahr. Bislang war Stoltz immer überzeugt gewesen, dass sein Leben, so wie es war, genau das richtige für ihn war und kein anderes für ihn je infrage kommen würde. Doch in diesem Moment war er da gar nicht mehr so sicher.

XXIX Freitag, 25. September 1857 später Abend

Katharina lag auf ihrer Pritsche in ihrem Einzelzimmer und kämpfte gegen einen Nervenzusammenbruch. Mach jetzt bloß nicht schlapp, ermahnte sie sich immer wieder. Mach jetzt bloß nicht schlapp.

Bis jetzt war ihr Plan aufgegangen. Sie hatte in das Einzelzimmer auf der Krankenstation gewollt. Das war ihr gelungen, auch wenn sie sich dafür fast die Seele aus dem Leib gekotzt hatte und ihr Verdauungssystem mittlerweile so heftig rebellierte, dass sie ihr Leiden kaum noch simulieren musste.

Sowohl Berta II als auch ihre junge Gehilfin glaubten Katharina ihre Erkrankung und die körperliche Schwäche. Beim Hofgang trippelte sie mit kleinen Schritten hinter der jungen Aufseherin her. Den Kopf gesenkt, wirkte sie wie in sich versunken. Dabei registrierte sie ihre Umgebung ganz genau.

Vor allem interessierten sie die Wege, auf denen die Aufseher zur Krankenstation kamen. Bei den Gefängniszellen gab es zwei Schleusen, die auf beiden Seiten bewacht wurden. Außerdem war der Besucherraum separat angelegt. Katharina hatte niemanden, der sie besuchen konnte, aber selbst wenn: Einen Ausbruch mithilfe von Besuchern zu planen, war aussichtslos, sie hätte einfach in der vergitterten Falle gesessen und darauf warten müssen, wie die Aufseher sie zurück in die Zelle schleiften.

In der Krankenabteilung gab es keine Besucher und auch keine Schleuse. Nur einen Eingang, der vergleichsweise lax kontrolliert wurde. Berta II, das hatte Katharina schnell erkannt, schikanierte zwar einerseits gern die Gefangenen, aber sie war andererseits so faul, dass sie schnell die Lust verlor und die Arbeit ihrer jüngeren Kollegin überließ. Und die, auch das hatte Katharina längst begriffen, war im Grunde ein liebesbedürftiges Wesen. Sie legte – so merkwürdig das in dieser Situation wirkte – tatsächlich großen Wert darauf, dass die Häftlinge sie mochten.

Die Aufseherin achtete auf Abstand, was in Anbetracht der Infektionsgefahr nur zu verständlich war.

Katharina zählte mit gesenktem Kopf die Schritte. Nach fünfzig Schritten kreuzte sich der Gang zum Hof mit einem weiteren. Hier ging es nach rechts zum Haupteingang, und dahinter wartete die Freiheit. Nach links führte der Weg in den Küchentrakt.

Wenn es Katharina tatsächlich gelingen sollte, unerkannt durch die Schleusen zu entkommen, stand sie vor einem weiteren Problem: Wie konnte sie danach so schnell wie möglich verschwinden? Ob man wirklich landesweit nach ihr fahnden würde, war fraglich, aber die Gefangenenkleidung und das kurz geschorene Haar würden überall für genügend Aufmerksamkeit sorgen.

Während ihrer Runde auf dem Hof grübelte Katharina weiter. Sie konnte bei dieser Gelegenheit sehr gut grübeln. Ein grübelnder Mensch und einer, der mit seinem Schicksal haderte, waren für einen oberflächlichen Betrachter kaum voneinander zu unterscheiden.

Auch wenn Katharina hier drinnen allein war; draußen hatte sie Freunde. Doch wie sollte sie denen eine Nachricht zukommen lassen?

Und da kam wieder die junge Wärterin ins Spiel.

Auf dem Rückweg fragte Katharina: »Wie heißen Sie?«

Die Aufseherin sah sich hektisch um. »Das darf ich Ihnen nicht sagen.«

Katharina registrierte die Höflichkeitsform in der Anrede dankbar. Für Berta II war sie nur eine Nummer, oder es blieb beim geraunzten Du.

»Darf ich Sie Magdalena nennen?«, fragte Katharina. »Ich hatte eine Schwester, die hieß so. Leider verstarb sie schon früh. Irgendwie erinnern Sie mich an meine Schwester.«

Die Aufseherin schmunzelte wider Willen. Sie schlug sich die Hand vor den Mund und sagte: »Ich heiße wirklich Magdalena.«

»Was für ein Zufall.« Aufseherin Magdalena nahm ihre Hand wieder aus dem Gesicht. Die beiden Frauen lächelten. Und Katharina verriet nicht, dass sie den Vornamen beim letzten Hofgang aufgeschnappt hatte, als Magdalena mit dem Hilfskoch, in den sie bis über beide Ohren verknallt war, geflirtet hatte.

In der Nachtschicht kam Magdalena auf ihrer Aufsichtsrunde zu Katharina ins Zimmer. Sie setzte sich auf einen Schemel in die entlegenste Ecke und erzählte von ihrem Dorf und wie sie von einem Leben voller Reichtum in der Stadt geträumt hatte. Stattdessen musste sie hier alle diese gescheiterten, gefallenen Frauen und Mädchen hüten. Einige taten ihr ja leid, aber Magdalena fürchtete, der schlechte Umgang werde auf sie abfärben.

Anfangs hatte Katharina noch Skrupel gehabt, Magdalena für ihre Zwecke einzuspannen, aber als sie nun merkte, dass Magdalena auch dumme und selbstsüchtige Seiten hatte, fiel es ihr leichter.

Katharina erzählte von ihrer Jugend auf dem Land, die nicht zufällig in vielen Momenten der Magdalenas ähnelte. Und schließlich kam es so weit, dass Magdalena fragte: »Warum bist du …« Sie waren längst zum Du übergegangen. »… eigentlich hier drin?«

Das war eine gute Frage. Katharina wusste, dass die Wahrheit viel zu prosaisch war. Und die meisten Frauen würden sich sowieso für unschuldig erklären.

»Das ist eine sehr tragische Geschichte«, sagte Katharina mit ernstem Ton.

Magdalena war begierig auf tragische Geschichten.

»Ich habe das Herz eines hochstehenden Herrn bei Hofe gewonnen.«

Magdalenas Wangen glühten vor Begeisterung. »Eines Grafen?«

Katharina ermahnte sich, es nicht zu übertreiben. »Nicht ganz so hoch. Aber er meint es ernst und gut mit mir. Wir lieben uns und er will für mich sorgen.«

»Aber …« Magdalena suchte nach Worten. »Warum bist du dann hier?«

»Sein Bruder. Er will nicht, dass mein Geliebter sich mit einer aus dem Volk abgibt. Deshalb wurde mir ein Verbrechen angehängt, das ich nie begangen habe.«

»Das heißt, du bist unschuldig?«, fragte Magdalena. Sie klang enttäuscht. Diese Art Geschichten hatte sie schon zu oft gehört.

»Nein«, entgegnete Katharina mit der Würde einer Büßerin. »Ich habe viele Dinge getan, deren ich mich schäme. Dieses Verbrechen, dessen mich der böse Bruder beschuldigt hat, jedoch niemals.«

»Aber warum hilft dir dein Geliebter nicht? Glaubt er dir etwa nicht?«

Magdalena runzelte zweifelnd die Stirn.

»Wenn er dich wirklich liebt, dann muss er dir auch glauben.«

»Er weiß doch gar nicht, dass ich hier drin bin.«

So ging es weiter.

Nach einer gar nicht mal so langen Weile hatte sich Magdalena bereit erklärt, für Katharina eine Nachricht aus dem Gefängnis zu schmuggeln.

Und während Katharina auf die Antwort wartete, dankte sie allen Groschenromanschreibern auf diesem Planeten, den großen und kleinen, dem alten und dem jungen Alexandre Dumas, die mit ihren Geschichten dafür gesorgt hatten, dass Katharinas Erzählungen auf so fruchtbaren Boden fielen.

Und doch: Als kurz darauf die Antwort eintraf, war bei Katharina jeglicher Zynismus wie weggewischt. Denn diese Antwort enthielt zwei Zeilen, die trafen sie mitten ins Herz.

Vom Schicksal gebeutelte und verbitterte Menschen konnten sich härten und gegen weitere Enttäuschungen noch so sehr wappnen, irgendwo fand sich immer ein Lindenblatt, das sich auf ihre Seele legte. Und da waren sie immer noch genauso empfindsam und liebesfähig wie zuvor. Diese Stelle war bei Katharina getroffen worden. Äußerlich blieb sie mit Mühe die abgebrühte Gefangene, die ihren Ausbruch gefühlskalt wie ein Fleischerhund plante, doch in ihrem Herzen tobten die Gefühle. Vor allem Hoffnung, das trügerischste Gefühl. Wer hoffte, der glaubte an das Gute im Menschen. Wer hoffte, der glaubte, dass auch er eine Chance hatte.

Du hast noch gar nichts erreicht, ermahnte sie sich, während sie die Antwort verfasste, die sie bei der nächsten

Gelegenheit Magdalena übergeben wollte. Noch ist gar nichts erreicht.

Und tatsächlich bekam sie ihre Gefühle in den Griff. Als Magdalena die Nachricht entgegennahm, war Katharina wieder ganz voll Demut und Desillusion.

»Am Sonntag kommt doch die Frau Oberin?«, fragte Katharina verzagt.

»So ist es geplant«, antwortete Aufseherin Magdalena.

»Kannst du sie bitten, dass sie mich aufsucht? Ich habe so viel zu bereuen. So viel.«

»Ich werde es versuchen«, sagte Magdalena.

XXX Freitag, 25. September 1857 später Abend

Stoltz stand in der Kaserne vor einem Spiegel. Was er in dem Spiegelbild erblickte, hatte mit ihm äußerst wenig zu tun. Er trug eine weiß gepuderte Perücke mit zwei waagerechten Locken an jeder Schläfe. Schreiber Schaal wollte ihm auch noch das Gesicht weiß schminken, aber das konnte Stoltz mit einem energischen »Nein, danke« verhindern.

Seinen Körper umschloss ein schweres Brokatjackett mit aufgeschlagenen Ärmeln. Sein übliches Beinkleid hatte er gegen Kniebundhosen eingetauscht. Die Waden steckten in weißen Kniestrümpfen, die Füße in Lackschuhen mit großen silbernen Schnallen.

Stoltz drehte sich ironisch vor dem Spiegel ein wenig hin und her. Falls heute Abend ein Attentäter in der Villa Berg auftauchen sollte, dann könnte Stoltz ihn vermutlich schon allein durch seine Erscheinung außer Gefecht setzen. Der Attentäter würde sich einfach totlachen.

»Ich bin beeindruckt, was Sie in Ihrem Fundus alles so haben«, sagte Stoltz zu Schaal.

Der nahm das als Kompliment und verbeugte sich leicht. »Wir müssen auf alle Eventualitäten vorbereitet sein.«

»Verstehe«, sagte Stoltz, ohne zu begreifen, was für eine Herausforderung ein Maskenball sein konnte.

»Im letzten Jahr trug Sekondeleutnant Wulberer dieses Kostüm. Er erregte damit einiges Aufsehen.«

Für Stoltz war das kein überzeugendes Argument. Aber er sagte nichts und trat zur Seite, um Fräulein Holder Platz zu machen. Er musste zugeben, dass ihre Verwandlung noch tiefgreifender war. Fräulein Holder trug auf dem Kopf eine silberblonde Perücke mit Hochsteckfrisur. Sie hatte sich das Gesicht geschminkt, knallroten Kussmund und Schönheitsfleck auf der Wange inklusive. Wenn sie mit ihren künstlichen Wimpern klimperte, wirkte es, als würde ein Schiff auf hoher See Lichtsignale senden. Sie trug einen weit ausladenden Reifrock. Die Füße steckten in zierlichen silbernen Mokassins, mit denen sie – das hatte sie mehrmals demonstriert – wie Aschenputtel auf der Flucht vor dem Prinzen wieselflink über Treppenstufen huschen konnte.

Ein Glück, dass Wulberer sie so nicht sehen konnte, dachte Stoltz. Der hätte Fräulein Holder vermutlich umgehend den Ausgang gestrichen. Die Verkleidung schien Fräulein Holder auch eine neue Persönlichkeit zu geben. Statt wie üblich demutsvoll auf das Parkett zu starren, öffnete sie ihren Fächer und zwinkerte in einem von Schreiber Schaal unbeobachteten Moment Stoltz verwegen zu.

Auch Schreiber Schaal hatte sich verkleidet. Er trug eine Pappnase. Und er sah aus wie ein Beamter mit Pappnase.

»Können wir?«, fragte Schreiber Schaal.

Die anderen beiden nickten.

Vor der Kaserne bestiegen sie eine Kutsche. Es war ein milder Herbstabend, zumindest noch um diese Zeit. Die ausgeruhten Pferde zogen die Kutsche mühelos den Hügel hinauf, auf dessen Gipfel die Villa stand.

Von unzähligen Lampen beleuchtet – »Es sollen zehntausend sein«, bemerkte Schaal – bot sie einen imposanten Anblick. Stoltz fühlte sich an Italien erinnert, was kein Zufall war, denn das Gebäude war einem italienischen Renaissanceschloss nachempfunden.

Schreiber Schaal erzählte sogleich, dass die Villa erst vor ein paar Jahren erbaut worden war.

»Normalerweise darf die Villa nur mit ausdrücklicher Erlaubnis des Hofmarschallamtes besucht werden«, verkündete er ehrfurchtsvoll. »Und selbst dann eigentlich nur, wenn der Kronprinz zugegen ist.«

Stoltz vermutete, dass dem Zaren als derzeitigem Hausherrn dies ziemlich egal war, aber sie als Fußvolk sollten sich natürlich ganz besonders geehrt fühlen.

Oben angekommen, entstiegen sie der Kutsche, bewunderten den Nymphenbrunnen. Die offiziellen Festlichkeiten hatten noch nicht angefangen, aber das war völlig in Ordnung so, schließlich hatten Stoltz und seine Kollegen vor allem die Funktion, Teil der bewundernden Masse zu sein und im Hintergrund zu bleiben.

Als dann der Kaiser der Franzosen vorfuhr, suchte sich Stoltz an der Treppe eine Position, von der aus er alles gut überblicken konnte.

Oben auf der Treppe der Kaiser aller Reußen in majestätischer Pose. Nachdem Napoleon III. die Hälfte aller Stufen erklommen hatte, kam ihm Alexander II. genau dieselbe Anzahl der Stufen entgegen. Stoltz fragte sich, was wohl passiert wäre, wenn der Zar oben auf dem Absatz stehen geblieben wäre. Hätte der Kaiser die restlichen Stufen erstürmt, den Russen mit seinem Handschuh geohrfeigt und so für einen Eklat gesorgt?

Stoltz konnte nicht leugnen, dass er die ganzen Rituale übertrieben bis affig fand, aber damit schien er in der Minderheit zu sein.

Nach und nach füllte sich der Saal. Es gab viele Verbeugungen und Knickse, und wann immer sich zwei wichtige Gestalten begegneten, wurde schon von Weitem kontrolliert, wer wem auszuweichen oder seine Ehrerbietung zu erweisen hatte.

Stoltz wusste, dass in der Stadt seit Tagen darüber spekuliert wurde, was bei diesen Anlässen vor sich ging. Von wilden Orgien bis zu Geheimplänen für eine neue Weltordnung war so ziemlich alles im Programm. Wenn die Leute wüssten, dass in einer durchschnittlichen Bauernhochzeit mehr Pfiff drin ist als in diesen Festlichkeiten …, dachte Stoltz.

Es wurde ja nicht einmal groß politisiert. Fürst Gortschakow stand meist mehr oder weniger missmutig in der Nähe des Zaren und schien nicht so recht zu wissen, wozu er hergebeten worden war.

»Der ist enttäuscht, weil Graf Walewski sich als unpässlich entschuldigt hat«, erklärte Schaal, der offenbar in diesen Dingen ein geradezu enzyklopädisches Wissen besaß.

»Jetzt weiß er nicht, was er hier soll«, sagte Schaal weiter. »Denn aus Festen macht er sich nicht viel.«

Da war er nicht der Einzige. Stoltz sah, wie Fräulein Holder im Hintergrund heftig flirtend durch die Ränge schob, aber sie stieß auf erstaunlich wenig Resonanz. Stoltz hingegen hatte in einem Moment den Eindruck, dass Kronprinz Karl seinen majestätischen Blick etwas zu lange auf seinem Hinterteil ruhen ließ. Aber vielleicht täuschte er sich auch.

Während die Festlichkeiten ihren Lauf nahmen, beschloss Stoltz, sich auf seine Arbeit zu konzentrieren. Schaal gab ihm einen kurzen Überblick über das Gebäude. Die Villa hatte zwei Stockwerke und im Keller ein Bad. Draußen gab es Gewächshäuser, aber die ließ Stoltz erst mal außer Acht. Solange weder Zar noch Kaiser sich dort aufhielten, interessierte ihn dieser Teil des Geländes nicht.

Seine Gedanken schweiften ab. So seltsam es klang, Stoltz hätte sich jetzt gern mit Wulberer ausgetauscht. Sie hatten noch keine Gelegenheit gehabt, über das verunglückte Bombenattentat am Schloss zu sprechen. War Wulberer bei seiner Verfolgungsjagd irgend etwas an dem Jungen aufgefallen? Hatte er Komplizen oder gar Hintermänner entdeckt? Stoltz hielt es für ausgeschlossen, dass der Junge sich auf eigene Faust aufgemacht hatte, den König und seine Gäste in die Luft zu sprengen. Aber wer konnte so hasserfüllt und gleichzeitig so skrupellos sein, dass er noch ein halbes Kind für seine mörderischen Pläne einspannte? Wusste vielleicht der Schuhputzer gar nicht, auf was für ein Himmelfahrtskommando er da geschickt worden war?

Vielleicht war er reingelegt worden. Stoltz, dessen Fantasie nie lange brauchte, um neue Hypothesen zu entwickeln, kam in die Gänge. Er konnte die Szene geradezu vor sich sehen. Vielleicht hatte sich ein Terrorist als Schuhputzer verkleidet und sich einen pfiffigen Jungen gegriffen.

»Mein Junge, ich bin alt und schwach. Ich schaffe es nicht mehr. Aber heute ist ein Festtag. Da findest du viel Kundschaft. Und die Herren werden spendabel sein und reichlich Trinkgeld geben.«

In Anbetracht des Pferdekots auf den Straßen war Schuhputzer kein Traumjob, aber mit dem Verdienst ließe sich bestimmt der ein oder andere locken.

Am Ende lief alles darauf hinaus, dass die Zeichnung, die nach Wulberers Beschreibung entstanden war, sie zu dem Jungen führte. Sonst ständen sie wieder mit leeren Händen da.

Allerdings gab es ja noch die Bombe. Denn merkwürdig war das schon. Erst versucht der Attentäter, den Zaren mit einem Scharfschützengewehr auszuschalten. Als er ertappt wird, lässt er seine Waffe zurück – nur um wenig später mit einer ausgeklügelten Bombe einen zweiten Versuch zu starten? So wie es aussah, hatten sie es mit einem wild entschlossenen Gegner zu tun, der darüber hinaus über beträchtliche Ressourcen verfügte.

Stoltz machte sich einige mentale Notizen und konzentrierte sich wieder auf das Treiben im Saal. Das war allerdings bislang nicht spannender geworden.

XXXI Freitag, 25. September 1857 Nacht

Stoltz verließ den Saal mit den Feiernden und begab sich in den ersten Stock. Je weiter er sich von der Menschenmenge entfernte, desto ruhiger wurde es. Nur der Lichtschein vom Eingang drang bis in die weiter abgelegenen Ecken durch.

Plötzlich hörte Stoltz hinter sich eine vertraute Stimme.

»Ha, Ricardo. Hast du zur Nacht gebetet?«

Stoltz fuhr herum und sah Aristide, der ihm einen Degen an die Kehle hielt. Auch Aristide hatte sich verkleidet.

Er trug eine Maske, einen Dreispitz und ein Kostüm, das er wohl von irgendeiner *Othello*-Inszenierung geborgt hatte.

»Darf ich fragen, wie du hier reingekommen bist?«, fragte Stoltz und schob Aristides Degen mit dem Zeigefinger zur Seite.

»Du vergisst, dass ich mittlerweile diplomatische Immunität genieße.« Er steckte seinen Degen in die Scheide. »Ohne mich dürften solche Bälle gar nicht mehr stattfinden.«

»Pass auf, dass niemand hinter deine Hochstapelei kommt«, sagte Stoltz.

Aristide griff Stoltz am Arm.

»Hier hinten ist doch nichts mehr los.«

»Ich brauch ein bisschen Ruhe.«

Aristide sah Stoltz skeptisch an. Es war offensichtlich, dass er ihm kein Wort glaubte. »Dann hättest du auch im Hotel bleiben können.«

Stoltz blieb stehen. »Nimm's mir nicht übel. Amüsier dich, soviel wie du willst. Aber mir ist heute einfach nicht danach.«

Aristide startete einen weiteren Versuch.

»Hast du die Frau gesehen, die mit der weißblonden Perücke? Ich glaub, die will heute Abend was erleben.«

Stoltz hob die Hände. »Aristide, bitte.«

Aristide zog sich zurück.

»Ist ja gut. Wusste gar nicht, dass du so ein Muffel sein kannst.«

Aristide ging zum Ballsaal zurück. Stoltz machte seine Runde auch durch die nächste Etage. Dort fand er ebenfalls nichts Auffälliges.

Als Stoltz in den Ballsaal zurückkehrte, hatte die Atmosphäre wenigstens teilweise etwas von ihrer Steifheit verloren. Aristide war unter den Tanzenden und amüsierte sich offenbar köstlich. Fräulein Holder auch, sie tanzte mit einem Herrn, den Stoltz nicht kannte.

Stoltz nahm sich ein Getränk von einem der Tabletts, die von livrierten Lakaien durch den Ballsaal balanciert wurden. Während er das Glas an die Lippen führte, bemerkte er den Blick einer Frau, der so wissend wie verheißungsvoll war.

Stoltz erwiderte ihn.

Die Frau war höchstens ein paar Jahre jünger als er. Sehr, sehr attraktiv. Das fiel auf, ohne dass sie es besonders betonte.

Sie stellte ihr Glas auf einem der Tische an der Wand ab und bedeutete Stoltz mit einer Kopfbewegung, ihr nach draußen zu folgen. Das tat Stoltz.

Aber als er den Saal verlassen hatte, blickte er nur in den leeren Flur.

»Hier entlang«, lockte eine weibliche Stimme, nicht weit entfernt. Stoltz ging ihr nach, ohne die Frau zu sehen.

Jemand lief die Treppen zum Bad hinunter. Stoltz erkannte die Trippelschritte einer Frau in Ball-Pantöffelchen und folgte ihnen.

»Wir sind gleich da«, versprach die Stimme.

Stoltz sah sich im Bad um. Hier war die Beleuchtung nur spärlich. Stoltz erkannte an einer gefliesten Wand eine in Stein gehauene Ottomane, auf der er sich niederließ.

Plötzlich bemerkte Stoltz, wie sich ein weicher Frauenkörper an ihn schmiegte.

»Ich bin so froh, dass wir endlich ungestört sind«, wisperte die Stimme von eben.

»Ich würde ein gern wenig Licht machen«, sagte Stoltz.

»Ich finde es sehr gemütlich so«, schnurrte die Frau. Sie sprach mit leichtem französischem Akzent, was Stoltz unter anderen Umständen durchaus als erotisch empfunden hätte.

Die rätselhafte Frau legte im Dunkeln den Kopf an seine Schulter.

»Ach, Monsieur, Sie sind so ein starker Mann. Und so vertrauenerweckend.«

Stoltz schob die Frau sanft und vorsichtig zur Seite. »Gibt es wirklich immer noch Männer, die auf solche Sprüche hereinfallen?«

»Das sind keine Sprüche«, protestierte die Frau.

»Warum sagen Sie nicht einfach, was Sie von mir wollen?«

Stoltz erkannte im Zwielicht, wie die Frau einen Schmollmund zog.

»Können Sie sich das nicht denken?«

»Ehrlich gesagt, nein.«

Die Frau schlang nun in der Dunkelheit beide Arme um Stoltz' zugegebenermaßen ziemlich breite Schultern.

»Ich brauche Ihre Hilfe, Monsieur Wulberer. Nur Sie können mich retten.»

Diesmal schob Stoltz ihre Arme eine Spur energischer zurück. Er erhob sich, ging mit zügigen Schritten zur Wand, fand eine Lampe und entzündete sie.

»Dabei gibt es leider ein Problem«, sagte Stoltz. »Ich bin nicht Monsieur Wulberer.«

Die unbekannte Schöne schlug sich erschrocken eine Hand vors Gesicht. Dann hauchte sie »Pardon« und eilte mit klackernden Absätzen die Stufen zum Ballsaal hinauf.

»Madame«, rief Stoltz ihr hinterher. Aber sie wollte oder konnte ihn wohl nicht mehr hören. Als sich Stoltz schulterzuckend zum Gehen wandte, entdeckte er neben den geschwungenen steinernen Füßen der Ottomane einen Brief. Der hatte keinen Absender, aber er war adressiert an

»Monsieur M. Wulberer, Second Lieutenant, Départment spécial«.

Stoltz nahm den Brief und kehrte in den Ballsaal zurück. Er suchte in allen Ecken, aber die Frau war verschwunden. Auch von Aristide war nichts zu sehen. Ob die Dame mit Aristide den Ball verlassen hatte? Das hielt Stoltz für wenig wahrscheinlich.

Er steckte den Brief in eine Innentasche seines Brokatjacketts. Dann gesellte er sich zu Schaal, der ihn auf den neuesten Stand brachte, was die Vorgänge im Ballsaal betraf. Es war nichts Weltbewegendes passiert. Fräulein Holder befand sich im Garten, aber nicht, um sich zu vergnügen. Sie plauderte keusch mit einer Zofe.

Und als die Veranstaltung dann zu Ende war, fuhren sie alle drei in ihrer Kutsche zur Kaserne zurück. Dort wechselten sie in ihre Alltagsklamotten, was aus Fräulein Holder verblüffenderweise umgehend wieder ein Mauerblümchen machte.

Gerade als sie ihre Abteilung verlassen wollten, sagte Stoltz: »Moment. Ich habe noch etwas vergessen. Dauert nur eine Minute.«

Er kehrte in die Kammer zurück, zog den Brief aus dem Brokatjackett und schloss sich wieder den anderen an. Ohne ihnen etwas von dem Brief zu erzählen. Weit nach Mitternacht lag er endlich in seinem Bett in seinem Zimmer im Hotel Marquardt.

XXXII Samstag, 26. September 1857 Morgen

Nachdem er seine Morgentoilette hinter sich gebracht hatte, setzte sich Stoltz auf einen Stuhl am Fenster. In den Händen hielt er den an »Monsieur Wulberer« adressierten Brief. Er drehte das längliche Kuvert hin und her. Seit gestern Nacht überlegte Stoltz, was er mit dem Brief machen sollte. Natürlich könnte er das Schreiben einfach an Wulberer übergeben, aber irgendetwas ließ ihn zögern. Gleichzeitig brachte er es nicht über sich, das Kuvert einfach zu öffnen. Der Grund war nicht nur seine Kinderstube, der kleine Richard hatte schließlich einmal gelernt, dass man die Briefe anderer Leute nicht las. Offenbar hatte die fremde Dame ihn für Wulberer gehalten. Schließlich sollte der ja auch auf dem Ball zugegen sein. Wenn er sich nicht fatalerweise mit dem Hintern auf eine Zeitbombe gesetzt hätte. Und sie wusste wohl auch, in welcher Funktion Wulberer bei dem Ball anwesend sollte. Also war der Brief an den Beamten Wulberer gerichtet gewesen. In diesem Fall könnte Stoltz den Brief problemlos öffnen. Ja, er wäre geradezu verpflichtet, den Brief zu öffnen, denn schließlich war er von Wulberer eindeutig zu dessen Vertreter bestimmt worden.

Stoltz ging zu dem kleinen Sekretär, der an der Wand seines Zimmers stand, und griff nach dem Brieföffner. Es klopfte. Bevor Stoltz »Ja, bitte« rufen konnte, öffnete sich die Tür. Ein Hoteldiener kam herein. Er schob einen Servierwagen vor sich her. Die Speisen auf dem Wagen wurden durch eine Servierglocke geschützt.

Im Schlepptau des Dieners betrat Aristide das Zimmer. Er trug wieder Zivil und war sichtlich angefressen.

Der Hoteldiener platzierte den Servierwagen in der Mitte des Raumes und zog sich mit einer Verbeugung zurück.

»Die Leitung des Hotels dankt Ihnen noch einmal für Ihre Großzügigkeit und Ihr Verständnis, Herr Desormeaux«, sagte der Diener.

»Jaja, schon gut«, entgegnete Aristide. Er wandte sich an Stoltz und flüsterte: »Kannst du mir beim Trinkgeld aushelfen? Ich habe mal wieder alles in fest verzinslichen Wertpapieren angelegt.«

Stoltz gab dem Diener achtzehn Kreuzer, was diesen offenbar erfreute. Der Mann verbeugte sich noch einmal und schloss die Tür von außen.

»Was ist denn los, Othello«, fragte Stoltz. »Ärger mit Desdemona?«

»Ach, lass mich damit bloß in Ruhe«, sagte Aristide. Er schob den Servierwagen neben den großen Tisch und nahm die Haube von den Speisen.

»Ich musste aus meiner Suite ausziehen.«

Stoltz blickte erstaunt.

»Ja, heute kommt die Königin von Griechenland. Und noch so ein komischer bayerischer Baron. Ich habe ihnen zwar gesagt, das wird Afrika sehr übel nehmen, aber am Ende war es ihnen egal.«

Aristide deutete auf die Speisen. »Wenigstens wollen sie mich mit dem Essen gnädig stimmen. Also greif zu, wo sonst kriegst du schon am frühen Morgen Austern und Lachs.«

Sie tafelten mehr oder minder schweigend. Bis mittendrin Aristide aufsprang und sagte: »Das hätte ich fast vergessen.«

Er lief auf den Flur, kam aber schon nach kurzer Zeit zurück.

»Hier.«

Aristide warf Stoltz den Umschlag aus dem Gepäckwagen in den Schoß.

»Danke, Mann«, sagte Stoltz gerührt. »Du hast keine Ahnung, wie viel mir das bedeutet.«

Aristide sah Stoltz prüfend an. »Und ich vermute, du hast immer noch keine Lust, mir zu erzählen, was in dem Umschlag ist?«

Stoltz sah Aristide flehend an. »Bitte.«

Aristide hob die Hände. »Okay, wie du willst. Verstehe. Paragraf eins, jeder macht seins.«

Nach dem Essen öffnete Stoltz das Fenster und sah auf den Platz. Die Menschenmenge war bereits viel größer als gestern. Am Sonntag würde es noch voller sein. Und am Montag … Er wandte sich wieder ins Zimmer und sah, wie Aristide zwei Zigarren auspackte.

»Willst du auch eine?«

Stoltz wollte.

Aristide machte die Zigarren rauchfertig, und bald pafften beide. Stoltz musterte das Etikett.

»Echte Havanna. Hast du die mitgebracht?«

Aristide schüttelte seinen Kopf und blies einen Rauchring.

»Habe ich hier gekauft. Auf der Königstraße. Bei Hansen & Haymann.«

Aristide sah sich nach einem Fleck um, auf dem er seine Zigarre ablegen konnte.

»Ich glaube, es gibt irgendwo einen Aschenbecher«, sagte Stoltz.

Als er aus dem Flur mit dem Ascher zurückkam, sah Stoltz, wie Aristide den Brief an Monsieur Wulberer in der Hand hielt.

»Was ist das denn?« Aristide las. »Monsieur Wulberer?«

Bevor Stoltz etwas sagen konnte, hatte Aristide den Brief mit dem Fingernagel geöffnet. Der Umschlag enthielt nur ein Blatt. Aristide entfaltete das Papier und begann zu lesen.

Stoltz wollte sich eigentlich über Aristides Dreistigkeit echauffieren, aber dann sah er, wie dessen Augen beim Lesen immer größer wurden.

»Das ist ja ein Ding«, flüsterte Aristide.

»Darf ich …«, begann Stoltz.

Aristide wandte den Blick vom Brief und warf das Papier Stoltz zu. Der studierte die Zeilen.

»Sorry, aber so gut ist mein Französisch nicht.«

Aristide nahm den Brief wieder an sich. »Was würdest du eigentlich ohne mich machen?«

Dann übersetzte er.

Seine Exzellenz
Monsieur Wulberer

Sehr geachteter, hochgeschätzter Monsieur Wulberer,

Sie kennen mich nicht. Auch ich kenne Sie nicht, das heißt: Wir sind uns noch nie begegnet, aber ich weiß sehr wohl, in welch verantwortungsvoller Funktion Sie in diesen Tagen unterwegs sind. Und dabei möchte ich Ihnen helfen. Wir beide wissen, dass der französische Kaiser mit seiner Entourage im Flügel der Residenz untergebracht ist. Konzentrieren Sie Ihre Bemühungen auf die Bagage des Grafen Walewski, genauer gesagt Valise No. 14. Dort finden Sie die Antwort auf alle Fragen, die Sie so brennend interessieren.

Aber fragen Sie nicht nach meinen Beweggründen. Ich tue es für mein Land, das ich über alles liebe. Und ich weiß, dass auch Sie alles für Ihr Land tun würden.

Hochachtungsvoll

XXXIII Samstag, 26. September 1857 Vormittag

Aristide sah auf.

»Keine Unterschrift.«

Stoltz nahm den Brief wieder in die Hand. Er studierte die Schrift. Anspruchsvoll, schön geschwungen. Stoltz konnte nicht einmal bestimmt sagen, ob es sich um eine Frauen- oder Männerhandschrift handelte.

»Sehr merkwürdig.«

Aristide lehnte sich zurück und sah Stoltz prüfend an.

»Vielleicht glaubst du ja, dass dich deine Geheimniskrämerei interessant macht. Aber mittlerweile finde ich, dass du es ganz schön übertreibst.«

Stoltz rang mit sich. Dann fasste er einen Entschluss.

»Also gut. Aber was ich dir jetzt sage, muss unter uns bleiben. Niemand – ich betone: niemand – darf davon etwas erfahren.«

Aristide hob die rechte Hand zum Schwur.

»Großes Indianerehrenwort.«

»Ich meine es ernst.«

Aristide nahm die Hand wieder herunter.

»Ich auch.«

Stoltz ging zum Fenster und schloss es. Dann lehnte er sich mit dem Rücken gegen die Scheibe.

»Frag bitte nicht, warum und wie, aber seit einigen Tagen gibt es Versuche, ein Attentat zu verüben.«

Aristide legte die nächste Zigarre, die er sich anzünden wollte, auf den Aschenbecher.

»Auf wen?«, fragte er.

»Wir wissen das ehrlich gesagt nicht genau. Vielleicht auf den Kaiser. Vielleicht auf den Zaren. Vielleicht auch auf den König. Auf jeden Fall haben wir es mit einem Attentäter zu tun, der es ernst meint und der weiß, was er tut.«

»Und was geht dich das an?«

»Ich wurde … nun sagen wir, überzeugt, bei der Suche nach dem Attentäter, oder besser: bei der Verhinderung des Attentats behilflich zu sein.«

Aristide blickte Stoltz staunend an. »Hast du nicht mal gesagt, alle gekrönten Häupter sollten nur zwischen zwei Dingen wählen dürfen: dem Strick und der Guillotine?«

»Das ist lange her, Aristide.«

»Trotzdem musst du ja nicht gleich zu ihrem Bluthund werden, oder?«

Stoltz überlegte. Was würde es wohl bringen, wenn er Aristide die ganze Wahrheit enthüllte? Aber ihm war es lieber, wenn der Freund nicht in die *ganze* Angelegenheit gezogen wurde.

»Noch mal: Okay. Ja, du hast mich erwischt. Ich habe nicht nur die Ideale meiner Jugend hinter mir gelassen und bin ein geldgieriger Weltenbummler geworden. Jetzt arbeite ich sogar mit meinen Feinden von gestern zusammen.«

Er zuckte mit den Schultern. »So geht's zu in der Welt. Ich habe nie behauptet, ein Held zu sein.«

Aristide ließ Stoltz' Erzählungen auf sich wirken. Er war von seinem Freund enttäuscht, das war ihm anzusehen. Aber wie sollte er mit dieser neuen Erkenntnis umgehen?

Er wirkte plötzlich unvermittelt ernst. Aristide sah Stoltz prüfend an. »Wer sein Leben lang an Helden glaubt, der kann am Ende nur enttäuscht werden. Du bist halt ein Mensch. Wie alle anderen auch.«

Die Spur eines Lächelns zog über sein Gesicht. »Aber auch mit deinen Fehlern bist du immer noch mein Freund. Ich werde nie vergessen, was du damals für mich getan hast.«

Das machte Stoltz nun doch nicht wenig verlegen.

»Danke«, sagte er nur.

Dann nahm er den Briefbogen, faltete ihn zusammen und versuchte, ihn zurück in den Umschlag zu stecken. Stoltz strich die Ecken glatt, aber das Ergebnis war ziemlich dürftig. Kaum überraschend. Aristide hatte ja nicht ahnen können, dass er ein hochgeheimes Schreiben aufriss, und war damit umgegangen wie mit einem ganz normalen Brief.

Stoltz streckte Aristide den Brief entgegen.

»Kannst du versuchen, den einigermaßen wiederherzurichten? Dann kann ich ihn Wulberer übergeben. Bisschen ramponiert ist nicht schlimm. Da wird mir schon eine Ausrede einfallen.«

Aristide nahm das Kuvert. Er zog das Blatt wieder heraus.

»Ich habe eine bessere Idee. Sag mir, in welchem Zimmer dieser Graf Walewski logiert. Und ich besorge dir diesen Koffer.«

Aristide warf noch einmal einen prüfenden Blick auf das Schreiben.

»Valise Nummer vierzehn, richtig?«

Stoltz gab sich keine Mühe, seine Überraschung zu verhehlen.

»Das würdest du tun?«

»Für dich, ja. Nicht für diesen …« Noch ein prüfender Blick auf den Briefbogen. »… Wulberer.«

»Aber das ist doch wahnsinnig! Was, wenn die dich erwischen! Am Ende denken die noch, du steckst hinter dem Attentat, und buchten dich ein.«

»Dazu müssen die mich erst mal kriegen.« Aristide zog seinen Sessel näher zu Stoltz heran. »Überleg doch mal. Wie bist du an diesen Brief gekommen?«

»Eine Frau hat ihn mir übergeben.«

»Kennst du die Frau?«

»Nein.«

»Weißt du, wie sie heißt?«

»Nein.«

»Warum hat die Frau dir den Brief gegeben?«

»Weil sie dachte, ich sei Sekondeleutnant Wulberer.«

Aristide verschränkte die Arme hinter dem Kopf und streckte sich.

»Und jetzt zieh doch mal bitte deine alten Pinkerton-Gamaschen an und sag mir, wie eine solche Geschichte in deinen Ohren klingt.«

Da musste Stoltz nicht lange überlegen.

»Ziemlich …« Immer noch fielen ihm manchmal eher englische statt der deutschen Worte ein. »… *fishy*.«

»Genau. Wäre ich Wulberer, dann würden bei mir alle Alarmglocken angehen. Warum erzählt man mir diesen Blödsinn? Das ist doch eine Intrige, die zum Himmel stinkt.«

Stoltz nahm den Faden auf. Es war eine angenehme Erfahrung, mal wieder mit jemandem zusammenzuarbeiten, der nicht nur nominell im selben Boot saß.

»Man müsste also herausfinden, welche Informationen sich in diesem Koffer Nummer vierzehn verbergen.«

»Und dafür hast du ja mich.«

Stoltz überlegte.

»Wir müssen aber erst mal klären, wann der Graf sein Zimmer verlässt.«

»Habt ihr nicht dauernd irgendwelche Feste? So wie gestern in der Villa Berg.«

Stoltz hatte Wulberers Zeitplan nicht zur Hand, aber grob konnte er sich an die wichtigsten Details erinnern.

»Heute Abend steht ein Fest in der Wilhelma an.«

»Was ist das?«

»Willst du die offizielle Erklärung oder die von der Straße?«

»Dreimal darfst du raten.«

»Eine Art Badeanstalt mit maurischem Dach. Und im Garten stehen jede Menge Statuen von barbusigen Weibern.«

»Na, das dürfte doch ein Angebot sein, das der Graf nicht ausschlagen kann.«

Da war Stoltz nicht so sicher. »Gestern in der Villa Berg hat er gefehlt.« Er erinnerte sich an Schaals Erklärung. »Graf Walewski soll unpässlich gewesen sein.«

Aristide winkte ab.

»Vermutlich hatte er einfach keine Lust auf das Langweilertreffen.«

»Und wenn er ernstlich krank ist?«

»Sollte er Durchfall oder so was haben, dann hole ich den Koffer, wenn er auf dem Topf sitzt.«

Stoltz sah auf seine Uhr. Er vermutete, dass Wulberer heute wie üblich den Tag mit einer Einweisung beginnen werde. Aber zuvor wollte Stoltz noch etwas erledigen. Er stand auf.

»Brauchst du noch etwas von mir?«, fragte er.

»Natürlich.« Aristide zählte seine Wünsche an den Fingern seiner linken Hand ab. »Erstens einen Grundriss vom Schloss. Oder zumindest von dem Flügel, in dem der werte Graf logiert. Dann das genaue Zimmer. Und natürlich die Information, ob er im Zimmer bleibt oder auch zur Wilma …«

»Wilhelma.«

»… wie auch immer. Du weißt, was ich meine.«

»Weiß ich«, sagt Stoltz. »Reicht es, wenn ich dir die Informationen unter der Tür deines Zimmers zustecke?«

»Klar«, sagte Aristide. Er schlug Stoltz ironisch auf die Schulter. »Hauptsache, wir machen aus dir noch einen richtig obrigkeitsgläubigen Monarchisten.«

XXXIV Samstag, 26. September 1857 Vormittag

Als Stoltz auf die Straße trat, sah er in der Menge Landjäger Pflumm. Stoltz nahm Blickkontakt auf und begrüßte Pflumm mit einem spöttischen Nicken. Der erwiderte den Gruß mit einem hilflosen Schulterzucken.

Dann begab sich Stoltz in die Menge. Ihm kam ein distinguierter Herr entgegen, der einen sehr wissenden Eindruck machte.

»Guten Morgen«, sprach Stoltz ihn an. »Können Sie mir vielleicht sagen, wo die Post ist?«

Der distinguierte Herr zog unwirsch die Augenbrauen zusammen.

»Wenn Sie so freundlich wären, mir zu sagen, ob Sie mich auf den Arm nehmen wollen.«

»Das lag wirklich nicht in meiner Absicht«, beteuerte Stoltz.

»Was glauben Sie wohl, wo die Post sein könnte? Am Postplatz natürlich.« Der distinguierte Herr hob seinen Spazierstock an seinen Zylinder zu einem ironischen Gruß und stolzierte ohne weiteres Wort weiter.

Der Postplatz, das erfuhr Stoltz von einem weiteren Passanten, der nicht gar so garstig war, lag in der Nähe der Gartenstraße, unweit der Infanteriekaserne, wo Stoltz gestern eher unfreiwillig mit seinen Schießkünsten brilliert hatte.

Das trifft sich gut, dachte Stoltz. Denn dort wollte er sich mit Schneyders Freunden des Sharps-Gewehrs treffen. Nur wollte er Landjäger Pflumm nicht dabeihaben. Also tat er zuerst so, als wollte er sich in Richtung Schloss bewegen, bog dann aber unvermittelt rechts ab. Stoltz umrundete das Palais des Prinzen Friedrich. Während er sich unter die Schaulustigen mischte, die sich um die Schillerstatue drängten, beobachtete er, wie sich Pflumm am anderen Ende des Platzes suchend umsah. Um Pflumm noch weiter zu verwirren, kaufte er von einem fliegenden Händler eine dunkle Kappe, wie sie gerne von Studenten getragen wurde. Mit dieser Kopfbedeckung war er für Pflumm gleich viel schwieriger in der Menge auszumachen, denn Studenten waren an diesem Wochenende jede Menge unterwegs.

An der Stiftskirche vorbei lief Stoltz zum Marktplatz. Und spätestens als er das Rathaus erreicht hatte, war von Pflumm nichts mehr zu sehen. Stoltz verlangsamte seinen Schritt und lief dann die Hirschstraße entlang zum Postplatz.

Eigentlich wollte Stoltz hier nur ein Telegramm aufgeben, aber er musste gleich erkennen, dass das ein aussichtsloses Unterfangen war. Mittlerweile hatten sich Journalisten aus aller Herren Ländern in der Stadt eingefunden. Sie alle standen vor dem Postamt Schlange, um ihre Depeschen nach Hause abzuschicken. In denen vermutlich berichtet wurde, was für ein rauschendes Fest in der Villa Berg stattgefunden hatte, wie die gekrönten Häupter einander geherzt oder auch nur sachlich begrüßt hatten. Und in der Heimat würden vermutlich schon diverse Kommentatoren Leitartikel aus der Tatsache stricken, dass Graf Walewski – trotz

Ankündigung – nicht an der Begegnung zwischen dem Zaren und dem Kaiser teilgenommen hatte. War das ein Affront, eine bedeutsame Geste, die aber erst noch von Topdiplomaten entschlüsselt werden musste? Am schlimmsten dran waren natürlich die einheimischen Journalisten, denn mittlerweile war es kaum zu übersehen, dass sich die beiden Kaiser herzlich wenig bemühten, den König von Württemberg in ihre Unternehmungen einzubeziehen. Aber wenigstens mussten die Lokalreporter keine Depeschen versenden.

Stoltz blickte auf seine Taschenuhr und überlegte sich die nächsten Schritte. Bis zum Treffen am Schießstand war noch ein wenig Zeit. Er könnte früher als geplant in die Kaserne an der Marienstraße zurückkehren. Dort stände er zwar sofort wieder unter Kuratel, aber vielleicht ließe sich so schon mal herauskriegen, ob der Graf heute Abend an den Festivitäten teilzunehmen gedachte.

Er wandte sich zum Gehen, als ihn eine Faust freundschaftlich gegen die Schulter boxte.

»*Richie, my man!*«

Stoltz drehte sich um. Hinter ihm stand ein amerikanischer Reporter, der sich seine Presseakkreditierung hinter das Band seines Hutes gesteckt hatte.

»Giles Wilkerson. Ich werd verrückt«, sagte Stoltz auf Englisch.

Die beiden schüttelten sich begeistert die Hände.

Stoltz hatte Giles Wilkerson als Polizeireporter in New York kennengelernt. Wilkerson, der gerne undercover und in Verkleidungen arbeitete, war immer auf der Suche nach einer großen Story. Einmal war er dabei einer Diebesbande am Hafen zu nahe gekommen. Die war schon drauf und dran, den naseweisen Reporter, wie sie es nannten, »zu den Fischen zu schicken«, als Stoltz mit seinem Colt in die

Lagerhalle kam, und dem Abend eine andere Wendung gab. Worauf Wilkerson schwor: »Egal, was passiert, Rich: Dafür hast du bei mir was gut.«

Stoltz hatte höflich abgewehrt. Der Reporter bestand darauf, der Pinkerton-Mann habe ihm schließlich das Leben gerettet. Worauf Stoltz das Angebot dankend annahm, aber insgeheim umgehend beschloss, niemals darauf zurückkommen.

»Was machst du hier, Giles?«

Der Reporter feixte. »Na, weswegen alle hier sind. Dieses superwichtige Cäsarentreffen. Bis jetzt ist die ganze Angelegenheit aber eher stinklangweilig.«

»Na, mit New York kann Stuttgart natürlich nicht mithalten.«

»Das meine ich doch gar nicht.« Giles schob sich vertraulich an Stoltz heran. »Man munkelt, es soll einen Attentatsversuch gegeben haben. Kannst du mir nicht was erzählen? Ist doch deine Branche.«

Stoltz spielte überzeugend den Ahnungslosen. »Das ist nicht mein Revier. Ich bin hier nur … wegen einer Familienangelegenheit. Und glaub mir eins: Ich will so schnell wie möglich wieder weg.«

Giles schlug Stoltz noch einmal kameradschaftlich gegen die Schulter. »Ich bin trotzdem froh, dass wir uns mal wieder gesehen haben. Diese ganzen wichtigtuerischen Stockfische gehen mir so was von auf die Nerven.« Der Reporter sah Stoltz verschwörerisch an. »Meine Depesche kann ich auch später aufgeben. Was hältst du davon, wenn wir erst mal einen heben?«

Stoltz blickte skeptisch. »Du meinst als Frühschoppen?«

»Keine Ahnung wie das heißt. In Tokio ist schon *Cocktail Time*.«

Ganz ehrlich, dachte Stoltz, ich hätte schon Lust, mit Giles schnell einen zu picheln und aus dieser ganzen vermaledeiten Kiste mal eine Auszeit zu nehmen.

»Ich fürchte, das wird leider nichts. Ich sagte ja schon: dringende Familienangelegenheiten. Aber wir sehen uns bestimmt noch.«

Giles gab sich keine Mühe, seine Enttäuschung zu verbergen.

»Wenn du's sagst. Ich hoffe nur, es dauert nicht wieder so lange. Kannst du mir wenigstens eine Kneipe empfehlen?«

Stoltz empfahl ihm den Biergarten am Zoo in der Sophienstraße.

»Da kannst du dein Bier zischen und die Tiere angucken.«

Giles winkte ab.

»Große Tiere sehe ich dieser Tage schon genug. Aber trotzdem danke.«

Sie verabschiedeten sich.

Als Stoltz den Schießplatz an der Infanteriekaserne erreichte, sah der leer und verlassen aus. Nur ein kleiner Junge trieb mit einer Spielzeugpeitsche unablässig einen Kreisel an.

»Du weißt nicht zufällig, wo der Herr Schneyder und seine Schützenfreunde sind?«

Der Junge peitschte weiter seinen Kreisel. Das erforderte so hohe Konzentration, dass der Junge gar nicht bemerkte, wie seine Zunge zwischen den Zähnen jeden Peitschenhieb mit einem Zucken illustrierte.

Stoltz wartete geduldig, bis der Kreisel aufhörte, sich zu drehen.

Der Junge sah ihn schließlich an.

»Ja«, sagte er zögerlich.

»Und?«, fragte Stoltz bemüht freundlich.

»Die sind nicht hier.«

»Das sehe ich«, sagte Stoltz nicht mehr ganz so freundlich.

Der Junge streckte Stoltz seine linke Handfläche entgegen. Stoltz seufzte.

»Wie viel?«

Der Junge zögerte.

»Die haben gestern über Sie gesprochen. Kommen Sie wirklich aus Amerika?«

»Wer erzählt denn so einen Blödsinn?«, antwortete Stoltz im Brustton der Überzeugung.

»Ich mein ja nur. Von einem Amerikaner hätte ich Dollar genommen.«

»Und was ist dein Tarif für Einheimische?«

»Zwei Kreuzer.«

Stoltz legte dem Jungen eine Münze auf die Handfläche. Der Junge prüfte das Geldstück eingehend und sagte schließlich: »Solitude.«

Er sprach den Namen deutsch aus.

»Ein Park. Ein Stück weit außerhalb. Da war Goethes Vater Gärtner.«

»Schiller.«

»Was?«

»Wenn schon, dann war es Schiller.«

Der Junge stampfte empört mit dem Fuß auf. »Wenn Sie alles besser wissen, warum fragen Sie mich dann?«

Stoltz wiegelte ab. »Also gut. Solitude. Und wie komme ich dahin?«

Der Beschreibung des Jungen nach würde er mindestens zwei Stunden brauchen.

Dann kann ich die Recherche in Sachen Sharps Rifle wohl für heute vergessen, dachte Stoltz.

XXXV Samstag, 26. September 1857 Vormittag

Doch Stoltz sollte sich irren. Als er in der Kaserne an der Marienstraße eintraf, kam ihm ein verdutzter Landjäger Pflumm entgegen, der ihn überrascht musterte. Stoltz zuckte nur mit den Schultern und ging ohne ein Wort weiter.

Im Büro war der Schreibtisch von Chef Wulberer verwaist, aber Schreiber Schaal saß schon an seinem Pult und Fräulein Holder auf ihrem Schemel. Stoltz spielte für einen Moment mit dem Gedanken, sich auf Wulberers Sessel zu fläzen und ganz in amerikanischer Manier die Füße auf den Tisch zu legen. Aber dann verwarf er den Gedanken. Schließlich konnte er nicht verantworten, dass Fräulein Holder einen Herzinfarkt bekam.

»Was gibt's Neues?«, fragte Stoltz nach der Begrüßung. »Ist der Sekondeleutnant noch im Krankenbett?«

Bevor er antwortete, schüttelte Schreiber Schaal vorwurfsvoll den Kopf. »Der Herr Sekondeleutnant ist schon längst wieder im Dienst.«

»Ach ja?«

Schaal fuhr ungerührt fort. »Die kaiserlichen Gäste haben sich nämlich heute zu einem Besuch des Gestüts in Weil entschlossen. Danach werden sie – jeweils getrennt – einen Jagdausflug unter anderem nach Solitude machen.«

Das passt doch, dachte Stoltz. Manchmal hat man auch Glück.

»Ich vermute, der Sekondeleutnant erwartet, dass ich mich umgehend nach Solitude begebe?«

»In der Tat«, bemerkte Schaal. »Aber zuvor hat mich der Sekondeleutnant noch beauftragt, Ihnen einen Überblick über das Programm des heutigen Tages zu geben.«

»Schießen Sie los«, sagte Stoltz.

Schaal sah ihn verständnislos an.

»Ich meine: *Fire away* … Fangen Sie einfach an.«

Schaal zückte seine Kladde. Er nahm tatsächlich Haltung an und verkündete monoton wie ein Stadtschreiber das Protokoll für Samstag, den 26. September 1857.

»Der Tag beginnt mit einem Frühstück der hochherrschaftlichen Gäste in ihren jeweiligen Residenzen.«

Das ist schon vorbei, dachte Stoltz. Kannst du das nicht überspringen?

»Worauf die Gäste in Begleitung des Königs zum Gestüt Weil aufbrechen.«

Haben wir auch schon erwähnt, dachte Stoltz.

»Während Napoleon III. sich nach den Parks von Scharnhausen und Hohenheim begeben wird, wird die russische Majestät einen Jagdausflug nach Solitude machen. Dabei begleiten ihn der Kronprinz und Alexander von Hessen.«

Der eine Kaiser in dem einen Park, der andere in dem anderen. Haben die denn gar kein Mitleid mit ihren Leibwächtern? Wie sollen wir die denn dort beschützen?, fragte sich Stoltz. Aber er sagte nur: »Fahren Sie bitte fort.«

»Am Nachmittag werden sowohl der Kaiser von Russland als auch der Kaiser von Frankreich wieder in der Stadt erwartet.«

»Und dann geht's in die Wilhelma?«

»Noch nicht. Am Abend wird die Zarin am Bahnhof Feuerbach aus Darmstadt kommend in der Stadt eintreffen.«

Schaal sah auf seinen Zettel. »Und die Königin von Griechenland wird im Hotel Marquardt Quartier nehmen.«

Das wusste Stoltz bereits. Schaal wagte einen Scherz. »Sie werden dann also zumindest für eine Nacht mit einem gekrönten Haupt unter einem Dach wohnen.«

»Ich bin mir dieser Ehre durchaus bewusst«, sagte Stoltz trocken.

Schaals Gesicht bekam einen sehnsuchtsvollen Ausdruck.

»Wenn Sie wüssten, wie sehr ich Sie beneide.«

Für einen Augenblick schien er die Welt um sich herum vergessen zu haben. Sowohl Stoltz als auch Fräulein Holder sahen ihn verblüfft an. Als Schaal die Blicke bemerkte, wurde er rot. Der Schreiber hüstelte und senkte den Blick wieder in seine Kladde.

Auch Stoltz versuchte, sich wieder auf sein Kerngeschäft zu konzentrieren. Er war versucht, die Ankunft der Zarin in Feuerbach unter Routine zu verbuchen. Aber wer konnte denn sagen, dass der Attentäter es nicht auch auf die Gattin abgesehen hatte? Schlagzeilen würde das auch bringen.

»Aber nach der Ankunft der Zarin, dann geht's in die Wilhelma, ja?«, baute Stoltz Schaal eine Brücke.

Schaal kontrollierte seinen Plan.

»Leider immer noch nicht«, sagte Schaal ohne Bedauern.

»Erst lädt Sophie von Württemberg in ihrer Funktion als Königin von Holland alle Gäste zum Tee ins Schloss.«

Schaal hob den Blick und verkündete, als wäre er höchstpersönlich dafür verantwortlich:

»Aber dann versammeln sich die Herrschaften am Abend in der Wilhelma.«

Je mehr Stoltz über den Tagesablauf nachsann, desto unwohler fühlte er sich. Die gekrönten Häupter schienen aus allen Ecken und Enden des Kontinents herbeizuströmen. Und irgendwie schienen die in ihrer Abgehobenheit zu glauben, sie wären überall nur von liebenden Untertanen umgeben.

»Wie viele Gäste werden denn am Abend in der Wilhelma erwartet?«

Diese Frage konnte Schaal beantworten, ohne seine Kladde zu konsultieren. »So um die sechzig bis achtzig.«

Vermutlich läuft das eher unter kleiner Kreis, dachte Stoltz. »Wird Graf Walewski auch anwesend sein?«

Kurzer Blick in die Notizen, dann Schaal: »Ja. Definitiv, ja.«

»Das wissen Sie ganz sicher?«

»Es wurde uns extra so übermittelt. Für die Küche. Und alle anderen Planungen.«

Wenigstens eine gute Nachricht, dachte Stoltz.

Plötzlich zog Schaal misstrauisch die Augenbrauen zusammen. »Warum fragen Sie?«

»Na …«, begann Stoltz unsicher. »Er war doch gestern unpässlich.«

Stoltz fühlte wieder sicheren Boden unter den Füßen. »Ich muss doch wissen, auf wen ich ein Auge werfen soll.«

Schaal entgegnete spöttisch: »Wollen Sie vielleicht auch noch wissen, in welchen Gemächern er auf dem Schloss residiert?«

»Ganz ehrlich, das wäre reizend.«

Schaal schnob verächtlich durch die Nase. »Das war doch hoffentlich ein Scherz. So etwas geht Sie überhaupt nichts an.«

Schaal klappte seine Kladde zu.

»Worauf warten Sie noch? Solitude wartet auf Sie.«

Stoltz verkniff sich eine spitze Gegenbemerkung.

Schaal gab sich genervt.

»Brauchen Sie noch was?«

»Ja, ein schnelles Pferd.«

»Das steht alles schon für Sie bereit.«

Worauf Stoltz übertrieben zuckersüß antwortete: »Allerherzlichsten Dank, Herr Schaal.«

Auf dem Weg nach draußen bemerkte Stoltz, dass ihm Fräulein Holder, ohne den Kopf von ihrem Notizblatt zu heben, etwas zusteckte. Weil er vermeiden wollte, dass Schaal etwas spitzkriegte, tat er so, als hätte er nichts bemerkt.

Aber während ihm auf dem Kasernenhof sein Pferd bereitgestellt wurde, entfaltete Stoltz den kleinen Zettel. Er enthielt in zierlicher Schrift folgende Nachricht:

Gemächer Graf Walewski. Südflügel Residenz. Erste Etage. Von links gezählt hat er die Fenster 5, 6 & 7.

Stoltz sah verblüfft zur Tür, die aus dem Hauptgebäude der Kaserne auf den Reiterhof führte. Aber da erschien natürlich niemand. Der Stallbursche drückte ihm die Zügel in die Hand und sagte: »Ich glaube, Sie müssen jetzt wirklich los.«

Also stieg Stoltz in den Sattel, drückte die Stiefelabsätze in die Seiten des Pferdes und galoppierte los.

XXXVI Samstag, 26. September 1857 Nachmittag

Wie vom Jungen am Schießplatz prognostiziert, erreichte Stoltz nach zwei Stunden den Wald um den Park von Schloss Solitude. Im straffen Galopp hätte Stoltz die Strecke auch in anderthalb Stunden geschafft, aber nach einer Weile erinnerte ihn der Ausflug an vergangene Zeiten, wilde Ausritte über endlose Prärien, sodass er beschloss, die Landpartie noch ein wenig zu verlängern. Er ging in lockeren Trab über. Auch das Pferd, ein beeindruckend schöner Rappe, schien den Ausritt zu genießen. Vermutlich durfte es sonst den Stall nur für irgendwelche affigen Exerzierübungen verlassen.

Stoltz inhalierte tief die herbstliche Waldluft. Er sah sich um. Der Junge hatte ihm keinen genauen Ort für das Treffen von Schneyders Schützenfreunden nennen können. Aber das Rätseln darüber hatte sich für Stoltz in dem Moment erledigt, als er am Horizont eine dünne Rauchfahne entdeckte, die sich nahezu senkrecht gen Himmel kräuselte. Stoltz wendete das Pferd und hielt auf die Rauchfahne zu. Nach fünf Minuten hatte er sein Ziel erreicht.

Schützengildenboss Schneyder und seine Freunde hatten ihr Lager an einem kleinen Bach aufgeschlagen. Allerdings unterschied sich ihr Outfit beträchtlich von dem, was Stoltz beim Wettschießen gesehen hatte. Schneyder trug einen übergroßen Cowboyhut, der ihn wie ein Pilz aussehen ließ. Um seinen mächtigen Schmerbauch spannte sich ein Revolvergürtel, der nur teilweise mit Patronen gefüllt war. Schneyders Frau stand neben ihm. Sie war als Squaw verkleidet und trug eine Schwarzhaarperücke, deren geflochtene Zöpfe ihr über die Schulter hingen.

Beim Wettschießen hatte sich Stoltz in der Fantasie-Gildenuniform noch wie eine Witzfigur gefühlt, aber heute konnte er zu seiner Erleichterung feststellen, dass es immer noch eine Steigerung gab.

Stoltz stieg vom Pferd und gab seinem Rappen einen Klaps aufs Hinterteil. Der lief ein paar Schritte zur Seite und begann zu grasen. Stoltz hob seine Handfläche ironisch zum Gruß und sprach: »Howgh.«

Schneyder beantwortete den Gruß mit derselben Geste und sprach mit großer Ernsthaftigkeit: »Hugh. Coyote-Billy freut sich, dass das Bleichgesicht den Weg an unser Feuer gefunden hat.«

Seine Squaw verdrehte ob dieser Worte genervt die Augen. Sie rührte mit einem Holzlöffel weiter in einem Topf Bohnen, der über einem offenen Feuer hing.

Stoltz vermied jegliche Geste oder Bemerkung, die zeigen könnte, wie wenig er das Schauspiel ernst nahm. »Coyote-Billy« und seine Westernfreunde waren so authentisch wie ein Oktoberfest in Milwaukee. So what? Er war ja nicht als Kulturbeauftragter hier.

Stoltz ließ sich im Schneidersitz neben dem Lagerfeuer nieder und fragte: »Weiß Coyote-Billy, ob sich der Mann, der alles über das Sharps Rifle weiß, schon in seinen Jagdgründen eingefunden hat?«

Coyote-Billy nickte, pfiff auf zwei Fingern, worauf ein älterer Herr, der einen ähnlich albernen Cowboyhut wie Coyote trug, aus dem Gebüsch trat.

»Das ist Joe«, erklärte Coyote-Billy.

Joe grinste zur Begrüßung, wobei sich zeigte, dass in seinem Mund nur noch wenige Zähne auf den Kiefern saßen. Und auch die standen so schief wie Grabsteine auf einem aufgelassenen Friedhof.

Dennoch waren Joes Kiefer nicht untätig. Während des gesamten Gesprächs lutschte Joe lustvoll auf zwei Bonbons herum.

»Zeig ihm dein Gewehr, Joe«, sagte Coyote-Billy.

Wie angewiesen streckte Joe Stoltz seine Waffe entgegen.

Stoltz studierte die Waffe und fand bald heraus: Das war eine Kopie, die leider kaum etwas mit einem echten Sharps Rifle zu tun hatte.

Stoltz versuchte, den Verschluss der Waffe zu öffnen. Das gelang ihm nicht. Joe kicherte. Coyote-Billy erklärte: »Das ist nur eine Dekorationswaffe. Sie funktioniert natürlich nicht.«

Stoltz nickte und drückte Joe das Gewehr wieder in die Hand. Als Detektiv war er es gewohnt, dass die meisten Spuren und Hinweise in die Irre führten. Immerhin hatte ihm die Recherche einen erfrischenden Reitausflug beschert.

»Auch wenn es nur eine Nachbildung ist, das Gewehr ist sehr schön gearbeitet.«

Sowohl Joe als auch Coyote-Billy nickten zustimmend.

»Das hat der Gottlieb gemacht.«

»Welcher Gottlieb?«

»Wir kennen ihn nur als Gottlieb«, sagte Coyote-Billy. »Aber er ist ein richtig guter Büchsenmacher.«

»War«, sagte Joe. Dann griff er in seine Tasche und förderte ein weiteres Bonbon zutage. Nachdem er andächtig das knisternde Papier entfernt hatte, verschwand die Süßigkeit in seinem Rachen.

»Was macht Gottlieb denn jetzt?«, fragte Stoltz.

»Er studiert am Polytechnikum«, sagte Coyote-Billy.

»Der Junge hat jede Menge Flausen im Kopf«, sagte Joe schmatzend.

»Aber er ist ein sehr guter Büchsenmacher«, sagte Coyote-Billy.

»War«, sagte Joe – und suchte in seiner Tasche nach einem weiteren Bonbon.

Stoltz fürchtete, wenn er die Konversation nicht unterbrach, würde sie in einer Endlosschleife enden. Er erhob sich, klopfte sich die trockenen Nadeln von der Hose und fragte: »Könnte es sein, dass Gottlieb ein echtes Sharps Rifle zu Hause hat?«

Coyote-Billy und Joe schüttelten synchron den Kopf.

»Gottlieb hat noch nie ein leibhaftiges Sharps Rifle gesehen«, sagte Coyote-Billy. Er deutete auf Joes Waffe. »Das hat er nach einer Zeichnung nachgebaut.«

»Dafür ist es aber sehr gut gelungen«, lobte Stoltz.

»Gottlieb ist eben ein sehr guter Büchsenmacher«, sagte Coyote-Billy.

»War«, sagte Joe.

Stoltz verabschiedete sich. Er schlug die Einladung von Coyote-Billys Squaw zu einem zünftigen Westerneintopf aus. Nun pfiff Stoltz auf zwei Fingern, worauf der Rappe mit schleifenden Zügeln zu ihm lief. Stoltz schwang sich in den Sattel.

»Das Bleichgesicht fragt sich, ob Coyote-Billy weiß, wo Gottlieb wohnt.«

Worauf ihm gesagt wurde, dass Gottlieb in einer Studentenbude bei der Charlottenstraße, unweit des Esslinger Tors, eine Bleibe gefunden hatte. Stoltz beschloss, dem technischen Tausendsassa Gottlieb bei nächster Gelegenheit einen Besuch abzustatten.

XXXVII Samstag, 26. September 1857 Nachmittag

Stoltz vermutete, dass sich Sekondeleutnant Wulberer in der Nähe des Schlosses aufhalten würde, also lenkte er seinen Rappen in diese Richtung. Bald umfing ihn wieder der Wald mit seiner ihn beruhigenden Kulisse. An einer Weggabelung entschied sich Stoltz für den direkten Weg zum Schloss, dessen Kuppel er schon in der Ferne aufblitzen sah.

Kurz bevor Stoltz den Park um das Schloss erreichte, stand er vor einer Abzweigung, an der offenbar beide Wege zum Schloss führten. Stoltz nahm kurzerhand den linken, der bald schmaler wurde. Zudem musste er öfter den Kopf senken, sonst hätte ihn ein Ast aus dem Sattel gefegt.

Auf einer Lichtung vor ihm grasten zwei Pferde. Es waren imposante Tiere. Glänzendes Fell, gründlich gestriegelte Mähnen. Beide Pferde trugen noch ihren Sattel. Unter dem einen breitete sich eine rote Decke aus. Sie trug den russischen Doppeladler. Die andere war blau und mit einem goldenen Adler geschmückt, dem Wappentier von Louis-Napoléon Bonaparte.

Die zwei herrschaftlichen Tiere grasten und schnaubten. Stoltz' Rappe blähte ebenfalls kurz die Nüstern. Ansonsten blieb es weiter märchenhaft ruhig. Kein Wiehern, nur manchmal schlugen die leeren Steigbügel an ihren Riemen gegen den Sattelgurt und erzeugten ein klimperndes Geräusch.

Stoltz sah sich um. Er konnte keine Menschenseele entdecken. Die Stille konnte trügerisch sein. Obwohl Stoltz kein Freund von Leuten war, die bei jeder passenden Gelegenheit mit ihrer Waffe herumfuchtelten, hätte er in diesem Moment gerne seinen Colt dabeigehabt.

Er stieg von seinem Pferd und führte es zu den anderen beiden. Dann begab er sich in das Dickicht, ohne zu wissen, was ihn erwartete. Dennoch versuchte er, sich innerlich zu wappnen, schließlich war nicht völlig auszuschließen, dass er auf zwei niedergemetzelte Kaiserleichen stieß.

Plötzlich hörte Stoltz Stimmen. Zwei Männer. Sie sprachen deutsch, allerdings der eine in typisch französischem Singsang, der andere russisch, genussvoll jeden Konsonanten zelebrierend, der ihm über die Zunge kam.

Stoltz duckte sich. Auf einer weiteren Lichtung sah er den Kaiser und den Zaren, unversehrt. Sie saßen auf Moos, lehnten mit dem Rücken an einem Stamm. Die Beine in ihren schweren Stiefeln hatten sie weit ausgestreckt. Ihre Kopfbedeckung hatten sie neben sich abgelegt. Zar und

Kaiser trugen simple Jägerkleidung, was aber – wenn man Oberhaupt einer Weltmacht war – auch schon wieder wie eine Uniform aussah.

Ein Eichhörnchen beobachtete sie aus sicherer Distanz. Wenn der Kaiser dem Hörnchen eine Eichel zuwarf, packte das Tier die Eichel und flitzte einen Stamm hinauf, um sie hinter einem Astloch bei seinen Vorräten zu verstauen. Warf ihm der Zar eine Eichel zu, absolvierte das Eichhörnchen dieselbe Routine.

Stoltz wusste, dass der Zar eigentlich in Scharnhausen weilen sollte. Aber offenbar hatten die beiden sich hier getroffen, ohne dass ihre Entourage etwas davon ahnte. Stoltz begriff: Sie wollten einfach ihre Ruhe haben.

Alexander und Napoleon hatten eine Auszeit von ihren Ämtern genommen und genossen es offenbar, im Wald einfach mal alle fünfe gerade sein zu lassen und niemanden und nichts repräsentieren zu müssen.

Stoltz zog sich behutsam, jegliches überflüssige Geräusch vermeidend, zurück. Er wollte nicht, dass die beiden ihn bemerkten. Bei den Pferden angekommen führte er seinen Rappen hundert Schritte weiter. Erst dann stieg er wieder in den Sattel. Nach kurzem Galopp erreichte er das Portal des Schlosses Solitude, wo ihm wie erwartet Wulberer entgegenkam.

»Wie geht's, Sekondeleutnant?«, fragte Stoltz, während er sich aus dem Sattel schwang.

Wulberer winkte verdrießlich ab.

»Wenn Sie noch nicht auskuriert sind, hätten Sie lieber noch einen Tag im Bett bleiben sollen«, bemerkte Stoltz. »Es hilft niemandem, wenn Sie Ihre Gesundheit ruinieren.«

»Ich bin kerngesund«, protestierte Wulberer. Seine Verdrießlichkeit hatte andere Gründe. Er war am Morgen in

Stuttgart dem König über den Weg gelaufen. Seine Majestät hatten den mit der Sicherheit der königlichen Gäste beauftragten Sekondeleutnant keines Blickes gewürdigt, was Wulberer beunruhigte. Er machte sich im Lakaienumfeld auf die Suche nach Gründen.

Wulberer erfuhr, dass die schlechte Laune von Wilhelm I. nichts mit ihm zu tun hatte. Der König von Württemberg war indigniert, weil seine Gäste aus Russland und Frankreich sich zu einem gemeinsamen Frühstück getroffen hatten, ohne ihn, den Gastgeber und doch gar nicht so weitläufig Verwandten, einzuladen. Die Zurücksetzung schmerzte den greisen Monarchen, der doch so gern als Elder Statesman gefeiert worden wäre, tief. Und so hatte Wulberer die stumme Missachtung seines Landesvaters zu spüren bekommen.

»Nehmen Sie es nicht persönlich«, versuchte Stoltz, ihn zu trösten. »Wenn bis Montag alles geräuschlos über die Bühne gegangen ist, kriegen Sie bestimmt einen Orden.«

Wulberer nickte, sagte dann aber: »Das ist nicht meine einzige Sorge. Ich soll doch hier für die Sicherheit des Zaren einstehen. Und ich habe keine Ahnung, wo sich der Kaiser von Russland befindet.«

Da konnte Stoltz helfen. Wulberers Augen leuchteten plötzlich auf.

»Tatsächlich? Beide im Wald. Ohne Leibwächter? Ohne Diener?«

Stoltz konnte beobachten, wie es hinter Wulberers Stirn arbeitete. Der würde am liebsten zu besagter Stelle im Wald reiten, sich den Hoheiten als Sekondeleutnant Wulberer vorstellen, der sich auch in dieser Abgeschiedenheit aufopferungsvoll um ihre Unversehrtheit kümmerte, weshalb sie so lange plaudern und lagern könnten, wie es ihnen lieb sei.

»Ich muss los«, sagte Wulberer. Er winkte nach einem Landjäger. »Ich brauche ein Pferd. Schnell.«

Der Landjäger salutierte. Wulberer sah an sich hinunter. Er trug keine Sporen, ja, nicht einmal Reitstiefel. Aber auf diese Entfernung mochte es auch so gehen. Stoltz sah Wulberer teilnahmsvoll an.

»Tun Sie's nicht, Sekondeleutnant«, sagte Stoltz ernst.

»Sie wissen doch gar nicht, was ich vorhabe«, entgegnete Wulberer in blasiertem Ton. Neben ihm tauchte Landjäger Pflumm auf, der ein Pferd an den Zügeln führte.

»Um Ihren Plan zu durchschauen, muss man kein Genie sein«, sagte Stoltz. Wulberer griff mit einer Hand nach dem Sattelknauf und stellte einen Fuß in den Steigbügel.

»Sie wollen den beiden Kaisern Ihre Aufwartung machen und dadurch Punkte sammeln, richtig?«

Wulberer schwang sich in den Sattel. Trotz seiner Korpulenz war er recht behände.

»Und wenn schon«, knurrte er.

»Haben Sie nicht mal gesagt, Ihr oberstes Prinzip lautet: Gehe nie zu deinem Fürst, wenn du nicht gerufen wirst?«

»Das sind keine Fürsten, das sind Kaiser. Das ist was anderes.«

Wulberer schnalzte mit der Zunge und drückte seine Füße dem Pferd in die Flanke. Stoltz sah, wie er in Richtung Waldrand galoppierte.

Keine Viertelstunde später war Wulberer wieder da. Er galoppierte zu Stoltz heran, der immer noch am Tor stand. Kaum angekommen sprang er aus dem Sattel.

»Pflumm«, rief Wulberer.

Der kam nicht. Aber ein anderer Landjäger salutierte.

»Landjäger Pflumm ist gerade verhindert, Sekondeleutnant.«

Wulberer warf dem Landjäger die Zügel zu, die dieser verdutzt auffing.

»Dann führen Sie das Pferd in den Stall. Pflumm soll sich umgehend melden, verdammt. Was bildet der Kerl sich eigentlich ein?«

Stoltz hatte auch diesmal keine Mühe, sich vorzustellen, wie es dem Sekondeleutnant ergangen war. Statt einer huldvollen Dankesgeste hatten ihm Zar und Kaiser wohl unmissverständlich klar gemacht, dass es Momente gab, in denen sie nicht gestört werden wollten.

»Ich hoffe, Sie haben sich nicht namentlich vorgestellt«, bemerkte Stoltz sachlich.

»So weit bin ich gar nicht gekommen«, gestand Wulberer kleinlaut. Und zum ersten Mal schien die Kränkung deutlich durch, die das Herunterputzen in seiner Seele bewirkt hatte.

Vom Schloss kam mit weiten Schritten Landjäger Pflumm auf sie zu. Wulberer stemmte die Fäuste in die Hüften.

»Endlich, Pflumm. Wo stecken Sie die ganze Zeit?«

Noch außer Atem salutierte Pflumm und japste: »Sekondeleutnant Wulberer, bitte, Bericht erstatten zu dürfen.«

»Na, da bin ich ja gespannt, was Sie mir jetzt zu berichten haben.«

»Es wurde etwas gefunden.«

Wulberer lachte sarkastisch auf. »Ach ja?«

Pflumm nickte emsig. »Ein Labor.«

Stoltz wurde hellhörig, Wulberer misstrauisch.

»Was für ein Labor?«

»Keine Ahnung. Aber der Corporal sagt, da könnte man Bomben bauen.«

XXXVIII Samstag, 26. September 1857 Nachmittag

Das Labor befand sich in einem Gehöft unweit von Botnang. Diesmal ritt Stoltz in vollem Galopp, aber auch Wulberer und Pflumm beeilten sich. Kurz hintereinander trafen sie bei dem Gehöft ein, dessen Eingang von einem Landjäger bewacht wurde.

Stoltz stiefelte voran. Wulberer, Pflumm im Schlepptau, wollte ihn überholen. Stoltz bremste den Sekondeleutnant mit ausgestrecktem Arm.

»Worauf warten Sie?«

»Wer Bomben bauen kann, der kann auch Fallen stellen.«

Wulberer nickte widerstrebend.

»Und damit kennen Sie sich aus?«

»Leidlich.«

Wulberer blieb stehen. Stoltz machte eine Runde um das Gehöft. Es war ein einfacher Hof, ohne Schnickschnack. Stoltz stieß die Tür zum Haus auf. Gute Stube, Küche und Schlafzimmer waren leer.

»Das Labor befindet sich im Schuppen«, rief Pflumm vom Eingang her.

Stoltz stieß auch die Tür des Schuppens auf. Das Gebäude hatte wohl früher mal als Waschküche gedient. Es gab einige Zuber und Schüsseln. In einer Ecke stand eine Wäschemangel. An der Wand gegenüber dem Fenster befand sich ein Regal, das mit weißen und braunen Stöpselflaschen gefüllt war. Die Flaschen trugen Etiketten, meist mit lateinischen Namen.

Neben dem Tisch stand eine Keramikschüssel voll mit Schwarzpulver. Auf dem Tisch lagen einige Zündhütchen und ein aus einem Zündnadelgewehr ausgebauter Schlagbolzen.

Stoltz konnte keinen Zeitzünder und keine Fallstricke oder Ähnliches entdecken. Also winkte er Wulberer und Pflumm herbei.

Wulberer schnürte zu dem Regal und studierte die beschrifteten Flaschen. »Was ist $Hg(CNO)_2$?«

Er deutete auf die Beschriftung.

»Knallquecksilber.«

»Kann man damit Bomben bauen?«

»O ja«, sagte Stoltz.

Wulberer und Pflumm wichen zurück.

»Kann uns das Zeug nicht um die Ohren fliegen?«, fragte Wulberer, der sich offenbar unangenehm an die Erlebnisse des vorgestrigen Tages erinnert fühlte.

»Nicht solange ›das Zeug‹ in Äthanol aufgelöst ist.«

Stoltz ging wieder zur Tür. Die anderen folgten ihm.

»Aber ich bin auch kein Chemiker.«

Er blickte Wulberer an. »Gibt es in der Kaserne einen sicheren Ort? So weit wie möglich von den Munitionsvorräten entfernt?«

Wulberer überlegte. »Unter der Einfahrt gibt es ein Kellergewölbe. Das ist fast so stabil wie die Kasematten von Rastatt.«

Nun war es an Stoltz, unangenehme Erinnerungen zu verdrängen.

»Können Sie das alles abtransportieren lassen?«

Wulberer und Pflumm blickten skeptisch drein.

»Wer sagt uns denn, dass uns das Zeug dann nicht um die Ohren fliegt?«

»Es muss natürlich sehr vorsichtig transportiert werden. Und so wenig wie möglich über Kopfsteinpflaster.«

Wulberer schnaubte verächtlich. »Es gibt in Stuttgart fast nur Kopfsteinpflaster. Wir sind doch nicht in Paris.«

»Da haben Sie leider recht«, sagte Stoltz.

Und nun wagte auch Pflumm einen Satz: »Was, wenn der Attentäter merkt, dass sein Labor verschwunden ist?«

»Sehen Sie, das ist ein guter Einwand«, sagte Wulberer, froh darüber, dass der naseweise Stoltz gleich zweimal hintereinander in die Schranken gewiesen wurde. Pflumm blühte unter dem Lob sichtlich auf und sah aus, als ob er bereit wäre, sich für Wulberer vor die nächste Geschossgarbe zu werfen.

»Wenn er weiß, dass wir ihm auf den Fersen sind, wird er vielleicht vorsichtiger werden«, entgegnete Stoltz. »Bis jetzt hat er uns ja eher zum Narren gehalten.«

Wulberer nickte bedauernd. »Das stimmt leider.«

Da Pflumm von seinem Chef beim ersten Versuch nicht der Mund verboten worden war, wagte er einen weiteren Vorstoß. »Aber das kann doch unmöglich alles der kleine Schuhputzer ausgetüftelt haben.«

»Definitiv nicht«, sagte Stoltz. Und Wulberer versuchte sich in deduktiven Schlüssen.

»Wir haben einen Mann, der ein ausgesprochener Scharfschütze ist und verdammt viel von Bomben versteht. Und – der Helfershelfer hat.«

»Vielleicht auch Hintermänner«, gab Stoltz zu bedenken.

»Was wollen Sie damit sagen?«, fragte Wulberer unwirsch.

»Ich halte es immer noch für möglich, dass der Junge gar nicht wusste, dass in seinem Karren eine Höllenmaschine versteckt war.«

Stoltz machte eine Geste durch den Raum.

»Aber keiner kann unbemerkt hier ein Labor aufbauen. Das gibt doch Getuschel und Getratsche in der ganzen Gegend. Es sei denn, alle stecken unter einer Decke.«

Wulberer lachte höhnisch auf. »Ich sehe, worauf Sie hinauswollen. Sie glauben gar nicht mehr, dass der Attentäter – und seine Helfershelfer – aus Russland oder Frankreich kommen. Sondern aus der Nachbarschaft.«

Stoltz blieb ruhig. »Ich würde es zumindest nicht ausschließen. Warum sollte der Attentäter nicht aus der Gegend kommen?«

»Weil«, schnappte Stoltz und machte eine wütende Pause, »es sich dann ja nur um einen Badenser handeln könnte, der hier Unterschlupf gefunden hat. Wir Württemberger standen und stehen allzeit zu unserem Monarchen und Landesvater. Wir würden solche Umtriebe niemals dulden.«

Am Nachmittag hatte Stoltz noch Mitleid mit Wulberer gehabt, dass er für seine Annäherung bei den Kaisern Alexander und Louis so böse abgewatscht worden war. Jetzt hingegen bedauerte er es, nicht dabei gewesen zu sein. Aber er sagte nur: »Wenn Sie das sagen.«

Stoltz wandte sich zur Tür.

»Ich muss los.«

Wulberer stampfte tatsächlich mit dem Fuß auf. »Wo wollen Sie hin? Sie können doch nicht einfach …«

»Ich muss noch was erledigen. Keine Sorge, es ist für unseren Fall.«

Stoltz stieß die Tür auf und ging zu seinem Rappen.

»Ich sage noch einmal: Unterstehen Sie sich …«

Aber Stoltz hatte keine andere Wahl. Er musste Aristide alle nötigen Informationen übermitteln, bevor am Abend die Zarin am Bahnhof ankommen würde.

Stoltz sprang auf sein Pferd.

»Wir sehen uns in Feuerbach.«

Während er losgaloppierte, blickte Stoltz über die Schulter und sah, wie Wulberer wild gestikulierend auf Pflumm einredete. Aber als der endlich auf sein Pferd sprang, war Stoltz schon weit genug entfernt.

XXXIX Samstag, 26. September 1857 später Nachmittag

Stoltz kam in Rekordzeit in Stuttgart an. Er übergab sein Pferd in der Kaserne in der Marienstraße.

»Gönnen Sie ihm etwas Ruhe, es hat heute hart gearbeitet«, sagte Stoltz zu dem Stallburschen.

Danach nahm er sich eine Droschke und fuhr zur Neckarstraße 8, wo die Bibliothek residierte.

»Wir schließen bald«, rief ihm eine Bibliothekarin zu.

»Ich brauche nicht lange«, sagte Stoltz.

Er sah sich in der Bibliothek um. Der Lesesaal war fast leer. Nur in einer Ecke saß ein pergamenthäutiger Insektenforscher, der mit einer Lupe einen großen Folianten studierte, in dem verschiedene Insekten in verschiedenen Lebensphasen abgebildet waren. Dabei wirkte er selbst so leblos und starr wie ein präpariertes Exponat.

»Haben Sie Bücher über das Schloss?«

»Das Alte oder das Neue?«, fragte die Bibliothekarin, offenbar froh, dass jemand mal ihre Dienste in Anspruch nahm.

»Das Neue«, sagte Stoltz.

»Mehr als genug. Wir haben über dreihunderttausend Bücher im Haus«, verkündete sie stolz. »Darunter fast zehntausend Bibeln. In über sechzig Sprachen. Nur für den Fall, dass Sie mal in Ihrem Glauben schwankend werden.«

»Sollte das der Fall sein«, sagte Stoltz freundlich, »komme ich umgehend auf Ihr Angebot zurück. Aber jetzt interessiert mich vor allem die neue Residenz unseres geliebten Königs.«

Zehn Minuten später saß Stoltz hinter einem Stapel wertvoller Bände und ließ seine Blicke über die verschiedenen Informationen zum Neuen Schloss gleiten.

Er erfuhr viele Dinge, die ihn nicht wirklich interessierten. Das Schloss war 1806 fertig geworden, sollte angeblich über dreihundertfünfundsechzig Zimmer verfügen, wobei das keiner genau wusste. Es gab sogar täglich Führungen von eins bis drei, veranstaltet von einem Diener, der dafür sechsunddreißig Kreuzer pro Nase nahm.

Auch ohne seine Uhr zu konsultieren, wusste Stoltz, dass drei Uhr Nachmittag längst vorbei war. Außerdem vermutete er, dass es während des Monarchenauflaufs anlässlich des Zwei-Kaiser-Treffens wohl eher keine Führungen gab. Schließlich wurde er in einem großen dünnen Band fündig. Der war von einem Architekten verfasst worden und enthielt Pläne von allen Etagen, Flügel und Hauptgebäude inbegriffen.

Stoltz lief zur Bibliothekarin.

»Wie kann man bei Ihnen Bücher ausleihen?«

»Sie brauchen eine Adresse in Stuttgart und einen Zeugen, der Ihren guten Leumund bestätigt«, antwortete die Bibliothekarin, ohne von ihrem Karteikasten aufzublicken.

Zweimal negativ, dachte Stoltz und lief an seinen Platz zurück. Er überlegte. Um den Grundriss abzuzeichnen, war keine Zeit. Außerdem fürchtete Stoltz, wichtige Informationen so zu übersehen. Das könnte verheerend für Aristide werden.

Abpausen wäre eine Möglichkeit, aber das würde noch länger dauern. Den Band unter seiner Jacke zu verstecken fiel ebenfalls aus. Dafür war es zu groß. Es tat Stoltz in der

Seele weh, aber er würde das Buch kaputt machen müssen. Wenigstens versuchte Stoltz, den Schaden zu begrenzen. Er fand schließlich die Seite, auf welcher der Grundriss des Flügels im ersten Stock gegenüber der alten Residenz aufgezeichnet war. Alle Fenster waren eingezeichnet.

Stoltz perforierte vorsichtig die Seite am Bund. In der Bibliothek herrschte geradezu gespenstische Stille. Der Insektenforscher hatte sich, wenn überhaupt, nur um Millimeter bewegt. Vielleicht ist er selbst ja ebenfalls präpariert, dachte Stoltz. Dann simulierte er ein Niesen und übertönte mit seinem »Hatschi!« das Geräusch, das die reißende Seite machte. Unter dem Pult faltete er die Seite mit dem Plan zusammen und verstaute sie in seiner Jackentasche. Daraufhin schlug er ein anderes Buch auf und tat, als wollte er alles über die Erbauer des Schlosses wissen.

»Wir müssen dann wirklich schließen«, verkündete die Bibliothekarin von ihrem Pult.

Stoltz stand auf und brachte ihr den Bücherstapel zurück.

»Vielen Dank noch mal«, sagte er. Dann äugte er zu dem Insektenforscher. Und tatsächlich, mit der Staksigkeit einer Gottesanbeterin setzte sich der Mann in Bewegung. Er legte seine Lupe auf dem Arbeitstisch ab. Dann machte er Anstalten, sich zu erheben. Stoltz riss sich von dem faszinierenden Anblick los und verließ Lesesaal und Bibliothek.

Im Hotel vergewisserte sich Stoltz zuerst, dass Aristide nicht schon wieder umgezogen war. Dann klopfte er an die Tür von dessen Zimmer. Keine Antwort.

Der Portier an der Rezeption sagte auf Stoltz' Nachfrage: »Herr Desormeaux ist noch in der Stadt unterwegs. Aber ich kann gerne eine Nachricht notieren.«

Das fehlte noch, dachte Stoltz. Schriftlich dokumentieren, wie gut wir uns kennen.

»Vielen Dank, war nicht so wichtig«, sagte Stoltz.

Dann ging er wieder zu Aristides Zimmer und schob den Plan und Fräulein Holders Notiz unter der Tür hindurch. Aber nicht bevor er auf den Notizzettel noch »Bonne chance!« geschrieben hatte.

Stoltz erreichte den Bahnhof Feuerbach gerade in dem Augenblick, als der Zug aus Darmstadt mit der Zarin am Bahnsteig einfuhr. Wulberer war außer sich vor Wut.

»Stoltz, wenn Sie sich noch einmal so eine Frechheit leisten, dann bringe ich Sie persönlich nach Hohenasperg zurück. Dann ist es mir verdammt noch mal egal, wie viel Expertise Sie haben. Und Ihre Freundin kann von mir aus auch im Zuchthaus versauern.«

Stoltz sprudelte Entschuldigungen hervor und machte beschwichtigende Gesten, doch was ihn am Ende rettete, war, dass sie sich ja nicht zum Vergnügen am Bahnhof getroffen hatten. Wulberer hatte seine Landjäger positioniert. Alle Dächer der umliegenden Häuser waren kontrolliert, alle Schuhputzer aus der näheren Umgebung verbannt worden. Am Ende verlief die Ankunft reibungslos. Die Zarin winkte kurz huldvoll in die Menge und verschwand wie gewünscht in einer geschlossenen Kutsche.

Von dort ging es zur Residenz. Stoltz und Wulberer folgten der Kutsche mit respektvollem Abstand. Im Schloss bat Sophie wie geplant in ihrer Rolle als Königin von Holland zum Tee. Sowohl Kaiser als auch Zar zeigten sich galant. Die Zarin repräsentierte routiniert. Stoltz war tief beeindruckt, wie statuenhaft die Königin an ihrem Platz saß. Ihre rotblonden Locken bewegten sich dabei kein einziges Mal. Aber immer, wenn ihr Blick auf den französischen Kaiser fiel, umspielte ihre Lippen ein rätselhaftes, geradezu Mona-Lisahaftes Lächeln, das Stoltz nicht recht zu deuten wusste.

»Wo ist denn eigentlich der holde Gatte der Königin?«, fragte Stoltz.

»Der ist zu Hause. Irgendjemand muss ja das Land regieren«, antwortete Wulberer mit einer Miene, als wollte er sagen: Es kann ja nicht jeder so tüchtige Untertanen haben wie der König von Württemberg.

Stoltz hoffte, je mehr er sich in Small Talk übte, desto versöhnlicher werde das den Sekondeleutnant stimmen.

»Wie heißt der König von Holland eigentlich?«, fragte er.

»Auch Wilhelm.«

»Kommt die Königin da nicht durcheinander?«

Wulberer sah Stoltz streng an. »Natürlich nicht. Unser König ist Wilhelm I. Der von Holland Wilhelm III. – Herrgott noch mal, müssen Sie sich über alles lustig machen?«

Stoltz schlug schuldbewusst die Augen nieder und gelobte Besserung. Nachdem die Teerunde aufgehoben worden war, rüsteten die hohen Herrschaften zum Aufbruch. Stoltz und Wulberer hetzten zum Ausgang. Sie ließen sich in Windeseile zur Wilhelma kutschieren. Hier wurde Stoltz in eine Lakaienlivree gesteckt und ermahnt, sich für den Rest des Abends nach Möglichkeit nicht mehr danebenzubenehmen. Stoltz versprach, sein Bestes zu geben. Und dachte dabei: Ob Aristide schon eine Idee hat, wie er an den Koffer des Grafen kommt?

XL Samstag, 26. September 1857 Abend

Den Nachmittag verbrachte Aristide damit, die Umgebung des Schlosses zu erkunden. Wie von Stoltz befürchtet gab es wegen des Kaisertreffens keine Führungen. Also versuchte Aristide, sich von außen ein Bild zu machen. Da er diesmal keinen Weg fand, wie er unbemerkt ins Schloss gelangen konnte, beschloss er, über die Fassade einzusteigen. Das war eine Herausforderung, allerdings für einen Mann wie Aristide eine lösbare Aufgabe. Jedoch wollte gut überlegt sein, von welcher Seite er ins Schloss eindrang. Den Innenhof schloss er bald aus. Der würde vermutlich auch am Abend und vielleicht sogar in der Nacht einigermaßen belebt sein.

Der Flügel, der dem Waisenhaus und der katholischen Kirche gegenüberlag, schien ihm für einen Einstieg geeigneter.

Dann näherte sich Aristide dem Schloss und tat, als würde er das Mauerwerk mit der Miene eines Kenners aus nächster Nähe mustern. Als er sich unbeobachtet wusste, brach er an einer Kante einen Brocken Putz heraus.

Zurück im Hotel begab sich Aristide zur Rezeption.

»Können Sie mir einen Schneider empfehlen? Aber er sollte für unkonventionelle Aufgaben geeignet und sehr schnell sein.«

Der Schneider, den der Rezeptionist empfahl, hatte sein Atelier am Marktplatz. Er saß vor einer Modepuppe und arbeitete an einem Anzug. Im Mund zwei Stecknadeln und am Gelenk der linken Hand ein Nadelkissen. Als Aristide durch die Tür trat, schellte die Glocke darüber.

»Tut mir leid, ich bin ausgebucht«, sagte der Schneider, ohne den Kopf zur Tür zu wenden oder die Nadeln aus dem Mund zu nehmen.

»Ich zahle jeden Preis«, verkündete Aristide.

»Das sagen alle.« Der Schneider hatte den Kopf immer noch nicht umgewandt.

»Ich zahle in Dollar. Gold.«

Nun hatte Aristide die Aufmerksamkeit des Schneiders.

»Ich bin Mitglied einer Artistentruppe. Sie haben bestimmt von uns gehört.« Aristide nuschelte einen Namen.

»Gut möglich«, räumte der Schneider höflich ein.

Jedenfalls brauchte Aristide als Teil der Truppe dringend ein neues Trikot.

»Wir haben übermorgen ein wichtiges Engagement in Wien.«

Jetzt nahm der Schneider die Nadeln aus dem Mund und rutschte auf seinem Hocker näher.

»Das Trikot muss also bis morgen fertig sein?«

»Heute«, sagte Aristide. »Kann ich es nachher abholen?«

Der Schneider wollte protestieren.

»Fünfhundert Dollar. In Gold.«

Der Schneider griff nach seinem Band und nahm bei Aristide Maß.

»Wie hieß ihre Truppe noch mal?«, fragte er dabei.

Aristide nahm den Brocken von der Fassade der Residenz aus der Tasche. »Das Wichtigste hätte ich fast vergessen. Das Trikot muss genau in diesem Farbton sein. Kriegen Sie das hin?«

Der Schneider musterte die Gesteinsprobe.

»Färben kostet aber extra.«

Ich bin doch keine Goldmine, dachte Aristide. Laut sagte er: »Fünfhundert Dollar sind verdammt viel Geld. In Gold.«

Der Schneider nahm den Putzbrocken und öffnete eine flache Schublade, in der verschiedene Stoffproben lagen.

»Kommen Sie in drei Stunden wieder«, sagte er.

Nachdem Aristide das Atelier verlassen hatte, hängte der Schneider ein Geschlossen-Schild in die Tür und machte sich ans Werk.

Aristide fragte sich nach einem Geschäft für Malerbedarf durch. Dort kaufte er einen Eimer zähflüssigen Kleister und einige Putzlappen.

Wieder im Hotel schnitt Aristide die Putzlappen in Streifen, jeder etwa eine Elle lang, etwa so viel, wie ein Fenster an der Residenz im ersten Stock breit war.

Da noch etwas Zeit war, ging Aristide noch einmal auf Einkaufstour.

Auf der Königstraße fand er ein gut sortiertes Juweliergeschäft. In der Auslage entdeckte er einen Ring mit einem scharfkantigen Diamanten.

»Den nehme ich«, sagte Aristide.

»Eine sehr gute Wahl«, sagte der Verkäufer.

Aristide streckte die rechte Hand mit den langen Klavierspielerfingern dem Verkäufer entgegen. »Können Sie den Ring heute noch anpassen?«

Auch hier überzeugte das Golddollar-Argument. Nachdem er in einem Seilergeschäft noch ein Tau nebst einem kleinen Anker erworben hatte, war es Zeit, zum Schneider zurückzugehen.

Das Trikot saß wie angegossen.

»Sie verstehen Ihr Handwerk.«

Der Schneider nickte kurz. »Zahlen Sie bar?«

»Schicken Sie die Rechnung bitte an Graf Stoltz, Hotel Marquardt. Er wird sie umgehend begleichen.«

Der Schneider blickte enttäuscht.

»Sie können gerne Ihren Gesellen ins Hotel schicken und nachfragen. Ich warte hier so lange.«

Das tat der Schneider. Als der Geselle nach kurzer Zeit zurückkam und erklärte, dass Graf Stoltz zwar derzeit nicht im Hotel sei, aber zum Abend wieder erwartet werde und der Graf einen sehr wohlhabenden Eindruck mache, mit

Trinkgeldern auch nur so um sich werfe, schien der Schneider überzeugt.

Aristide hatte nichts anderes erwartet. Schließlich hatte dieselbe Erklärung beim Juwelier ebenfalls funktioniert.

Mit seinen Paketen unter dem Arm kehrte Aristide auf sein Zimmer zurück. Den Grundriss und die Zimmerbeschreibung aus der Feder von Fräulein Holder memorierte Aristide, bis er sie auswendig konnte. Dann zerriss er den Zettel in lauter Schnipsel und verbrannte diese im Aschenbecher.

Er legte sich aufs Bett, verschränkte die Hände hinter dem Kopf und wartete, bis es dunkel wurde. Aristide hatte in seinem Leben schon einige waghalsige Aktionen erfolgreich über die Bühne gebracht. Er war sicher, auch diese Tat werde gelingen. Am Nachmittag, während der Vorbereitung, war er aufgeregt gewesen. Sein Herz hatte geklopft und er fragte sich immer wieder, ob er nichts übersehen hatte. Mehrmals ging er seinen Plan im Kopf durch. Aristide hatte die von Stoltz aus der Bibliothek gestohlene Skizze so gut studiert, dass er sich in den Gemächern des Grafen auch mit verbundenen Augen zurechtfinden würde.

Jetzt spürte Aristide, wie das Herzklopfen verschwand und einer allgemeinen Anspannung wich. Das war gut. Aristide hatte nur vor einem Angst: dass er zu selbstsicher werden könnte. Die Friedhöfe auf diesem Planeten waren voll von Leuten, die gemeint hatten, sie könnten jede Herausforderung mühelos meistern.

XLI Samstag, 26. September 1857 Nacht

Die Wilhelma in Cannstatt war am Samstag mindestens genauso festlich beleuchtet wie die Villa Berg am Abend zuvor. Wulberer, dessen Anwesenheit als selbstverständlich vorausgesetzt wurde, durfte in Zivil erscheinen. Er stand neben dem »Lakaien« Stoltz und brachte ihn auf den neuesten Stand.

»Kleine Änderung der Pläne«, begann Wulberer.

»Ah ja«, sagte Stoltz so neutral wie möglich. Dabei drohte ihm das Herz in die Hose zu rutschen. Was, wenn Graf Walewski wieder unpässlich war und es vorzog, in seinen Gemächern im Schloss zu verbleiben?

»Es wird heute keine Damengesellschaft geben«, erklärte Wulberer. »Die Zarin, die Kaiserin, die Königinnen von Württemberg, Griechenland und Holland werden anderweitig bespaßt.«

Wulberer biss sich erschrocken auf die Lippe. »Jetzt gewöhne ich mir auch schon Ihren respektlosen Ton an, Stoltz. Der Umgang mit Ihnen ist wirklich gemeingefährlich. Ich meine natürlich, dass die Majestäten im Laufe des Abends anderweitig Zerstreuung suchen.«

»Natürlich meinten Sie das«, sagte Stoltz liebenswürdig. »Bedeutet das, heute Abend wird tatsächlich große Politik betrieben?«

Wulberer zuckte mit den Schultern. »Woher soll ich das wissen?«

Es sah zunächst ganz danach aus.

Kutsche um Kutsche fuhr vor der Wilhelma vor, ein Würdenträger nach dem anderen entstieg seinem Gefährt, um sich dann wichtig und würdig in die Gärten zu begeben oder, falls es ihm zu kalt werden sollte, im Haus an der Soiree teilzunehmen.

Den Anfang machte Graf Kisseljow, seines Zeichens russischer Gesandter in Paris. Grauhaarig, breite Epauletten, die blaue Uniform ordensgeschmückt, einen Pelz lässig über die Schulter geworfen. Dann erschien der französische Gesandte in Stuttgart, Marquis Ferrière. Kurz darauf trudelte sein russisches Pendant Graf Benckendorff ein. Es folgten noch jede Menge anderer wichtiger und hochmögender Herren, aber Stoltz wurde erst ruhig, als Graf Walewski und kurz darauf Fürst Gortschakow eintrafen. Während er seiner Lakaientätigkeit nachkam – die bis jetzt noch im Wesentlichen darin bestand, dienstbar in der Gegend herumzustehen –, behielt er Walewski immer im Auge. Er glaubte, sich das leisten zu können. Das Gelände der Wilhelma war vor dem Besuch von Wulberers Leuten gründlich kontrolliert worden. Und der Kaiser der Franzosen war in einer geschlossenen Kutsche in Begleitung einer Eskadron Landjäger vorgefahren. Stoltz hoffte inständig, dessen russischer Kollege werde sich daran ein Beispiel nehmen.

Sowie Gortschakow Walewski erblickt hatte, ging er mit ausgebreiteten Armen auf ihn zu und redete auf ihn ein. Das platte Antlitz Walewskis ließ eine gewisse Reserviertheit erkennen.

Stoltz hatte sich am Morgen bei Schaal schlaugemacht. Walewski war gebürtiger Pole und vermutlich schon deshalb nicht besonders gut auf den Außenminister des Russischen Reiches zu sprechen. Allerdings war Gortschakow Balte. Vielleicht half ihm das, bei seinem französischen Kollegen zu punkten. Immerhin waren schon mehr als fünfzehn Minuten vergangen, und die beiden hatten sich nicht gestritten.

*

Als es dunkel genug war, schlüpfte Aristide in sein schlossfarbenes Trikot, das wie gewünscht auch eine Kapuze hatte. Er warf einen dunklen Mantel über und verließ das Hotel. Die länglichen Putzlappenstreifen hatte er zuvor mit dem zähen Leim bestrichen und so zusammengelegt, dass sie nicht verklebten. Den Diamantring trug er an der rechten Hand.

Die Straße vor dem Südflügel des Schlosses war wie erhofft menschenleer. Aristide ließ seinen Mantel zu Boden gleiten. Damit er ihn bei der Rückkehr leichter finden konnte, beschwerte er den Stoff in den Rabatten mit einem hellen Stein. Er baute sich unter dem Fenster von Walewskis Gemächern auf, das am weitesten links lag. Dann schleuderte er den kleinen Anker. Die Widerhaken verfingen sich beim ersten Versuch im gusseisernen Geländer vor dem Fenster. Was nur Leute verblüffen konnte, die nicht wussten, wie oft Aristide diese Übung schon vollbracht hatte. Aristide prüfte, ob der Anker wirklich hielt, dann arbeitete er sich an dem Seil nach oben. Er vertraute darauf, dass seine Silhouette sich farblich mit der Fassade vermischte. Den Beutel mit den leimbestrichenen Lappen verbarg er während des Aufstiegs vor seiner Brust.

Oben angekommen, schwang Aristide sich über das Geländer. Aristide öffnete den Beutel und platzierte die klebrigen Lappen, einen über dem anderen, auf der unteren Hälfte der Fensterscheibe. Natürlich hatte er nicht vergessen, das Seil einzuholen. Den Anker warf er auf den Boden.

Mit dem Diamantring ritzte Aristide die Scheibe genau waagerecht oberhalb des letzten Leimlappens. Dann schnitt er senkrecht auf beiden Seiten genau am Rahmen entlang. Darauf folgte ein weiterer Schnitt in der Mitte. Er drückte nun den unteren Teil der Scheibe mit beiden Händen nach innen. Nichts splitterte, nichts klirrte. Auch das hatte Aristide schon unzählige Male gemacht. Aristide griff durch das Fenster, faltete die zusammengeleimte Scheibe zusammen und warf sie im Beutel ebenfalls in die Rabatten nach unten. Sie landeten wie erhofft so gut wie lautlos.

Nun war in dem Fenster eine Art Katzenklappe entstanden, groß genug für einen Menschen wie Aristide. Er schlüpfte hindurch. Die ganze Operation hatte nur ein paar Minuten gedauert.

*

Stoltz hatte sich unter die Lakaien gemischt, die die hohen Herren mit Getränken versorgten. Mittlerweile hatten sich fast alle Würdenträger ins Haus begeben, weil es draußen schon ein wenig kühl geworden war.

Lakai Stoltz bemerkte, dass die Diskussion zwischen Gortschakow und Walewski an der Festtafel emotionaler wurde. Mehrmals hörte Stoltz Wörter wie »Russie« und »Pologne«.

*

Als sich seine Augen an die Dunkelheit gewöhnt hatten, erspähte Aristide im zweiten Zimmer drei Koffer. Natürlich konnte er nicht erwarten, dass alle beschriftet waren. Am besten noch mit einem Anhänger: »Ich bin Koffer Nummer vierzehn. Öffne mich.«

Es blieb ihm nichts anderes übrig, als nacheinander jeden Koffer zu öffnen und zu durchsuchen. Mit dem ersten war er schnell fertig, denn der enthielt nur Schnupftabakdosen.

*

Inzwischen waren Gortschakow und Walewski von der Tafel aufgesprungen und fuchtelten mit den Zeigefingern vor ihren Gesichtern herum. Schließlich wurde es Walewski zu viel. Er riss sich die Serviette aus dem Kragen und stürmte in Richtung Ausgang.

»Meine Kutsche«, befahl Walewski dem Oberdiener an der Tür.

Das ist zu früh, dachte Stoltz. Wenn er jetzt zurückfährt, ist Aristide bestimmt noch in Walewskis Zimmer.

In seiner Verzweiflung griff sich Stoltz ein Tablett, hielt es hoch erhoben und eilte so durch den Saal, dass sich sein Weg mit dem des Grafen kreuzte.

Es schepperte und klirrte, dann lagen Flaschen und Gläser auf dem Boden, und Walewskis stolze Uniformbrust war durchnässt.

»Incroyable«, zischte Walewski.

*

Wie befürchtet wurde Aristide erst im dritten Koffer fündig. Wenigstens war hier die Suche einfach. Das Gespäckstück enthielt Westen und Hemdkrägen. Aber es gab Seitenfächer. Wenn es etwas gab, dann musste es sich in diesem Koffer befinden.

*

Unter vielfachen Entschuldigungen versuchte Stoltz, die Uniformbrust Walewskis mit einer Serviette trocken zu tupfen. Was dieser aber nur so lange ertrug, bis einer der Adjutanten Stoltz rüde zur Seite schubste.

Stoltz eilte dem Grafen hinterher. Dessen Kutsche stand schon vor der Einfahrt bereit. Ich Idiot, schalt sich Stoltz. Ich hätte die Kutsche manipulieren sollen. Einen Splint an einem Rad rausziehen. Oder was auch immer. Damit hätte ich richtig Zeit gewonnen. So aber …

*

Endlich hatte Aristide versteckt im Boden des dritten Koffers eine Mappe gefunden. Sie enthielt mehrere handschriftlich beschriebene Blätter. Aristide überlegte kurz, dann nahm er alle Blätter und stopfte sie unter sein Trikot. Er legte die Mappe in den Koffer zurück und verschloss ihn wieder.

*

Walewskis Kutsche jagte in Höchstgeschwindigkeit durch die Anlagen. Aber das war dem Grafen noch nicht genug. Er beugte sich aus dem Fenster und trieb den Kutscher auf Französisch und Polnisch zur Eile an.

*

Aristide stellte alles ordentlich zurück an seinen Platz. Dann zwängte er sich durch die von ihm geschaffene Katzenklappe nach draußen.

*

Walewskis Kutsche hatte den Schlossplatz erreicht. Mit wehendem Paletot sprang Walewski aus der Kabine und eilte, offenbar immer noch geladen, auf das Hauptportal zu.

*

Aristide schlang das Seil mit einem Knoten um eine Stange des gusseisernen Geländers. Das Seil hing jetzt in zwei gleich langen Hälften herunter, die beide nicht ganz bis zum Boden reichten.

*

Walewski bestellte bei seinem Leibdiener einen Nachttrunk und eilte dann durch die Gänge des Schlosses, seinen Gemächern entgegen.

*

Etwa anderthalb Meter über dem Boden sprang Aristide auf die Erde. Er zog ruckartig an dem längeren Ende des Seils, worauf sich oben am Geländer der Knoten löste und das Seil zu Boden segelte. In der Zeit hatte Aristide den Stein vom Mantel aufgehoben. Er warf ihn nach oben gegen das Fenster. Diesmal wollte Aristide, dass die Scheiben klirrten. Es sollte alles so aussehen, als hätte ein wütender Antimonarchist am Vorabend des Geburtstags des Königs seinem Unmut Luft gemacht und eine Scheibe des Schlosses eingeworfen.

*

Graf Walewski drückte die Klinke zur Tür seines Zimmers nieder. Als er den Raum betrat, bemerkte er einen Luftzug.

*

Aristide suchte seinen Anker und den Beutel mit der verleimten Fensterscheibe zusammen. Das Seil hatte er bereits in der Manteltasche verstaut. Dann machte er sich aus dem Staub.

*

Graf Walewski entdeckte das zersplitterte Fenster. Er öffnete es und blickte hinunter auf die Straße. Allerdings konnte er dort niemand entdecken.

*

Kurz darauf kehrte Aristide zum Hotel zurück. Sein Einbruchwerkzeug hatte er auf dem Weg unauffindbar entsorgt.

XLII Sonntag, 27. September 1857
Morgen

Katharina Zeeb hasste Gewalt. Sie hasste es, wenn ihr Gewalt angetan wurde. Sie hasste es noch mehr, wenn sie gezwungen war, selbst Gewalt anzuwenden. Wie Wulberer bei seiner ersten Begegnung mit Stoltz süffisant bemerkt hatte, war Katharinas Sündenregister recht lang, und nicht alle Vergehen waren erlogen. Aber sie hatte Gewalt nur in Notwehrsituationen eingesetzt. Das würde sich heute ändern.

Wärterin Magdalena war immer noch ganz erpicht darauf, sich in Katharinas Zuneigung zu sonnen, hatte Katharinas Nachricht nach draußen geschmuggelt und auch prompt die Antwort geliefert. Heute war es so weit. Heute würde sich in Katharinas Leben alles zum Guten wenden, oder sie würde für immer verdammt sein.

Am Sonntag wurde sie eine Stunde später geweckt, aber Katharina lag schon geraume Zeit wach. Was heute passieren sollte, hatte sie im Geiste schon Dutzende Male geprobt.

Beim Frühstück würde sie diesmal auf die gesundheitsmindernde Salzdiät verzichten. Heute brauchte sie alle ihre Kraft. Nach dem Frühstück würde die Oberin des Franziskanerinnenklosters in ihrem Krankenzimmer vorstellig werden. Katharina hatte über Magdalena ausrichten lassen, dass sie gern zu Gott finden würde. Und dass sie bereit wäre, so viel Buße zu tun wie möglich, um nach Ablauf – oder anders gesagt: Verbüßung – ihrer Haftstrafe, wie sie hoffe, in einem Kloster Aufnahme zu finden und dort bis ans Ende ihrer irdischen Tage ein gottgefälliges Leben zu führen.

Wenn sie der Frau Oberin genug Honig ums Maul geschmiert hatte, würde sie die Nonne bewusstlos schlagen. Nächster Schritt: Raus aus dem Knastkittel, rein in das

Ornat der Frau Oberin. Die Nonne in den Knastkittel hüllen und ins Bett verfrachten. Mit tief ins Gesicht gezogener Haube an die Tür klopfen und auf die Aufseherin warten. Nach fünfzig Schritten wie selbstverständlich in Richtung Ausgang abbiegen. Dort mit gefalteten Händen warten, bis das Tor aufgeschlossen würde. Aus dem Gefängnistor trippeln, wo er dann wie abgesprochen gleich neben dem Gefängnistor mit zwei Pferden warten würde. Er. *Er.* Der einzige Mann in ihrem Leben, der immer zu ihr gehalten, sie nie im Stich gelassen hatte. Der es sogar ertragen hatte, als Katharina ihm lang und breit erzählte, dass dieser doppelgesichtige, aber dann eben doch irgendwie so faszinierende Stoltz sie eiskalt im Stich gelassen hatte. Obwohl sie bereit gewesen war, alles für ihn aufzugeben und ihm noch mehr zu verzeihen.

Aber nun war es gut, so wie es war. Sie war sich sicher, Stoltz endlich vergessen zu können. Die Erinnerung an ihn würde hinter diesen Gefängnismauern bleiben und vermutlich irgendwann sterben. Es würde Katharina nicht mehr interessieren. Und sie dachte wieder daran, wie gut es war, dass Stoltz nicht alles von ihr wusste, denn selbst eine Frau, die sich so derart willenlos und verletzlich hingegeben hat, braucht am Ende ein Zipfelchen Selbstachtung und die Gewissheit, nicht alles von sich preisgegeben zu haben.

Vielleicht würde sie nicht nur ein neues Leben anfangen, sondern sogar wieder zu lieben lernen. Warum nicht ihn? Den Mann, der in ein paar Stunden erwartungsvoll seine Blicke auf sie richten würde. Wie oft hatte sie sich ermahnt, worauf wartest du noch? Manche Frauen gäben ihren linken Arm dafür, allein um zu wissen, dass da ein Typ ist, der immer für sie da ist, was auch passiert. Manche dagegen würden *ihn* als eine Art männlichen Fußabtreter beschreiben, wo doch der Kerl geradezu danach schrie, benutzt zu werden. Und selbst wenn das ein wenig fies sein sollte: Gab es nicht genügend Männer, die Frauen genau so behandelten? Da war es doch mehr als angebracht, diesen Kerlen ein paar Tropfen ihrer eigenen Medizin zu verabreichen.

Aber bei Katharina funktionierten beide Erklärungen nicht. Sie liebte ihn nun mal nicht, und sie sträubte sich dagegen, ihm etwas vorzumachen. Dass er ihr trotzdem weiterhalf, rechnete sie ihm hoch an, doch das trug nicht dazu bei, in ihr irgendwelche Leidenschaften zu entfachen. Katharina würde es sogar überleben, wenn er *nicht* vor dem Gefängnis auf sie wartete. Hauptsache, sie war erst mal draußen. Alles andere würde sich ergeben.

Das einzige echte Problem war also, wie sie die Frau Oberin ausschalten sollte. Katharina musste sie bewusstlos schlagen, denn sonst würde sie schreien oder anderweitig Lärm schlagen. Das konnte Katharina nicht riskieren. Und für Knebel und Fesseln und sonstige Spielereien hatte Katharina keine Zeit. Sie brauchte eine tiefe Bewusstlosigkeit, die länger als fünf Minuten anhielt.

Bislang hatte Katharina die Oberin nur aus der Ferne gesehen. Sie war nicht nah genug an sie herangekommen, um sich ein Bild zu machen. Für Katharinas Zwecke wäre es am besten, wenn die Frau Oberin moralisch verkommen und so bigott wie möglich wäre. Das würde die ganze Sache erleichtern. Vielleicht auch noch körperlich zudringlich. Die Erinnerung an die dicke Berta war noch frisch. Geschichten von Nonnen, die aus sexueller Not die verrücktesten Dinge anstellten, hatten nicht nur in Männergefängnissen Konjunktur. Hier wurden sie genauso gern mit einem doppeldeutigen Kichern weitergegeben.

Nach dem kargen Frühstück blieb für Katharina nicht viel mehr als Warten. Schließlich klopfte es an die Tür. Es gab nicht viele Momente, in denen den Gefangenen von den Wärtern ein bisschen Privatsphäre gewährt wurde. Der Besuch einer Geistlichen gehörte jedoch dazu.

Katharina setzte sich auf ihrem Bett auf.

»Ja«, sagte sie.

Die Tür öffnete sich. Die Frau Oberin steckte ihren Kopf zur Tür herein. Ein freundliches, erstaunlich lebenskluges Gesicht. Sie lächelte.

»Guten Morgen, Katharina«, sagte die Frau Oberin.

Kein Nachname, keine Nummer. Das fängt ja schon mal gut an, dachte Katharina missmutig.

»Morgn«, murrte sie.

Die Oberin sah sich um, konnte aber nichts Verdächtiges entdecken. Sie klopfte noch mal von innen gegen die Tür und rief: »Alles in Ordnung. Ich melde mich, wenn wir fertig sind.«

Katharina hörte, wie draußen die Wärterin davonschlurfte. Die Oberin setzte sich zu ihr aufs Bett.

»Darf ich dir ein Geständnis machen?«, fragte sie mit derselben Freundlichkeit, die sie schon in der ersten Sekunde ihres Auftritts gezeigt hatte.

»Ich dachte, ich bin mit dem Beichten dran«, murmelte Katharina.

Die Oberin lachte: »Dazu kommen wir später.«

Sie klopfte Katharina kurz aufs Knie. Jaa, jaa, dachte Katharina. Aber die Geste war tatsächlich nur begütigend und hatte nichts Bedrängendes.

»Ich besuche schon seit Jahren Gefängnisse«, sagte die Oberin. »Und um es kurz zu machen: Es gibt wohl keine Lüge, die ich noch nicht gehört habe. Und es überrascht mich überhaupt nicht, wenn Gefangene plötzlich ihre Sehnsucht nach Gott entdecken. Auch wenn da überhaupt nichts dran ist. Ich würde doch auch alles Mögliche erzählen. Selbst wenn es nicht mehr als etwas Abwechslung bringt.«

Katharina hielt den Blick abgewandt. »Ich will aber wirklich zu Gott finden. Ich habe doch sonst niemand.«

Für einen Moment sah die Oberin enttäuscht aus. Aber sie fasste sich schnell. »Schade«, sagte sie kurz. »Aber du wirst schon deine Gründe haben. Also, was sollen wir machen? Willst du reden? Hast du Angehörige, mit denen ich sprechen soll?«

Katharina schüttelte stumm den Kopf.

»Was willst du dann …«

Katharina spürte, wie ihr die Tränen in die Augen stiegen. »Es tut mir wirklich leid«, schluchzte sie. Die Oberin beugte sich nach vorn. »Aber das muss dir doch nicht leid tun …«

In diesem Augenblick schossen Katharinas Hände nach vorn und schlossen sich um den Hals der Oberin. Die war so verblüfft, dass sie erst mal erstarrte. Unter der Wucht Katharinas kegelte die Oberin rücklings auf den Boden. Dabei schlug sie mit dem Kopf auf. Was sie benommen machte, aber nicht ihr Bewusstsein schwinden ließ. Nun hörte Katharina, wie sich der Kehle der Oberin ein Röcheln entrang. Die Frau versuchte zu schreien.

Katharina konnte nicht gleichzeitig die Kehle zudrücken und den Mund zuhalten. Also drückte sie mit einem Knie auf die Kehle, während sie mit beiden Händen den Mund zuhielt.

Die Oberin hatte nun offenbar endgültig den Glauben an das Gute in dem Menschen Katharina verloren. Aus der Überrumpelung wurde Wut. Die Oberin begann, sich zu wehren. Sie warf den Kopf hin und her und versuchte, sich unter Katharinas Knie hervorzuwinden.

»Bitte«, flehte Katharina. »Machen Sie es mir doch nicht so schwer.«

Die Oberin kämpfte wie eine Katze. Es dauerte, bis ihre Bewegungen schwächer wurden und sie ganz erschlaffte.

»O Gott«, flüsterte Katharina. Sie legte den Kopf auf die Brust der Oberin und horchte.

Nichts.

»O Gott«, sagte Katharina noch einmal. Dann drückte sie rhythmisch den Brustkorb der Oberin. Schließlich versuchte sie sich in Mund-zu-Mund-Beatmung.

Als Katharina beim nächsten Mal an der Brust horchte, hörte sie den Herzschlag wieder. Zum Glück blieb die Bewusstlosigkeit.

Katharina sprang auf und schlüpfte aus ihrem Kittel. Dann zog sie der Oberin das Gewand über den Kopf und kleidete sich damit ein. Da Größe und Statur der beiden Frauen sich ähnelten, passte alles.

Katharina streifte der Oberin den Gefangenenkittel über und legte sie in ihr Bett. Selbst der Blondton des Haars der Frau war dem ihren ähnlich. Katharina deckte die Oberin geradezu liebevoll zu und drehte ihr Gesicht so, dass es von der Tür aus nicht zu erkennen war.

Katharinas Herz raste. Sie zwang sich zur Ruhe und klopfte von innen gegen die Tür.

»Ich bin fertig.«

Katharina hörte Schritte über den Gang schlurfen. Dann wurde die Tür aufgeschlossen und geöffnet.

Katharina hatte erwartet, dass die Wärterin einen Kontrollblick in das Krankenzimmer werfen würde. Doch die Tür stand einfach nur einen Spalt offen.

»Soll ich ewig warten?«, knurrte es von draußen.

Das ist die Stimme von Berta II, durchzuckte es Katharina.

Sie schlüpfte durch den Spalt, schüttelte unter ihrer Haube den Kopf und trippelte gen Ausgang. Jeden Moment rechnete sie damit, dass Berta II ihr den Kopf mit der Haube zurückbiegen und etwas Hämisches sagen würde wie: Na, wen haben wir denn da?

Doch Berta II machte sich nicht einmal die Mühe, die vermeintliche Nonne zum Ausgang zu begleiten.

»Findest selbst raus, oder?«, fragte sie.

Katharina nickte geflissentlich und trippelte weiter.

An der Schleuse ließ man sie problemlos passieren.

Katharina war sich dessen bewusst, dass sie in diesen Minuten mehr Glück gehabt hatte als in all den Jahren zuvor in ihrem Leben. Draußen durchfuhr sie ein Gedanke: Was hatte doch Gott für einen makabren Humor.

Katharina sah sich um. Da stand – er. Wie versprochen, ein paar Schritte entfernt vom Eingang. Mit zwei Pferden. Beide gesattelt. In dem einen Sattel saß er, über dem anderen lag ein Kleid. Katharina erkannte mit einem Blick, dass es ein hübsches Kleid war. Sie lief zu ihm hin. Er stieg ab und half ihr aufs Pferd.

Als Katharina im Sattel saß, sagte sie: »Danke.«

»Wir müssen uns beeilen«, gab er zurück. Seine Stimme klang gelassen.

Sie galoppierten los, ritten querfeldein, um alle potenziellen Verfolger abzuschütteln. In einem Wäldchen machten sie Pause. Katharina sprang vom Pferd, nahm das Kleid und verschwand hinter einem Busch. Er drehte sich diskret zur Seite.

Als Katharina hinter dem Busch hervortrat, trug sie das Kleid.

Er sagte: »Es steht dir gut.«

Sie ging zu seinem Pferd. Er beugte sich vor, sie zog seinen Kopf zu sich und küsste ihn. Lang und innig, noch mal voller Dankbarkeit. Aber von Liebe – keine Spur.

Katharina ging zu ihrem Pferd. Während sie aufstieg, dachte sie: Richard Stoltz, wie schaffst du es nur, dass ich mich selbst in diesem Moment frage, wo du bist und was du machst?

Dann sagte sie zu dem Mann auf dem anderen Pferd: »Wo ist sie?«

Er antwortete, eine Spur enttäuscht, weil es schon nicht mehr um ihn ging: »Auf dem Weg zu mir.«

»Dann lass uns weiterreiten«, sagte sie.

Und das taten sie.

XLIII Sonntag, 27. September 1857 Morgen

Auch Richard Stoltz war an diesem Sonntag früh aus den Federn gesprungen. Das hatte mehrere Gründe. Zum einen war heute – endlich – der Geburtstag des Königs. Bald würden die Straßen voller Menschen sein, überall Glocken läuten und vor den Kasernen Kanonen Salut abfeuern. Da wollte er vorher noch einiges erledigen. Außerdem hoffte Stoltz, dass Landjäger Pflumm am Sonntagmorgen den Schlaf der Gerechten schlafen und sein Posten daher verwaist sein würde.

Stoltz ging an Aristides Zimmer vorbei, ohne zu klopfen. Der Junge sollte ausschlafen, über den Fund in Walewskis Koffer könnten sie später sprechen.

Vor dem Hotel sah sich Stoltz um. Keine Spur von Pflumm. Zufrieden winkte Stoltz eine Kutsche herbei. Er fuhr zum Esslinger Tor. Je mehr er sich der Innenstadt näherte, desto mehr Menschen begegneten ihm. Nicht wenige lächelten. Stoltz lächelte zurück. Seine Freude war nicht gespielt.

Nur noch einen Tag. Entweder würden sie bis Montag den Attentäter zur Strecke bringen, oder er müsste unverrichteter Dinge von dannen ziehen, weil die Kaiser längst auf dem Weg in ihr jeweiliges Heimatreich waren. Egal wie, Stoltz würde dann seine Schuld gegenüber Katharina eingelöst haben und könnte wieder sein richtiges Leben führen. Mit Aristide durch die Lande stromern, den lieben Gott einen guten Mann sein lassen und so viel Spaß haben wie möglich. So hatte er es Aristide versprochen, und so würde es wieder sein.

Am Esslinger Tor angekommen entlohnte Stoltz den Kutscher. Es dauerte nicht lange, bis Stoltz das Haus gefunden hatte, in dem Gottlieb in einer Studentenbude unter dem Dach wohnte.

Auf sein Klopfen öffnete eine mürrische Frau, die gerne noch ein paar Stunden Schlaf genossen hätte.

»Was wollen Sie?«, fragte die Frau abweisend.

Stoltz kam sich vor wie ein Kind, das ein anderes zum Spielen abholen wollte. »Ist Gottlieb zu Hause?«

»Wer will das wissen?«

Stoltz hatte keine Lust, sich weiter auf den Treppenstufen verhören zu lassen.

»Es geht um ein technisches Problem«, sagte Stoltz.

Die mürrische Frau wurde zur Seite geschoben. Hinter ihr erschien ein junger Mann. Anfang zwanzig, mit einem verwegenen Seitenscheitel und einem ebensolchen Schnurrbart.

»Was für ein technisches Problem?«, fragte er ohne Gruß.

»Könnten wir das bitte drinnen klären?«, fragte Stoltz. »Es geht um eine Waffe.«

»Er hat eine Waffe?«, fragte die mürrische Frau erschrocken.

Aber Gottlieb sagte nur: »Kommen Sie rein.«

Oben in seinem Mansardenstübchen zeigte Stoltz ihm den Revolver.

»Colt 57«, urteilte Gottlieb fachmännisch. »Das neueste Modell. Wo haben Sie den her?«

»Ich komm von drüben«, sagte Stoltz. »Aber leider will der Revolver nicht mehr so, wie ich will.«

Gottlieb ging zu seinem Tisch. Auf dem lagen Blätter, die Kutschen in allen möglichen Formen und Ausführungen zeigten. Allerdings hatte keine der Kutschen eine Deichsel oder eine sonstige Möglichkeit, Pferde anzuschirren.

Gottlieb setzte sich an den Tisch und holte einen Werkzeugkasten hervor.

»Wenn man die Trommel ausklappen will, muss man …«, begann Stoltz. Aber Gottlieb hatte die Trommel schon ausgeklappt und rollte sie mit der Handfläche.

»Interessantes Prinzip«, sagt er. »Durch die Bauweise dürfte der Rückstoß geringer sein als bei anderen Pistolen.«

»Das kann ich bestätigen«, sagte Stoltz. Während er sprach, wanderte sein Blick immer wieder zu den Kutschen ohne Pferde.

»Darf man fragen, was das ist?«

Gottlieb hörte, während er antwortete, nicht auf, an dem Revolver zu werkeln.

»Das ist nur so eine Idee von mir. Ich will Kutschen bauen, die sich ohne Pferde vorwärtsbewegen können.«

»Und wie soll das funktionieren?«

»Lange Geschichte.«

Gottlieb hatte inzwischen den Hahn aus dem Revolver ausgebaut.

»Der ist verbogen. Ich kann Ihnen das richten. Ewig hält das nicht, aber für die nächsten Schüsse sollte es reichen.«

»Dauert das lange?«

»Sie können warten.«

Das kam Stoltz gelegen. Während Gottlieb den Hahn in einen Schraubstock spannte und richtete, suchte Stoltz nach seiner Geldbörse. »Sind zwanzig Dollar okay?«

»Was heißt: okay?«

»Ach, das ist nur so eine Redensart.«

»Und was bedeutet das?«

Bevor Gottlieb den Hahn des Revolvers aus dem Schraubstock entließ, entgratete er die Kanten noch ein bisschen mit einer Feile.

»Das weiß niemand so richtig«, sagte Stoltz. »Manche vermuten, es kommt aus Boston, wo sich Studenten über Leute lustig machten, denen viele Rechtschreibfehler unterliefen. Da sollte O. K. für *Oll Korrect* stehen.«

»Komische Erklärung.«

Gottlieb nahm den Hahn und baute ihn wieder in die Waffe ein. Dann gab er den Colt an Stoltz zurück. Der ließ die Trommel rotieren und den Hahn schnappen. Alles funktionierte so, wie es sollte.

Gottlieb brachte Stoltz zur Tür. Sie verabschiedeten sich. Während er wieder die Stufen zu seiner Mansarde emporstieg, dachte Gottlieb: Netter Kerl, aber dieser Quatsch mit diesem O. K.? Was für eine abstruse Geschichte. Das setzt sich doch niemals durch.

Und Stoltz dachte, während er die Dorotheenstraße entlanglief: Netter Kerl. Aber diese Kutschen ohne Pferde? Das setzt sich doch niemals durch.

Als Stoltz am Waisenhaus vorbeikam, sah er auf der Straße wieder das kleine Mädchen stehen, das ihm vor ein paar Tagen beim Waisensingen aufgefallen war. Sie war vielleicht acht Jahre alt und schien auf jemanden zu warten.

Als Stoltz ihr zulächelte, drehte sie sich um und rannte davon. Stoltz sah, dass ihr ein Zettel aus dem Kleid gefallen war.

»Hey, warte«, rief Stoltz. »Du hast was verloren.«

Aber das Mädchen blieb verschwunden. Stoltz bückte sich, um den Papierschnipsel aufzuheben. Er war von einem größeren Stück abgerissen worden. Das Papier zeigte eine mit krakeliger Kinderhand gemalte Blume. Stoltz zuckte mit der Schulter, verstaute dann den Zettel in seiner Brieftasche und ging weiter.

XLIV Sonntag, 27. September 1857 Vormittag

Um neun Uhr morgens traf der Kaiser von Frankreich in der katholischen Kirche neben dem Marstall ein, um die Messe zu besuchen. In Stuttgart gab es zu dieser Zeit um die dreitausend Katholiken. Wer von ihnen Napoleon beim Gottesdienst erleben wollte, musste sich beeilen, denn eine Viertelstunde später war der Kaiser schon wieder draußen. Er kehrte in die Residenz zurück, um dort weiteren verantwortlichen Tätigkeiten (Winken, Huldigen, Essen) nachzugehen.

Eine gute Stunde später fuhr der Zar Russlands von der Villa Berg zum Kronprinzenpalais hinunter. Dort diente auch er seinem Gott, allerdings diesmal nach griechischem Ritus. Daraufhin zog auch der Zar sich in sein Quartier zurück.

Das Programm der gekrönten Häupter sollte sich an diesem Tag überschaubar gestalten. Am frühen Abend würde es ein Festessen mit dem Geburtstagskind im Schloss geben, woran sich der Besuch des Königlichen Hoftheaters anschloss. Hier konnte sich der König dann von seinem theaterliebenden Volk huldigen und hochleben lassen, während die Gäste in der Fürstenloge sich zurückhielten und allein durch ihre Anwesenheit dem Tag noch mehr Glanz verliehen.

Für das Volk – von den höheren Ständen bis hinunter zu den nicht ganz so niedrigen – sollte es anlässlich des Geburtstags von Wilhelm I. jede Menge Festessen, Empfänge und so weiter geben. Es galt als ausgemacht, dass dieser Tag vor allem dem König gehörte. Zum einen, weil es nun mal sein Geburtstag war, und zum anderen war es der sechsundsiebzigste. Bei allem königlichen Blut und bei aller Auserwähltheit war es unübersehbar, dass der Monarch auf die Zielgerade des Lebens eingebogen war. Er würde nur noch eine überschaubare Anzahl von Ehrentagen feiern können.

Doch dann passierte ein Malheur. Louis-Napoléon ließ es sich nicht nehmen, ein kurzes Bad in der Menge zu nehmen. Selbstverständlich war er nicht allein, er hatte seine Entourage dabei und auch einen General namens Bauer, aber was nützte das? Der Kaiser hat sich unter das Fußvolk begeben, das war ein Thema, das für den Augenblick alle anderen überragte. Was hinter der Aktion des französischen Kaisers steckte, blieb im Dunkeln. War es seine Lust, gerne Nadelstiche zu setzen und die Leute, egal wen, mit unvorhergesehen Handlungen zu überraschen? Oder pure Gedankenlosigkeit, was – wenn man es recht bedachte – noch beleidigender gewesen wäre.

Stoltz wie Wulberer brachte der kurze Auftritt des Kaisers an den Rand des Herzinfarkts. Sie trafen zu spät am Schauplatz ein und konnten am Ende nur noch Gott danken, dass diesmal alles glimpflich abgegangen war. König Wilhelm, der so lange klaglos geschwiegen hatte, hielt sich diesmal jedenfalls nicht zurück. Über diverse Kanäle ließ er seinen kaiserlichen Gast wissen, dass er sich düpiert fühlte. Bonaparte reagierte diplomatisch. Er bot an, einen Tag länger als geplant in Stuttgart zu bleiben. Der Theateraufführung am Sonntagabend wolle er fernbleiben. So würde sich das Geburtstagskind die Aufmerksamkeit nur mit dem russischen Zaren teilen müssen. Stattdessen wollte Napoleon am Montag eine Aufführung des *Freischütz* besuchen. Selbstredend auch wieder als Ehrengast des Königs. Auf diese Weise würde Wilhelm statt einer gleich *zwei* Gelegenheiten bekommen, seine internationale Bedeutung zu genießen. Und nicht zuletzt: Beim Ausritt auf dem Wasen am Montag würde der König selbstverständlich in der Mitte reiten dürfen und so schon rein optisch jedem verdeutlichen, dass er der Mittelpunkt der ganzen Affäre war. König Wihelm I. ließ wissen, dass er mit diesen Vorschlägen einverstanden war. Falls in seinem Herzen noch Spuren von Kränkungen zu finden waren, behielt er das für sich.

Blieb noch der abendliche Theaterbesuch. Zwar handelte es sich nicht um eine Premiere – die Oper war zuvor in Wien und an anderen Orten aufgeführt worden –, aber immerhin um eine Erstaufführung. Da die Stuttgarter allgemein als kunstsinniges Volk galten, war klar, dass kein Abonnent sich so ein Ereignis entgehen lassen würde. Und dass nicht wenige allein deshalb kommen würden, um den König und seine Gäste zu sehen, konnte man auch nicht ausschließen. Aber genau hierin lag das Problem. Da man von König, Gefolge und Gästen unmöglich erwarten konnte, dass sie der Vorführung auf dem Rang stehend beiwohnen würden, gab es einfach nicht genug Plätze für alle Abonnenten. Man entschied sich für eine leidlich salomonische Lösung. Unter den Abonnenten wurde ausgelost, wer an diesem Abend das Theater besuchen durfte. Wer nicht zu den Glücklichen gehörte, sollte mit einer Aufwertung seines Tickets an einem anderen Tag entschädigt werden.

So weit, so gut. Aber wie sollte man das Publikum über eine solche Entscheidung informieren? Nach einigem Überlegen entschied man sich für folgende Variante. Die Abonnenten konnten am Sonntagmorgen zwischen neun und zwölf Uhr beim Königlichen Theater vorstellig werden. Dort würden sie erfahren, ob sie auserwählt waren oder nicht. Wer nicht erschien, dessen Billett verfiel automatisch für diesen Sonntag, behielt aber natürlich für jeden anderen Tag seine Gültigkeit. Die Aktion wurde in der Lokalpresse angekündigt.

Und hier kamen Sekondeleutnant Wulberer und seine Spezialabteilung ins Spiel. Da die Mannschaft um den wackeren Kapellmeister Kücken bei der Vorbereitung der Erstaufführung alle Hände voll zu tun hatte, konnte sie unmöglich noch diesen administrativen Akt übernehmen, der darüber hinaus ein gewisses Fingerspitzengefühl erforderte.

Selbstverständlich zeigte sich Wulberer dieser Aufgabe gewachsen. Er delegierte sie. Schreiber Schaal sollte sich am Sonntagmorgen zum Theater begeben und dort mit den Abonnenten sprechen.

Schaal hatte bis dato seinen Chef geradezu vergöttert und verehrt. Jedoch vor allem, weil Wulberer die hohe Kunst beherrschte, den direkten Umgang mit lebendigen Menschen zu vermeiden und sie in einen Vorgang aus Aktenzeichen, Vermerken und Registraturen zu verwandeln. Stattdessen sollte Schaal sich nun um die Sorgen der Leute kümmern. Richtigen Menschen aus Fleisch und Blut. Und dann noch Theaterfreunde. Da wusste man doch, wie leidenschaftlich die waren.

Schaal tröstete sich damit, dass er sich hinter der Scheibe eines Kassenhäuschens im Innern des Theaters verschanzen konnte. Durchs Haus würde sich eine lange Schlange ziehen, und jeder Bittsteller würde zu ihm treten und sein Anliegen vortragen müssen. Die Distanz blieb gewahrt, die Hierarchie ebenso.

Doch auch dieser Trost wurde ihm genommen. Kaum hatte Wulberer seinen Ablaufplan dargelegt, ließ sich Stoltz spöttisch vernehmen: »Eine wunderbare Lösung, Sekondeleutnant. Warum schalten wir nicht zeitgleich eine Anzeige im *Schwäbischen Merkur*? Etwa so …«

Stoltz improvisierte.

An alle Attentäter (und alle, die es noch werden wollen)

Planen Sie ein Attentat auf den König und seine kaiserlichen Gäste? Wollen Sie eine Zeitbombe legen, wissen aber noch nicht, wann & wie? Dann kommen Sie am Sonntagmorgen zwischen neun und zwölf in das Königliche Theater am Schloss. Lassen Sie sich durch den Trubel nicht beirren. Die Theaterleute haben alle Hände mit der Vorbereitung der Erstaufführung zu tun. Und unser Mann sitzt in seinem Kassenhäuschen, links und rechts von wütenden Abonnenten bedrängt. Sie können sich also in aller Ruhe in die Fürstenloge begeben und dort Ihr teuflisches Werk tun.

Viel Glück
Ihre Landjäger (Spezialabteilung)

Insgeheim verfluchte Wulberer Stoltz zum wiederholten Male als Klugscheißer, aber dann gestand er sich ein, dass der Ex-Pinkerton-Mann mit seinen Bedenken nicht unrecht hatte. Also wurde beschlossen, dass Schaal mit einem Pult *vor* dem Theater Platz nehmen sollte. Für den Fall, dass es an diesem Tag regnete – was in Anbetracht der Tatsache, dass es sich um den Geburtstag des Königs handelte, höchst unwahrscheinlich war –, müsste sich Schaal eben unter das Vordach des Theaters zurückziehen. Draußen bleiben müsste er aber auf jeden Fall.

Und so saß Schaal also an diesem überraschend milden Herbstmorgen hinter seinem Pult vor dem Theater und harrte der zürnenden Abonnenten. Schaal hatte kaum Handlungsspielraum. Falls ein abgewiesener Theaterfreund mit dem Upgrade seines Tickets nicht einverstanden wäre, dann könnte ihm Schaal für einen schlechter besuchten Tag eine zweite Eintrittskarte anbieten. Das sei aber das absolute Maximum und nur für Extremfälle vorgesehen. Auf keinen Fall aber, und das schärfte Wulberer seinem Schreiber eindringlich ein, sollte Schaal Sätze sagen wie: »Da kann ich leider auch nichts machen.« Denn dadurch würde Schaal zu erkennen geben, dass ein Beamter manchmal auch nicht weiterwusste. Und das wäre die absolute Todsünde.

Zu Schaals Überraschung verlief der Morgen recht friedlich. Die Glücklichen, deren Ticket seine Gültigkeit behielt, zogen einfach zufrieden davon. Wer nicht zu den Glücklichen gehörte, ließ sich wie von Wulberer geplant mit einem Upgrade oder einer zusätzlichen Karte besänftigen.

Nur ein Mann machte ein Riesenfass auf. Ein unangenehmer Bürger, wie Schaal fand. Er war in den Dreißigern, und vom Äußeren her hätte Schaal ihn nie als Theaterabonnenten eingeschätzt. Schaal hätte eher auf Boxkampf getippt.

»Ich bin ein Freund der Kunst. Ich bin ein Freund des Königs«, verkündete der Mann viel zu laut.

»Bitte, Herr«, bat Schaal. »Ändern Sie Ihren Ton. Das Ganze ist so schon peinlich genug.«

»Ich muss gar nichts ändern. Sie müssen etwas ändern. Und zwar meine Reservierung.«

Der Abonnent hieb mit der Faust auf den Tisch. Schaal zuckte zurück.

»Ich will meine Karte«, forderte der Mann forsch.

In seiner Verzweiflung wusste sich Schaal nicht anders zu helfen, als genau den Satz auszusprechen, den Wulberer ihm verboten hatte.

»Bitte, Herr«, sagte Schaal kaum vernehmbar. »Ich kann doch da auch nichts machen.«

»Was?«, fragte der Mann verdutzt.

In diesem Moment kam Stoltz, der auf dem Rückweg zu seinem Hotel war, über den Theatervorplatz. Er winkte Schaal freundlich zu. Der Schreiber winkte verzagt zurück, worauf Stoltz seinen Kurs änderte und in Richtung Tisch lief.

Als der wütende Abonnent sah, wie Stoltz sich näherte, wurde sein Auftreten schlagartig moderat.

»Ach, was soll's«, sagte der Mann, er wandte sich ab und verschwand.

»Morgen, Schaal«, sagte Stoltz gut gelaunt. »Alles erledigt?«

»Jetzt ja«, entgegnete Schaal mit einem Seufzer der Erleichterung. »Aber sagen Sie mal: Kannten Sie den Mann eben?«

»Wen?«, fragte Stoltz.

Beide sahen sich um. Doch der wütende Kunstfreund war nirgendwo zu entdecken.

XLV Sonntag, 27. September 1857
Mittag

Als Stoltz im Hotel Marquardt über den Flur zu seinem Zimmer ging, öffnete sich plötzlich die Tür von Aristides Zimmer.

»Hallo«, begann Stoltz. Weiter kam er nicht, denn Aristide zog ihn ohne ein weiteres Wort hinein. Nachdem er verstohlen überprüft hatte, ob sie dabei beobachtet worden waren – waren sie nicht –, schloss er die Tür von innen.

»Wir müssen reden«, sagte Aristide.

»Gut. Über deinen Einkaufsbummel in der Stadt? Wenn du so weitermachst, bräuchte ich nämlich noch eine Goldmine.«

»Ach, wenn's nur das wäre«, sagte Aristide. Er saß da wie das sprichwörtliche Häuflein Elend.

»Mensch, was ist los?«, fragte Stoltz.

Aristide machte nur eine resignierte Handbewegung. So hatte Stoltz den Freund noch nie erlebt. Aristide wirkte übernächtigt. Die ganze vornehme Haltung war dahin, er war niedergedrückt, gebeugt.

Noch mal fragte Stoltz, diesmal leiser: »Was ist los?«

Aristide ließ sich in einen Sessel fallen.

»Weißt du, am Anfang hat mich deine Geheimniskrämerei so genervt. Warum sind wir hier? Was willst du hier? Und so weiter. Nie kam eine vernünftige Antwort. Aber dann hast du mich ja eingeweiht. Doch ganz ehrlich ...«

Aristide sah Stoltz direkt an.

»... inzwischen wünschte ich, du hättest einfach deine Klappe gehalten.«

Aristide deutete auf den Sekretär, der hier wie in jedem Zimmer des Hotels zur Ausstattung gehörte. Auf der

Tischplatte lagen die Papiere, die Aristide aus den Gemächern des Grafen gestohlen hatte.

»Ich weiß, dass ihr eine Bombe sucht, aber der wahre Sprengstoff liegt da.«

Stoltz setzte sich ebenfalls.

»Tut mir leid, ich tappe immer noch im Dunkeln. Wie wollen wir's machen? Willst du mir die ganzen Papiere übersetzen? Oder zumindest die wichtigsten?«

Aristide schüttelte den Kopf. »Das würde zu lange dauern.«

Er öffnete die Schublade des Sekretärs und holte ein großes Blatt Papier heraus.

»Ich erzähl dir am besten alles so, wie ich es verstanden habe. Was jetzt diese Herrscherhäuser betrifft, bin ich ja nicht ganz so bibelfest.«

»Da kann ich vielleicht aushelfen.«

»Genau. Und vielleicht habe ich auch alles einfach nur falsch verstanden. Das wäre mir immer noch am liebsten.«

Aristide schrieb einen Namen in die Mitte des großen Papierbogens.

»Das ist der Graf Walewski«, sagte er. »Seine Mutter ist die polnische Gräfin Marie Walewski. Sie war die Geliebte Napoleons.«

»Des ersten Napoleons?«, fragte Stoltz.

»Genau. Des Ur-Napoleons.«

»Wo haben die beiden sich denn kennengelernt?«

»In Warschau. Das ist der Vorteil, wenn man so viele Kriege führt. Man kommt rum und lernt viele Leute kennen.«

»Interessante Sichtweise«, sagte Stoltz.

Aristide malte einen Stern neben dem Namen Walewskis und eine Jahreszahl: 1810.

»In diesem Jahr kommt unser Graf zur Welt. Anastazy Walewski, der Mann der Mutter, äußert keinen Verdacht. Die Gerüchte, dass Napoleon der leibliche Vater unseres Grafen ist, gehen jedoch schnell durch die Welt.«

Stoltz rief sich das leicht quadratische, etwas flache Gesicht des Grafen in Erinnerung. Eine gewisse Ähnlichkeit zu dem kleinen Korsen konnte man schon konstatieren.

»Offiziell wird natürlich nichts anerkannt. Aber der polnische Graf kriegt jede Menge französische Titel, viel Geld. Die Verbindung zwischen beiden reißt auch in den nächsten Jahren nicht ab. Als Napoleon auf Elba verbannt ist, besucht die Gräfin ihren Geliebten in Begleitung ihres Sohnes.«

»Was wohl Josephine dazu gesagt hat?«

»Nichts. Die waren damals schon geschieden.«

»Weil Napoleon so viel fremdgegangen ist?«

»Weil Josephine keine Kinder mehr bekommen konnte. Womit wir wieder bei unserem eigentlichen Thema sind.«

Stoltz zog einen Kreis um den Namen Walewski. Das hatte zwar keine wirkliche Funktion, aber es half ihm beim Nachdenken. Dann schrieb er noch den Namen »Napoleon I.« in eine Ecke.

»Und woher weißt du, dass Graf Walewski der leibliche Sohn Napoleons ist?«

Aristide deutete auf den Papierstapel.

»Weil Napoleon sich in einem Brief an die Gräfin eindeutig zu seiner Vaterschaft bekennt. Er verspricht, immer für seinen Sohn zu sorgen, bittet aber die Gräfin, zu verstehen, dass er – gewissermaßen als Weltgeist zu Pferde – unmöglich zulassen kann, dass seine politische Karriere durch einen Seitensprung ruiniert wird.«

Stoltz nickte anerkennend. »Weltgeist zu Pferde. Das klingt gut. Ist das von dir?«

»Nö. Habe ich mal irgendwo gelesen.«

Stoltz dachte laut nach. »Graf Walewski weiß also aus erster Hand, dass er der leibliche Sohn des großes Napoleon ist. Und besser noch: Er kann es beweisen.«

Aristide nickte. »Und wenn jetzt der amtierende Bonaparte bei, sagen wir, einem Attentat, ums Leben käme, dann wäre der Graf der erste Kandidat für die Thronfolge.«

»Das ist in der Tat ein Motiv.«

Aristide deutete erneut auf den Papierstapel. »Da sind nicht nur Briefe drin, sondern auch noch jede Menge Traktate und so ein Zeug. Der Graf ist definitiv ein Mensch mit hochfliegenden politischen Plänen.«

»Das heißt?«

»Ob zwei Herzen in seiner Brust schlagen, weiß ich nicht. Aber auf jeden Fall hat sein Herz eine französische und eine polnische Kammer.«

Stoltz erinnerte sich an den Streit mit Gortschakow.

»Was ihn nicht unbedingt zu einem Freund der Russen macht.«

»Genau.«

Stoltz griff zu dem Stift und schrieb »Die große Unbekannte« auf das Blatt.

»Es könnte natürlich auch sein, dass der Graf gar kein Attentat plant. Aber dass es Leute gibt, denen die ganze Aussöhnung zwischen Frankreich und Russland nicht passt. Und die wären mit dem Grafen auf dem Kaiserthron natürlich glücklicher.«

Aristide griff den Faden auf. »Oder es gibt Leute, die genau diese Fraktion aus dem Weg räumen wollen. Die hätten dann durchaus Interesse daran, dass so ein Komplott auffliegt und der Graf aus dem Weg geräumt wird.«

Stoltz nickte. »Was für die große Unbekannte auch ein

Motiv gewesen sein könnte, sich an Monsieur Wulberer zu wenden.«

Er stöhnte auf. »Warum ist Frankreich nicht einfach Republik geblieben? Dann hätten wir all diese Sorgen nicht.«

»Es kommt aber noch besser«, sagte Aristide. Er schrieb den Namen »Louis Bonaparte (Napoleon III.)« auf das Blatt. »Unser Napoleon hier ist der Sohn von Louis Bonaparte, der seinerseits Bruder des ersten Napoleon war.«

Stoltz wusste nicht, worauf Aristide hinauswollte. »Ja, Napoleon III. ist eigentlich nur der Neffe, während der Graf der direkte Nachkomme ist. Das habe ich verstanden. Aber wurde unser Napoleon nicht irgendwann von dem Alten adoptiert?«

»Schon«, gab Aristide zu bedenken. »Aber das ist nicht der Punkt, auf den ich hinauswollte.«

Er zog ein Papier aus dem Stapel. »Der Vater unseres Napoleon hier war König von Holland. Besonders beliebt war er bei seinen Untertanen nicht. Das lag auch daran, dass der alte Louis Napoleon nie lernte, richtig Holländisch zu sprechen.«

Aristide zitierte eine Stelle aus dem Artikel nahezu wörtlich. »… so konnte Louis – von den Holländern Lodewijk genannt – nicht mal das Wort ›Koning‹, also holländisch für König, richtig aussprechen. Stattdessen nannte er sich selbst oft ›Konijn‹, was in der Sprache des Landes ›Kaninchen‹ bedeutet. Das sorgte bei diversen Gelegenheiten für Gelächter und unfreiwillige Komik.«

»Konnte er sich denn wenigstens auf karnickelhafte Manier für diese Demütigungen entschädigen?«

Aristide hob den Zeigefinger. »Interessanter Ansatz. Das scheint nämlich ein weiterer Schwachpunkt des logopädisch überforderten Monarchen gewesen zu sein.«

Aristide zog ein weiteres Papier aus dem Stapel. »Angeblich war der alte Louis Napoleon gar nicht der leibliche Vater von Napoleon III.«

»Sondern?«

Aristide zuckte mit den Schultern. »Irgendein holländischer Admiral. So munkelt man wenigstens.«

Stoltz erinnerte sich an das rätselhafte Grinsen der Königin von Holland beim Tee-Empfang im Schloss.

»Ich vermute, dieses Gerücht kursiert selbst in allerhöchsten Kreisen.«

Dann schrieb er »Louis/Kaninchen/Admiral (?)« auf das Blatt. Er warf genervt den Stift auf den Tisch.

»Wenn man das zu Ende denkt, haben wir also ein Kuckuckskind auf dem Thron und ein leibliches Kind, das als Außenminister eine Politik vertreten muss, die ihm zutiefst zuwider ist. Wäre ich Staatsanwalt, könnte ich daraus eine überzeugende Anklage zusammenbasteln.«

Aristide sah Stoltz besorgt an. »Aber ist das wirklich unser Problem? Sollen doch diese ganzen Kaiser und Könige ihre eigenen Angelegenheiten klären. Geht uns nichts an.«

»Schön wär's. Ich fürchte, dafür ist es zu spät. Wir hängen mittendrin.«

Stoltz stand auf und nahm sich die Papiere.

»Was willst du damit machen?«

»Ich denke, ich muss Wulberer informieren. Soll der dann entscheiden, wie er mit der Sache umgeht.«

Aristide gähnte und streckte sich. »Hauptsache, die Geschichte ist bei uns vom Tisch.«

Er beugte sich nach vorn. »Aber wenn du zu deinem Chef gehst … Diese Frau da, bei der Venezianischen Nacht in der Villa Berg …«

Stoltz verzog sein Gesicht. »Vergiss es, Aristide. Da verschwendest du deine Zeit. Fräulein Holder ist in Wirklichkeit ganz anders.«

»Genau darauf will ich ja hinaus«, sagte Aristide. Er erzählte, was er bei seinen Ausflügen auf das Bahngelände mit Fräulein Holder erlebt hatte.

»Chemikalien, Laborgeräte?«, vergewisserte sich Stoltz, nachdem Aristide seinen Bericht beendet hatte.

Aristide nickte.

»Mit denen man eine Bombe bauen könnte?«

»Ich nicht; sie vielleicht schon.«

XLVI Sonntag, 27. September 1857 Nachmittag

Fräulein Holder wohnte noch bei ihren Eltern, die an der Hauptstädter Straße eine Apotheke betrieben. Da heute ein Feiertag war, blieb die Apotheke geschlossen. Als Stoltz dennoch klopfte, öffnete nach einer Weile Fräulein Holder höchstpersönlich.

»Brauchen Sie was gegen Kopfschmerzen?«

»Ehrlich gesagt, würde ich mich ganz gern mal mit Ihnen unterhalten.«

Fräulein Holder überlegte. Sie trug einen weißen Kittel, die Haare streng zurückgebunden. Vermutlich war sie gerade hinten in der Apotheke damit beschäftigt, irgendein Pülverchen zu zermörsern. Oder was Apotheker den lieben langen Tag sonst so machten, dachte Stoltz.

»Was soll das werden? Eine Vernehmung?«, fragte Fräulein Holder schließlich.

»Nein«, sagte Stoltz.

»Was dann? Eine …« Sie machte eine ratlose Pause. »… Verabredung?«

»Lassen Sie uns doch einfach einen Kaffee trinken.«

Sie gingen ins Café Kober in der Schulstraße. Von hier aus hatte man auch einen guten Ausblick auf die Königstraße, der an diesem Tag natürlich besonders begehrt war. Trotzdem fanden sie ein Tischchen in einer Ecke, wo sie einigermaßen ungestört plaudern konnten. Nachdem der Kaffee bestellt war, sagte Stoltz: »Ganz ehrlich, Fräulein Holder: Ich werde nicht ganz schlau aus Ihnen.«

Stoltz trank seinen Kaffee schwarz. Aber auf seiner Unterasse lagen zwei Stückchen Würfelzucker.

Anstatt auf Stoltz' Bemerkung zu reagieren, fragte Fräulein Holder: »Kann ich Ihren Zucker haben?«

Sie konnte. Fräulein Holder nahm ihren Löffel und ließ alle Würfel in ihre Tasse plumpsen. Dann rührte sie bedächtig um. Gerade als Stoltz seinen Satz wiederholen wollte, sagte sie: »Und ich verstehe Ihre Bemerkung nicht. Soll das ein Tadel sein oder ein Kompliment?«

»Weder noch.« Stoltz trank einen Schluck. Der Kaffee war überraschend gut. »Mein Job ist es hier, ein Rätsel zu lösen. Und Sie scheinen mir Teil dieses Rätsel zu sein.«

Worauf Fräulein Holder fragte: »Inwiefern?«

»Bislang waren wir auf der Suche nach einem Mann, der mit einer selbst gebastelten Bombe einen Anschlag plant. Aber vielleicht waren wir die ganze Zeit auf der falschen Fährte. Vielleicht ist unser jemand gar kein Mann, sondern eine Frau.«

Nun hob Fräulein Holder ihre Tasse mit beiden Händen an die Lippen. Bevor sie trank, sagte sie: »Sie trauen mir also zu, eine kaltblütige Attentäterin zu sein? Ich vermute mal, das ist definitiv nicht als Kompliment gemeint.«

Darauf sagte Stoltz nichts.

Fräulein Holder setzte ihre Tasse wieder ab. »Darf ich fragen, wie ich zu der Ehre komme, in den Kreis der von Ihnen Verdächtigten aufgenommen zu werden?«

Stoltz machte eine nonchalante Geste: Warum nicht.

»Wir haben in Botnang ein Labor gefunden, in dem vermutlich die Bombe für den Anschlag in der Schloßstraße zusammengebaut wurde. Nun bin ich kein Chemiker. Aber Zutaten und Utensilien, die in dem Labor gefunden wurden, haben eine bemerkenswerte Ähnlichkeit mit den Materialien, die Sie regelmäßig und heimlich am Güterbahnhof abholen.«

Fräulein Holder lächelte spöttisch. »Und das allein macht mich verdächtig? Ich vermute mal, alle Labore in aller Welt sehen einander irgendwie ähnlich.«

»Das stimmt. Aber außerdem haben Sie mich mit ihrem Zettel auch noch auf die Spur das Grafen Walewski gebracht. Was ein Ablenkungsmanöver gewesen sein könnte.«

Fräulein Holder überlegte.

»Wenn Sie wollen, kann ich Ihnen *mein* Labor gerne zeigen.«

Sie fuhren zurück zu der Apotheke an der Hauptstädter Straße. So unscheinbar das Haus von außen aussah, so beeindruckend war die Arbeitsstätte von Fräulein Holder. Das Labor in Botnang wirkte im Vergleich dazu wie Kinderspielzeug. Die verschiedenen Behälter und Gläser standen sauber in blitzblank sauberen Regalen. Darunter auch eine Glasform, die Stoltz noch nie gesehen hatte. Sie war oben schmal wie eine Flasche, ging aber unten breit auseinander wie ein Topf. Die Linien und Formen waren auch nicht unbedingt gerade.

»Was ist das?«

»Das ist ein Prototyp. Den hat mir ein gewisser Professor Erlenmeyer aus Gießen geschickt. Der ist aber noch nicht ganz ausgereift.«

»Ich dachte schon, das soll so sein.« Stoltz stellte den komischen Kolben zurück ins Regal. »Sie korrespondieren mit Professoren an Universitäten?«

»Ja. Solange die nicht merken, dass ich eine Frau bin, geht's.«

Fräulein Holder kippte in einem Glas zwei verschiedene Flüssigkeiten zusammen. Dann entzündete sie die Flamme an einem Gerät, das wie eine Miniaturkochplatte aussah.

»Ist Ihnen das auch von einem Prof übereignet worden?«

»Nein, das ist absolute Spitzentechnologie. Gerade mal ein Jahr auf dem Markt. Nennt sich Bunsenbrenner.«

Um endlich zum Thema zu kommen, wollte Stoltz nun fragen: Und woran forschen Sie hier? Aber bevor er dazu kam, holte Fräulein Holder ein Stempelkissen aus einer Schublade und sagte: »Geben Sie mir mal Ihre Hand.«

Sie rollte seinen Daumen über das Stempelkissen und machte dann einen Abdruck auf einem Blatt Papier.

»Darf ich fragen, was das werden soll?«

Die auf dem Bunsenbrenner erhitzte Flüssigkeit hatte jetzt wohl die erwünschte Temperatur, Farbe, Konsistenz oder was auch immer. Fräulein Holder schaltete den Brenner aus und fragte:

»Dieses Glas hatten sie eben in die Hand genommen, richtig?«

Stoltz bestätigte.

Fräulein Holder zog ein Paar Glacéhandschuhe an. Stoltz blickte verwundert. Fräulein Holder zuckte mit den Schultern und sagte: »Was Besseres wurde noch nicht erfunden.«

Dann nahm sie das Glas, welches Stoltz in der Hand gehalten hatte, und bestrich es mit einem Pinsel. Sie wartete einige Augenblicke, dann presste sie einen Papierstreifen gegen die benetzte Stelle auf dem Glas. Als sie den Streifen wieder abzog, war Stoltz' Fingerabdruck darauf deutlich zu sehen. Fräulein Holder legte beide Daumenbilder Stoltz unter die Nase.

»Fällt Ihnen etwas auf?«

»Das ist unzweifelhaft mein Daumen, oder?«

»Und die Abdrücke?«

Stoltz sah sich um. »Haben Sie eine Lupe oder so etwas?«

In Fräulein Holders gut geführtem Labor gab es selbstverständlich eine Lupe. Durch das Vergrößerungsglas studierte Stoltz die beiden Abdrücke.

»Ich würde sagen, die Ähnlichkeit ist verblüffend.«

Fräulein Holder entnahm einen anderen Abdruck aus der Schublade. »Vergleichen Sie den mal mit Ihrem.«

Stoltz tat wie geheißen. »Der ist nicht von mir«, sagte er schließlich. Fräulein Holder nickte.

»Genau. Der ist von *mir*. Unsere Fingerabdrücke sind wie die Iris unserer Augen unsere Visitenkarten. Jeder Mensch hat seinen individuellen Satz.«

Fräulein Holder legte ihren Abdruck zurück in die Schublade.

»Verstehen Sie, was das für einen Fortschritt in der Verbrechensbekämpfung bedeuten würde, wenn wir überall Fingerabdrücke konservieren könnten?«

Das begriff Stoltz sofort. »Das wäre gigantisch. Aber was heißt ›könnten‹? Sie haben doch gerade meinen Fingerabdruck konserviert.«

»Unter Laborbedingungen klappt das schon ganz gut. Aber draußen im Feld gibt es noch zu viele Risikofaktoren.

Die Forschung steht hier allerdings kurz vor dem Durchbruch, wenn ich die Fachpresse richtig lese.«

»Verstehe«, sagte Stoltz. »Was ich allerdings nicht verstehe: Warum machen Sie da so ein Geheimnis drum? Mit diesem Wissen wären wir bei der Tätersuche vielleicht schon viel weiter.«

Fräulein Holder zog ihren Laborkittel aus und begleitete Stoltz die Treppen hinunter.

»Sie kennen Herrn Wulberer?«

»Das wissen Sie doch.«

»Das sollte Ihre Frage beantworten. Wenn er wüsste, woran ich heimlich forsche, dann würde er mich umgehend feuern. Und wenn meine Forschungen erfolgreich wären, würde er sich stante pede mit fremden Federn schmücken und die Ergebnisse meiner Arbeit stehlen.«

XLVII Sonntag, 27. September 1857 Nachmittag

Auf der Königstraße waren an diesem Sonn- und Festtag viele Geschäfte geöffnet. Stoltz betrat eine Papeterie. Der Verkäufer hinter der Theke trug einen Vatermörderkragen und sah äußerst würdig und gediegen aus.

»Guten Tag«, sagte Stoltz. »Kennen Sie sich mit Papieren aus?«

»Ich würde sagen, das ist genau mein Beruf«, antwortete der Verkäufer kühl.

Stoltz nahm das »Grußschreiben« des Attentäters vom Bahnhof Feuerbach aus der Tasche. Dabei fiel auch der Schnipsel auf den Tisch, den das kleine Mädchen vor dem Waisenhaus verloren hatte.

»Der Hochzeitstag meiner Eltern steht bevor.«

»Ist es die goldene?«

»Eher silberne plus Zitrone. Aber darum geht es nicht. Wir Kinder haben uns überlegt, dass wir unseren Eltern mit einer ganz besonderen Karte gratulieren wollen.«

Er deutete auf die Papierprobe. »So was in der Art.«

Der Verkäufer klemmte sich eine Lupe vor das Auge und nahm die Probe mit einer Pinzette auf. Er hob sie dicht vor das Vergrößerungsglas und musterte sie eingehend.

»Hm«, machte er.

Stoltz wartete geduldig.

»Hm«, wiederholte der Verkäufer.

Er legte die Probe auf seiner Theke ab und nahm die Lupe aus dem Auge.

»Also, ganz ehrlich. So ein richtig besonderes Papier scheint das nicht zu sein.«

»Das bestreite ich gar nicht. Aber es ist wohl so, dass unsere Eltern an dieses Material eine ganz besondere Erinnerung haben. Vielleicht war ihre Hochzeitskarte aus so einem Papier. Ihre Familienbibel. Ich weiß es ehrlich gesagt nicht. Wir haben nie darüber gesprochen.«

Sie hörten ein Geräusch. Aus den Lagerräumen kam ein Mann, der einen Bart trug, der so geschnitten war, dass seine Wangen wie die Lefzen eines Boxers aussahen. Der Boxer blickte grimmig. Der Verkäufer sagte plötzlich leise: »Wenn Sie nicht wenigstens einen Füllfederhalter nehmen, bekomme ich Ärger.«

Stoltz tat, als fiele ihm gerade etwas ein. »… und dann bräuchte ich noch zwei Füllfederhalter. Natürlich beste Qualität.«

Der Boxerbart grunzte und verzog sich wieder in die Lagerräume. Der Verkäufer suchte zwei Füllfedern aus dem

Schaukasten und legte sie vor Stoltz auf die Theke. Der bezahlte.

»Es kann gut sein, dass dieses Papier bei Ihren Eltern Erinnerungen weckt. Meines Wissens wird das Material gar nicht mehr hergestellt. Viel zu hadernhaltig. Das ist schon seit Jahren nicht mehr auf dem Markt. Aber lassen Sie mich noch etwas überprüfen.«

Der Verkäufer klemmte wieder seine Lupe ins Auge. Diesmal nahm er mit seiner Pinzette den Schnipsel mit der Kinderzeichnung.

»O nein«, wollte Stoltz dazwischengehen. »Das hat nichts mit meiner Frage zu tun. Der Schnipsel ist einfach aus der Tasche gefallen.«

»Dachte ich es mir doch«, murmelte der Verkäufer. Nachdem er wieder umständlich die Lupe aus dem Auge genommen und die Pinzette fein säuberlich in einer Schale deponiert hatte, verkündete er feierlich: »Ihr Karton und der Schnipsel mit der Kinderzeichnung sind aus demselben Material.«

Das ist ja merkwürdig, dachte Stoltz. »Sind Sie da ganz sicher?«

»Ohne jeden Zweifel. Wie gesagt. Dieses Material ist seit Jahren nicht mehr auf dem Markt. Deshalb kann ich es auch nicht verwechseln. Wo haben Sie denn die Kinderblume gefunden?«

»Auf der Straße. Ich dachte erst, irgendein Kindermädchen hätte es verloren. Aber da ich niemand in der Nähe entdecken konnte, habe ich es wohl in meiner Zerstreutheit einfach eingesteckt.«

»Die Kinderzeichnung muss ganz schön alt sein«, sagte der Verkäufer. »Vielleicht ist es eine Skizze von einem Maler, der heute hochberühmt ist.«

Das glaube ich eher nicht, dachte Stoltz. Doch er sagte: »Ja, vielleicht.« Dann steckte er seine Federn ein, verabschiedete sich und ging hinaus.

Der Trubel auf der Königstraße hatte mittlerweile gerade noch verträgliche Ausmaße erreicht. Stoltz schob sich durch die Menschenmenge. In irgendeiner Ecke der Stadt hörte man immer ein paar Glocken bimmeln. Vom Schlosshof her drang der dumpfe Knall der Salutschüsse.

Erst jetzt fiel ihm auf, dass er den ganzen Tag noch kein einziges Mal von Landjäger Pflumm behelligt worden war. Nicht dass er sich darüber beschwerte. Im Gegenteil. Vielleicht war dies Wulberers persönliches Geschenk für ihn anlässlich von Wilhelms Geburtstag.

Stoltz betrat ein Handschuhgeschäft.

»Ein Paar Glacéhandschuhe, bitte.«

»Sehr wohl, der Herr«, sagte der Verkäufer. Dann schob er sich dicht an Stoltz heran und fragte verschwörerisch: »Für den Herrn selbst oder für die Gattin? Oder …« Er legte affektiert die Hand vor den Mund. »… für eine Dame, von deren Existenz die Gattin nichts wissen darf? Wir haben ein reichhaltiges Angebot, mein Herr.«

»Nein, nur ein Paar für den Herrn persönlich, wenn's beliebt.«

»Möchten Sie Glacéhandschuhe mit einem Monogramm? Sie können auch das Wappen von Württemberg haben. Das ist gerade heute sehr gefragt. Wir haben da was im Angebot. In drei Farben, gestickt von den reizenden Insassinnen des Weiberzuchthauses Gotteszell.«

»Einfach nur ein Paar Glacéhandschuhe, ohne Monogramm, ohne Wappen, ohne gar nichts.«

»Wenn das Ihr spezieller Wunsch ist«, bemerkte der Verkäufer säuerlich.

Schließlich fanden sie ein Paar, das Stoltz' Vorstellungen entsprach.

»Ich würde das gern gleich anziehen.«

»Sehr wohl, der Herr.«

Wieder auf der Straße mischte sich Stoltz erneut unter die Menge und schlenderte gemächlich in Richtung Marienstraße, zur Kaserne. Auf Höhe der Langen Straße sah er ein bekanntes Gesicht unter den Leuten.

»Hallo, Pflumm«, rief Stoltz und winkte. »Ob Sie es glauben oder nicht: Ich habe Sie fast ein wenig vermisst.«

Pflumm winkte ebenfalls. Er arbeitete sich an den Passanten vorbei, bis er schließlich vor Stoltz stand.

»Der Sekondeleutnant schickt mich«, erklärte Pflumm aufgeregt.

»Das dachte ich mir«, entgegnete Stoltz, immer noch gut gelaunt.

»Sie sollen umgehend in die Kaserne kommen«, ergänzte Pflumm.

»Da wollte ich sowieso hin. Können Sie mir sagen, worum es geht?«

Pflumm sah sich geheimniskrämerisch um. Dann flüsterte er: »Der Junge. Sie wissen doch: der Schusterjunge. Der mit der Bombe mit dem Zeitzünder. Sie haben ihn gefunden.«

XLVIII Sonntag, 27. September 1857 Nachmittag

Wulberer konnte sich sehr gut daran erinnern, dass eine Zeichnung, die nach seinen Angaben erstellt wurde, zur Ergreifung des Verdächtigen geführt hatte. Dass Stoltz auf die Idee mit der Zeichnung gekommen war, war längst verdrängt.

Als Stoltz über den Flur in Richtung des Büros ging, stieß er mit Wulberer zusammen. Als Wulberer nach links auswich, tat Stoltz dasselbe. Sie stießen wieder zusammen. Nun Stoltz nach rechts. Wulberer dito. Erneuter Zusammenstoß.

»Himmelherrgottnochmal …«, knurrte Wulberer.

Beim nächsten Versuch zogen sie dann endlich aneinander vorbei. Wulberer drehte sich um und sagte herablassend: »Wirklich schön, dass Sie sich auch mal wieder sehen lassen. Aber dass in meiner Abteilung auch am Sonntag gearbeitet wird, das hatten Sie schon vergessen, was?«

Wulberer lief kopfschüttelnd weiter. Stoltz rief ihm hinterher: »Ich würde gern bei der ersten Vernehmung mit dabei sein.«

Ohne sich umzudrehen, wedelte Wulberer mit dem Zeigefinger in der Luft. »Nichts da. Die erste Vernehmung übernehme ich.«

Kaum hatte sich die Tür hinter Wulberer geschlossen, machte Stoltz auf dem Absatz kehrt. Diesmal hatte es Stoltz nicht auf Wulberers Dienstmarke, sondern auf den Schlüssel zur Asservatenkammer abgesehen gehabt. Den hatte er Wulberer bei der kleinen Rangelei auf dem Flur stibitzt.

So leise wie möglich schloss Stoltz die Tür auf und zog sie hinter sich zu. In den großen Regalen der Kammer lagerten nicht allzu viele Beweismittel. Deshalb fand Stoltz schnell, was er suchte. Er brauchte ein Teil des Sharps Rifle. Ein Teil vom Schuhputzerwagen und/oder der Höllenmaschine. Und ein Teil aus dem Labor von Botnang. Alles möglichst klein und handlich.

Bei dem Gewehr entschied er sich für ein Füllhorn aus dem Reinigungsbesteck. Bei der Höllenmaschine für einen Schraubdeckel auf dem Zündwerk und bei dem Labor für einen Glasbehälter. Stoltz verstaute alles in einem Säckchen, ähnlich dem, das Aristide bei seinem Einbruch im Residenzschloss benutzt hatte.

Dann verließ er die Asservatenkammer. Wie von Stoltz ersehnt, kam ihm wieder Wulberer auf dem schmalen Gang entgegen. Diesmal zelebrierte Stoltz das Ausweichmanöver nur zwei Mal; länger brauchte er nicht, um den Schlüssel zur Asservatenkammer in Wulberers Jacke zurückzubefördern.

In Wulberers Büro stand ganz allein Schreiber Schaal an seinem Pult.

»Kommt Fräulein Holder heute noch?«, fragte Stoltz.

Schaal schüttelte den Kopf. »Die hat heute frei.«

Stoltz sah sich um. Sein Sessel war ihm offenbar gestrichen worden. Sich auf dem des Chefs hinter dem Schreibtisch niederzulassen erschien Stoltz in Anbetracht der angespannten Situation nicht ratsam. Also setzte er sich auf Fräulein Holders Schemel.

Stoltz wartete stumm. Schaal kritzelte akribisch an einer Notiz. Als er die mit einem letzten Schnörkel beendet hatte, legte Schaal das Papier auf einem Stapel ab.

Stoltz erhob sich. »Darf ich fragen, was das ist?«

»Einfach nur eine Dienstanordnung für die nächste Woche. Der Chef muss nur noch unterschreiben.«

»Das kann ich ihm doch mitnehmen.«

»Wo wollen Sie denn hin?«, fragte Schaal misstrauisch.

»Zum Verhörraum.«

Stoltz nahm Schaal das Schreiben aus der Hand, aber nicht ohne das beschriebene Blatt mit einem weißen Papier zu überdecken.

Vor dem Verhörraum hörte Stoltz nur die polternde Stimme Wulberers. Von dem Jungen kam kein Ton. Der Verhörraum war so gut isoliert, dass Stoltz nicht verstehen konnte, was Wulberer von sich gab. Einzig die Melodie seiner Sätze ließ darauf schließen, dass Wulberer üble Drohungen ausstieß.

Urplötzlich wurde die Tür aufgerissen.

»So ein stures Balg«, schimpfte Wulberer.

»Ich würde es gern versuchen«, sagte Stoltz. »Wollen Sie dabei sein?«

»Nee. Ich kann die renitente Visage nicht mehr sehen.« Er fügte verächtlich hinzu. »Versuchen Sie Ihr Glück.«

Stoltz hielt ihm Schaals Verordnung unter die Nase. Wulberer griff danach.

»Was ist das?«

»Irgendeine Dienstverordnung für die nächste Woche. Ich dachte, ich tue ihm einen Gefallen, wenn ich es mitbringe. Er braucht die Unterschrift.«

Wulberer hob das weiße Deckblatt von der Verordnung.

»Und was soll das?«

»Ich wollte die Verordnung nicht beschmutzen. Wo sich der Kollege doch so viel Mühe gegeben hat.«

»Wir sind nicht Ihre Kollegen«, knurrte Wulberer.

Er gab Stoltz das unbeschriebene Blatt zurück. Dabei fiel sein Blick auf Stoltz' Handschuhe.

»Glacé«, knurrte er noch einmal. »Sie werden auch immer geckenhafter.«

Stoltz betrat den Verhörraum und zog die Tür hinter sich zu.

»Guten Tag«, sagte Stoltz.

Der Junge sagte nichts. Stoltz nahm sich die Zeit, ihn eingehend zu betrachten. Der erste Eindruck auf der

Schloßstraße war nur flüchtig gewesen. In Stoltz' Erinnerung lebte ein Straßenjunge, abgerissen, immer hungrig, ohne Halt. Aber das war das Bild, das er sich aufgrund seiner Vermutungen gemacht hatte.

In Wirklichkeit wirkte der Junge überhaupt nicht abgerissen. Er war einfach, aber sauber gekleidet. Und er hatte offenbar keine Angst. Zwar saß er mit einer gewissen Anspannung auf seinem Stuhl, aber das würde wohl den meisten Menschen in einer derartigen Situation so gehen. Nicht zuletzt war er älter, als Stoltz gedacht hatte. Stoltz schätzte den Jungen nun auf sechzehn, vielleicht sogar siebzehn Jahre.

»Wie heißt du?«, fragte Stoltz.

Keine Antwort.

»Wie alt bist du?«

Keine Antwort.

»Wo wohnst du?«

Keine Antwort.

»Kannst du mich verstehen?«

Der Junge nickte.

»Aber du willst nicht sprechen?«

Der Junge schüttelte den Kopf.

»Weißt du, was dir vorgeworfen wird?«

Keine Antwort.

»Wenn du verurteilt wirst, weil du versucht hast, den König oder einen seiner Gäste zu ermorden, bekommst du die Todesstrafe. Ist dir das klar?«

Stoltz hatte erwartet, dass der Junge wenigstens bei dem Wort Todesstrafe eine Reaktion zeigen würde. Sei es Schrecken oder demonstrative Gelassenheit. Aber der Junge schwieg einfach weiter wie immer. Stoltz versuchte es noch mal.

»Du könntest um die Todesstrafe herumkommen, falls du zu jung bist«, sagte Stoltz eindringlich. »Aber dafür müssten wir wissen, wie alt du bist.«

Schweigen.

»Hast du keine Eltern?«

Schweigen.

Stoltz erinnerte sich an sein Gespräch mit Aristide. Wenn der Junge tatsächlich vom Grafen Walewski – oder von Leuten, die dem Grafen Walewski einen Putschversuch anhängen wollten – gebrieft worden war, würde er sich vermutlich genau so verhalten. Sag nichts, Junge. Wir holen dich hier aus, Junge. Die haben gar nichts gegen dich in der Hand, Junge.

Stoltz überlegte, ob er versuchen sollte, die Sympathie des Jungen zu gewinnen. Ihm noch mehr ins Gewissen reden. Ich will dir doch nur helfen, Junge. Oder: Ich bin auf deiner Seite, Junge.

Stoltz verwarf den Gedanken umgehend. Es wäre eine Lüge gewesen. Er wollte dem Jungen nicht helfen. Er wollte einen Attentatsversuch aufklären. Nicht mehr und nicht weniger.

Stoltz hielt dem Jungen ein Blatt hin. Der ergriff es zwischen Daumen und Zeigefinger.

»Ich brauche eine Schriftprobe von dir«, sagte er.

Eigentlich hatte Stoltz erwartet, dass der Junge sich sträuben würde. Aber er streckte ihm die linke Hand entgegen – offenbar war er Linkshänder – und schrieb in krakeligen Buchstaben ein Wort auf das Papier:

»Merde«.

Na, immerhin, dachte Stoltz.

»Merci beaucoup«, sagte er und nahm die Schriftprobe an sich. Dann verließ er den Verhörraum.

Als Wulberer hörte, dass auch Stoltz bei dem Jungen auf Granit gebissen hatte, schien ihn das irgendwie zu versöhnen. »Das ist ein ganz abgezockter Hund«, sagte Wulberer ziemlich ruhig. »Aber den kriegen wir schon klein.«

»Davon bin ich überzeugt«, sagte Stoltz.

Dann wandte er sich zur Tür.

»Wo wollen Sie hin?«, fragten Wulberer und Schaal unisono.

»Ob Sie es glauben oder nicht, ich muss mal«, antwortete Stoltz kleinlaut.

Aber kaum war er auf dem Hof angekommen, lief er auf die Straße, wo er eine Droschke anhielt, mit der er zur Hauptstädter Straße fuhr.

XLIX Sonntag, 27. September 1857 Nachmittag

»Wollen Sie schon wieder Kaffee trinken?«, fragte Fräulein Holder, als sie die Tür öffnete.

»Ich möchte noch mal in Ihr Labor.«

Fräulein Holder überlegte. Sie sah Stoltz' Glacéhandschuhe und bat ihn mit einer Geste hinein. »Na, wenn Sie sich extra für mich so hübsch gemacht haben, kann ich wohl kaum widerstehen.«

Oben im Labor drückte er Fräulein Holder als Erstes das weiße Blatt von Schaals Verordnung in die Hand.

»Hier dürften Sie einen Fingerabdruck von Wulberer finden.«

Fräulein Holder nahm das Blatt. »Welcher Finger?«

»Ich hoffe, der Daumen.«

Als Nächstes gab er ihr die Schriftprobe des Jungen.

»Und hier müssten Sie einen Fingerabdruck des Verdächtigen finden.«

»Auch der Daumen?«

Stoltz nickte. »Ich habe jedes Mal versucht, die Blätter so zu halten, dass die Empfänger mit dem Daumen zugreifen mussten.«

Stoltz öffnete seinen Beutel. Er hob das Füllhorn vom Sharps Rifle in die Höhe.

»Beweisstück A. Das gehört zu dem Gewehr, das wir bei dem ersten vereitelten Attentatsversuch in Feuerbach gefunden haben.«

Als Nächstes präsentierte er den Deckel der Zündung aus dem Schuhputzerwagen. »Beweisstück B.«

Und als Letztes den Glasbehälter aus Botnang.

»Beweisstück C. – Können Sie prüfen, was Sie an verwertbaren Fingerabdrücken auf allen drei Beweisstücken finden? Ich vermute, dass die Fingerabdrücke von Wulberer und mir auf allen Teilen sind. Deshalb habe ich die mitgebracht. Die müssten Sie quasi rausrechnen.«

»Ich mach mich gleich dran«, sagte Fräulein Holder.

Sie brauchte nicht mal eine Dreiviertelstunde.

»Also«, sagte Fräulein Holder. »Auf dem Füllhorn, dem Beweisstück A, finden sich wie erwartet Fingerabdrücke von Ihnen und Wulberer. Auf dem Zünder aus dem Schuhputzwagen …«

»Beweisstück B«, warf Stoltz ein.

»… genau, Ihre Fingerabdrücke und die vom Hauptverdächtigen.«

»Beim Beweisstück C, dem Glasbehälter aus dem Labor, wieder Fingerabdrücke von Ihnen und Wulberer. Nebst einigen anderen.«

Das dürfte Pflumm gewesen sein, dachte Stoltz. »Aber bei Beweisstück C finden Sie nichts vom Hauptverdächtigen.«

»Nix.« Sie machte eine Pause. »Auf allen drei Asservaten sind identische Fingerabdrücke, die ich aber nirgendwo zuordnen kann.«

Stoltz überlegte. Gab es einen Landjäger, der bei allen Aktionen dabei war? Ja, Pflumm, aber der hatte das Scharfschützengewehr nicht in die Finger bekommen. Und an die Höllenmaschine hatte er sich nicht rangetraut. Es musste also noch einen unbekannten Dritten geben.

»Haben Sie einen Vorschlag?«, fragte er Fräulein Holder.

»Habe ich«, sagte Fräulein Holder. »Aber lassen Sie mich doch erst mal Ihrem brillanten Hirn bei der Arbeit zusehen.«

Stoltz überlegte. »Also, meine Theorie ist folgende«, begann er. »Es gibt zwei Attentäter. Den Jungen und den großen Unbekannten. Als Erstes versucht der große Unbekannte sein Attentat auf den Zaren in Feuerbach. Er scheitert, weil er entdeckt wird. Der Unbekannte flüchtet und macht eine Fehleranalyse. Ihm fällt auf, dass sein Plan entscheidende Schwächen hat. Zum einen wird die Gefahr nun immer größer, dass er in seinem Versteck entdeckt wird. Zum anderen aber kann er nicht ernsthaft erwarten, mehr als einen Monarchen ins Jenseits zu befördern. Spätestens nach dem ersten Schuss gehen die anderen in Deckung. Und dass er danach eine zweite Chance erhält, ist zweifelhaft.«

Fräulein Holder nickte. »Ungefähr in die Richtung habe ich auch gedacht. Vielleicht hat er irgendwo von dem Bombenplan Wind bekommen, sich die Maschine genau angeschaut und sich gesagt: Genau so mache ich es jetzt auch. In seinem Labor in Botnang baut er die Höllenmaschine nach und macht sich bereit.«

Stoltz kam noch ein Gedanke. »Wenn er jetzt auch noch erfahren hat, dass der Junge gefasst worden ist, kann er ganz entspannt an seinen nächsten Versuch gehen.«

»Aber wo wird er den starten?«, fragte Fräulein Holder.

»Ich sehe nur zwei Möglichkeiten«, sagte Stoltz. »Entweder bei der Theateraufführung oder bei dem Ausritt auf dem Wasen.«

Stoltz stand auf und sackte seine Beweisstücke wieder ein.

»Das war sehr gute Arbeit, Fräulein Holder. Vielen Dank.«

»Danke gleichfalls. Wo wollen Sie hin?«, fragte Fräulein Holder.

Stoltz dachte an die Papiere, die Aristide, nun ja, in seinen Besitz gebracht hatte.

»Zu Wulberer. Und was ich ihm zu sagen habe, wird ihm vermutlich nicht gefallen.«

L Sonntag, 27. September 1857 Nachmittag

»Sind Sie wahnsinnig!« Wulberer starrte Stoltz mit wutverzerrtem Gesicht an.

»Ich habe Ihnen nur Indizien geschildert und mögliche Schlüsse gezogen«, sagte Stoltz ruhig.

»Das ist Ihre Erklärung.« Er hielt Walewskis Papiere in der Hand, die Stoltz ihm präsentiert hatte. »Sie erwarten ernsthaft, ich soll zum König gehen und ihm erklären, dass einer seiner Gäste auf seinem Boden einen Putsch plant? Soll ich vielleicht auch noch losgehen und den Grafen Walewski verhaften?«

»Es ist gar nicht erwiesen, dass Graf Walewski hinter dieser Sache steckt. Aber irgendjemand plant da eine Intrige. Und die Bedrohung durch ein Attentat ist äußerst real. Das haben Sie doch am eigenen Leib verspürt.«

»Vielen Dank, dass Sie mich noch mal daran erinnern. Das hätte ich nämlich ohne Sie längst vergessen.«

Wulberer sank in seinen Sessel. Diesmal durfte Stoltz nicht mal mit Fräulein Holders Schemel vorliebnehmen. Er musste stehen. Wulberer zwang sich zur Gelassenheit.

»Jetzt mal ganz ruhig und der Reihe nach«, begann er. »Nur mal angenommen – ganz theoretisch –, Sie hätten mit Ihrer hirnverbrannten Theorie recht. Warum soll ich dann in Dreigottesnamen zum König gehen? Wir haben den Attentäter. Es kann nichts mehr passieren. Wir behalten den Knaben hier, der Staatsbesuch geht wie geplant über die Bühne. Ein paar Wochen später gibt es einen Notenwechsel, geräuschlos, versteht sich. Der Junge wird ausgeliefert, er kommt auf die Guillotine oder – wenn er wirklich noch so jung ist, wie er aussieht – auf die Teufelsinseln oder dahin, wo der Pfeffer wächst.«

Für einen Moment schwiegen beide. Dann sagte Stoltz leise: »Ich fürchte, Sie machen es sich zu einfach.«

»Nein. *Sie* machen es sich zu einfach.« Wulberer sprang wieder auf. »Sie begreifen einfach nicht, welchen Stellenwert dieser Besuch für den König hat. Der soll die Krönung seines Lebenswerks sein. Seine Aufnahme in den Kreis der Mächtigen des Kontinents. Wollen Sie ernsthaft, dass dieser blöde Friedrich Wilhelm in Berlin sich Deutschland nach seiner Fasson zusammenschustert und dass Preußen dann ganz Europa in den Abgrund stürzt?«

»Globalpolitik ist nicht mein Thema«, begann Stoltz erneut, ebenfalls so ruhig wie möglich. »Sie haben mich als

Detektiv … nun ja … angestellt, und ich sage Ihnen: Wenn der Junge Werkzeug eines Komplotts ist, dann müssen wir die Hintermänner finden. Die können doch jederzeit einen neuen Sündenbock anheuern.«

Wulberer sah Stoltz nachdenklich an. Für einen Augenblick hoffte Stoltz, seine Worte seien auf fruchtbaren Boden gefallen.

»Und auf die ganze Geschichte sind Sie gekommen, weil Ihnen eine unbekannte Schöne den Kopf verdreht, ja?«

»Sie hat mir nicht den Kopf verdreht, aber im Prinzip stimmt das.«

»Und das war wo?«

»In der Villa Berg. Im Bad, im Souterrain.«

Wulberer blickte Stoltz mit wachsendem Misstrauen an. Stoltz musste zur Kenntnis nehmen, dass seine Worte keineswegs auf fruchtbaren Boden gefallen waren.

»Hat diese Frau einen Namen?«

»Mir ist keiner bekannt.«

»Wissen Sie, ob sie Teil einer Delegation war? Wenn ja, welcher?«

»Nein.«

»Ein Dienstmädchen? Eine Zofe? Eine Gesellschafterin?«

»Kann ich nicht mit dienen.«

Wulberer musterte Stoltz streng. »Sagen Sie mal, Mister Allwissend Querstrich Pinkerton: Wie steht es eigentlich um Ihren Alkoholkonsum?«

»Ich war nicht besoffen.«

»Wäre nicht das erste Mal, dass sich jemand ein Abenteuer ausdenkt. Weil er sich interessant machen will. Oder weil er bereits so oft berauscht war, dass er Realität und Wahn gar nicht mehr auseinanderhalten kann.«

Nun konnte auch Stoltz seine Gereiztheit kaum mehr im Zaum halten. »Bei allem Respekt, Sekondeleutnant. Das muss ich mir nicht anhören. Sie haben mich … rekrutiert, damit ich Ihnen bei der Vereitelung eines Anschlags helfe. Ich liefere Ergebnisse. Wenn die Ihnen nicht passen, ist das nicht mein Problem.«

»Ich frage mich nur«, sagte Wulberer nun sehr angespannt und sehr bemüht ruhig, »warum ich ausgerechnet jetzt zum König gehen soll, den Höhepunkt seiner Amtszeit zerstören soll und meine Beamtenkarriere gleich mit. Nennen Sie mir einen plausiblen Grund, und wir sind wieder im Gespräch.«

Stoltz zögerte. »Weil …«, begann er.

»Na?«, fragte Wulberer scheinbar freundlich.

»Weil wir damit rechnen müssen, dass es noch einen zweiten Attentäter gibt. Und weil wir die Spur zu dem zweiten Attentäter schneller finden, wenn wir wissen, wer hinter dem ersten Versuch steckt.«

Wulberer riss die Augen auf. »Also jetzt sind Sie endgültig durchgedreht. Das ist ja die Höhe.«

Die Tür von Wulberers Büro öffnete sich. Landjäger Pflumm trat herein.

»Können Sie nicht anklopfen?«, bellte Wulberer.

»Ich habe geklopft«, verteidigte sich Pflumm. »Es hat nur niemand reagiert, und da dachte ich …«

Wulberer winkte unwirsch ab. »Was gibt's?«

Pflumm durchmaß mit langen Schritten das Büro und beugte sich vornüber, um Wulberer ins Ohr zu flüstern. Der wollte sich der unerwünschten Nähe erst entziehen, lauschte dann aber mit zunehmendem Interesse dem Landjäger.

»Ach, so ist das«, sagte Wulberer, als Pflumm seinen Bericht beendet hatte. Er erhob sich und ging lauernd auf

Stoltz zu. Der hatte keine Ahnung, was Pflumm dem Sekondeleutnant eingeflüstert hatte. Aber dass es keine gute Nachricht gewesen sein konnte, das ahnte er.

»Stoltz, Sie halten sich wohl für ganz, ganz schlau, was?«

»Was ist denn nun schon wieder?«, entgegnete Stoltz genervt.

»Ich werde Ihnen sagen, was jetzt ist.« Wulberer hieb triumphierend mit der Faust auf den Tisch. »Ich habe Ihr Spiel durchschaut. Sie haben von Anfang versucht, mich hinters Licht zu führen.«

»Wie bitte?«, entfuhr es Stoltz.

»Landjäger Pflumm hat Sie genau beobachtet. Wie Sie immer wieder versuchten, sich seiner Aufsicht zu entziehen.«

»Das war nun wirklich nicht so schwer«, wandte Stoltz ein. Er sah nun keine Notwendigkeit mehr, Pflumm zu beschützen.

»Aber damit nicht genug. Wann immer ich Sie bei einer Veranstaltung dabeihatte, versuchten Sie, den Abend zu ruinieren. Ich sage nur: Ihr lächerlicher Auftritt in der Wilhelma.«

»Ich bin nun mal kein Lakai«, protestierte Stoltz. »Außerdem, warum sollte ich denn so einen Zirkus veranstalten? Das ergibt doch gar keinen Sinn!«

»Wenn man in Rechnung stellt, dass Sie nur Zeit gewinnen wollten, bis Ihre Freundin aus dem Gefängnis entflohen ist, schon.«

»Katharina ist was …?«

»Ersparen Sie mir die Schmierenkomödie.« Wulberer wandte sich an Pflumm. »Abführen, den Mann.«

Während Stoltz von Pflumm zur Tür eskortiert wurde, sagte Wulberer: »Bis zum Ende des Staatsbesuchs bleiben

Sie unter Arrest. Und dann befasse ich mich persönlich mit Ihnen. Ich denke, da kommt noch die eine oder andere Sache ans Licht.«

LI Sonntag, 27. September 1857 Abend

Am Abend herrschte in dem Häuschen der Familie Wulberer wieder harmonische Idylle. Die kleine Clara malträtierte das Klavier seit einer Viertelstunde mit dem Flohwalzer, der ihr viel besser gefiel als alle Czerny'schen Etüden.

Wulberer zwängte sich in seinen Frack. Aber dieser Tortur unterzog er sich gern. Denn in Anerkennung seiner treuen Dienste durfte er der Erstaufführung der Oper *Die Zigeunerin* in der Fürstenloge beiwohnen. Zwar in der letzten Reihe, wo man kaum etwas sah, aber mehr konnte man als gehobener Beamter in diesem Leben nicht verlangen.

Er war auch dankbar dafür, dass der Kaiser der Franzosen an diesem Abend nicht ins Theater kommen würde. Zwar blieb noch der Zar, aber Wulberer hoffte, der würde sich an ihre wenig ersprießliche Begegnung im Park von Solitude nicht mehr erinnern. Der Zar hatte die letzten Tage damit verbracht, unzählige Jubel- und Hochrufe entgegenzunehmen. Da dürfte schon die eine oder andere Peinlichkeit dabei gewesen sein. Jedenfalls betete Wulberer insgeheim, dass er mit seiner Heranwanzerei nicht als der Solitär von Solitude in die Geschichte eingehen würde.

Seine Frau band ihm die Krawatte und strahlte ihn dabei bewundernd an. Auch das gefiel Wulberer ausnehmend gut. Seine Gattin hatte kein Problem damit, dass sie den Sekondeleutnant nicht begleiten würde. Zum einen war die Kapazität der Fürstenloge begrenzt, und zum anderen war Frau Wulberer bei den früheren Geheimeinsätzen ihres Göttergatten nie mit dabei gewesen. Sie fühlte sich schon geehrt, dass sie an diesem Abend an den Vorbereitungen mitwirken durfte.

Denn Wulberer wollte für alle Eventualitäten gewappnet sein. Zwar war die Wahrscheinlichkeit gering, dass die hohen Herren das Wort an ihn richten würden, aber falls es geschah, wollte Wulberer um eine Antwort nicht verlegen sein.

Es war nun mal eine Tatsache, dass er von Oper überhaupt nichts verstand. Für ihn gehörte es zu den Wundern der Evolution, dass seine Tochter Clara offenbar tatsächlich über so etwas wie Talent verfügte, während er eine Oktave nicht von einer Quarte und ein Fagott kaum von einem Nebelhorn unterscheiden konnte.

Aber er hatte sich belesen und viele »gelahrt« klingende Textbausteine aufgeschnappt. Seine Frau war so freundlich gewesen, als Stichwortgeberin alle möglichen Dialogsituationen mit ihm zu proben.

»Nun, Sekondeleutnant«, sprach sie. »Wie gefällt Ihnen die Oper *Die Zigeunerin*?«

»Nun«, sprach Wulberer in einem Ton, als verkündete er längst bekannte Wahrheiten. »Wir wissen alle, dass es sich bei dieser Oper nicht gerade um ein großes Werk handelt. Balfe ist nun mal Ire, und auch wenn sein Versuch, mit diesem Werk eine englische Operntradition zu begründen, durchaus zu begrüßen ist, für mich klingt da immer etwas zu viel Bellini durch.«

Frau Wulberer staunte. »Woher weißt du das alles?«

»Ganz ehrlich, Schätzchen«, gestand Wulberer. »Ich verstehe kein Wort von dem, was ich da sage.«

»Ich nehme dir jedes Wort ab«, sagte Frau Wulberer. Sie warf einen weiteren Blick auf ihren Spickzettel.

»Aber auch wenn das kein großes Werk ist, konnten Sie die Aufführung denn überhaupt nicht genießen?«

Worauf Wulberer Gelegenheit bekam, sich huldvoll und großzügig zu zeigen.

»Oh, doch. Oh, natürlich. Wir alle wissen, dass sich unser Theater nicht mit den großen Bühnen in St. Petersburg oder Paris messen kann. Aber der gute Kücken hat da schon ein braves Ensemble zusammengestellt. Madame Marlowe singt eine hervorragende Partie, und auch die Stimme von Fräulein Maierhöfer als Zigeunerkönigin hat einen betörenden Klang.«

Nun durfte auch Wulberer eine Frage stellen.

»Aber wissen Sie, was mir am besten gefallen hat?«

Laut Drehbuch ihres Rollenspiels wusste es Frau Wulberer natürlich nicht.

»Das Bühnenbild von Braakman. Es ist ihm echt gelungen, ein Stück der Edinburgher Old Reekie darzustellen. Das hat mich überzeugt. Viele Menschen wissen übrigens gar nicht, dass die Schotten Old Reekie als Auld Reekie schreiben.«

Worauf Frau Wulberer in ihrer Rolle als echte Gattin fragte: »Warst du schon mal in Edinburgh?«

»Nö«, antwortete Wulberer.

Als seine Abendgarderobe fertig war, verabschiedete Frau Wulberer ihn mit drei Luftküsschen und flüsterte: »Toi, toi, toi.«

Sobald Wulberer das Theater erreichte, war er im wahrsten Sinne des Wortes überwältigt von der Pracht. Die Damen zeigten sich in umwerfenden Galagewändern. Überall funkelten Brillanten. Wer an diesem Abend dabei sein durfte, der konnte gewiss sein, zu den wirklich wichtigen Leuten in der Stadt zu gehören. Und ich bin dabei, dachte Wulberer alles andere als beiläufig.

Der Gong ertönte, als er die Stufen zur Fürstenloge emporstieg. Er hielt sich diskret im Hintergrund. Aber er sah, wie erst der König und die Königin von Württemberg die Loge betraten. Im Parkett und auf den Rängen brandete Jubel auf. Hochrufe erschallten. Der König beugte sich leicht über die Brüstung und signalisierte durch das Heben seiner rechten Hand, dass er die Sympathiekundgebungen sehr wohl zu schätzen wusste.

Nachdem der Begrüßungsjubel verebbt war, betraten der Kaiser und die Kaiserin von Russland die Loge. Auch sie wurden auf das Herzlichste begrüßt, wobei man natürlich darauf achtete, den Beifall nicht lauter oder herzlicher zu gestalten als bei der Ankunft des Landesvaters. Dann folgten die Königin der Niederlande und schließlich die Königin von Griechenland. Und nachdem die engsten Bediensteten die Loge betreten hatten, durfte auch Wulberer auf seinem Rasiersitz Platz nehmen. Er sah so gut wie nichts. Aber er vernahm, wie ein Murmeln durch den Saal ging, dann höflicher Applaus. Offenbar war der Dirigent in der Orchestermuschel erschienen. Nun wurde der Taktstock erhoben. Der erste Ton erklang. Der war in Wulberers Ohren so nichtssagend wie die Millionen weiteren, die folgten. Für ihn hätte auch jemand zwei Stunden lang mit einem Hammer gegen ein Bleirohr schlagen können, einen großen Unterschied hätte er nicht gehört. Dennoch wollte er in diesem Moment mit keinem Menschen auf der Welt tauschen. Er erinnerte sich an die Verzweiflung, die ihn vor ein paar Tagen noch gepackt hatte beim Gedanken an diesen Tag. Doch er, Wulberer, hatte die Herausforderung gemeistert.

Sich dem Schicksal gestellt. Sich für höhere Aufgaben empfohlen.

Wulberer merkte gar nicht, dass der erste Akt schon vorbei war. In der Loge entstand Bewegung. Der Leibdiener des Zaren erhob sich, um die Tür zu öffnen. Dann machten sich Zar und Zarin auf den Weg zum Ausgang. Der Blick des Herrschers aller Reußen ruhte für einen Moment auf Wulberers Antlitz.

Der Zar zeigte keine Regung. Er schien ihn überhaupt nicht wiederzuerkennen. Dann schlug die Tür hinter dem Russen zu. Der König von Württemberg nebst Begleitung hingegen würde die Oper bis zum Ende ertragen.

Wulberer durchströmten ungekannte Glücksgefühle. Er hätte nicht gedacht, dass er in seinem irdischen Leben einmal so glücklich sein würde.

LII Montag, 28. September 1857 sehr früh

Stoltz lag auf seiner Pritsche in der Arrestzelle der Kaserne in der Marienstraße. Er hatte die Hände hinter dem Kopf verschränkt und starrte in die Dunkelheit. Stoltz konnte nicht schlafen. Überraschenderweise beschäftigte ihn die Tatsache, dass ein Attentäter immer noch frei herumlief, weniger als die Information, die ihm Wulberer in einem Nebensatz übermittelt hatte.

Katharina war es gelungen, aus dem Gefängnis Gotteszell zu fliehen.

Zum einen freute sich Stoltz für seine Jugendliebe. Er hatte keine Zweifel daran, dass sie eine solche Aktion planen und durchführen konnte. Aber genauso war ihm bewusst, dass sich ein Fluchtplan ohne Helfer von draußen kaum durchführen ließ.

Katharina musste also Helfer gehabt haben. Eine Jugendfreundin vielleicht. Eine Vertraute, die sie als Erwachsene kennengelernt hatte?

Mach dich nicht lächerlich, alter Knabe, ermahnte er sich. Ihr wird ein Mann geholfen haben. Wer sonst nähme so ein Risiko auf sich? Und natürlich wird die gelungene Flucht ihren Bund fürs Leben begründen. Ein besseres Erlebnis gab es doch gar nicht. Jedes Jahr würden sie den Tag der Flucht als ihren wahren Hochzeitstag begehen, egal wann sie dann wirklich vor den Altar traten. Und in den Krisen, die in ihrer Ehe wie in allen anderen natürlich kommen würden, könnten sie sich an dieser Erfahrung aufrichten. Sie würden einander bei den Händen nehmen und sagen: Wir haben das damals zusammen geschafft. Wir schaffen auch alles andere im Leben.

In aller Fairness versuchte Stoltz, sich für Katharina zu freuen. Sie hatte wohl die Liebe ihres Lebens gefunden. Und warum nicht? Sie musste davon ausgegangen sein, dass er sie im Stich gelassen hatte. Was erwartete er? Dass sie ihm ewig nachtrauern würde? Er hatte schließlich geglaubt, sie wäre tot. Und er hatte sein Leben weiter gelebt. Er war nicht ins Kloster gegangen. Hatte nicht in Erinnerungen geschwelgt an ein Glück, das erstens bitter geendet hatte und zweitens umso kürzer erschien, je länger er lebte.

Stoltz' Entscheidung, Wulberer bei seiner Jagd auf Attentäter zu helfen, damit Katharina aus dem Gefängnis entlassen wurde, kam ihm nun pathetisch und hohl vor. Sie hatte längst mit ihm abgeschlossen. Er hätte Wulberer sagen können: Was geht mich die Frau an? Wasser unter der Brücke. Verschüttete Milch von gestern. *Bygones.* Was hätte Wulberer denn machen sollen? Irgendwann hätte er ihn freilassen müssen.

Du romantischer Idiot, schalt sich Stoltz. Du willst es einfach nicht lernen. Dein weltfremder Idealismus hätte in deinen jungen Jahren beinahe dafür gesorgt, dass man dich von der Barrikade kardätscht hätte. Jetzt bist du älter, reicher, aber keinen Deut klüger. Wie ein Hamster in einem Laufrad machst du denselben Fehler immer wieder und wieder und wieder.

Stoltz wollte sich zwingen, über sein eigentliches Problem nachzudenken. Wie wollte er aus dem Knast rauskommen, und wie sollte er auf Wulberers idiotische Beschuldigungen reagieren. Aber da kam ihm keine einzige vernünftige Idee. Und über der ziellosen Grübelei schlief er am Ende doch noch ein.

*

Stoltz erwachte weit nach Mitternacht, weil ihm jemand den Mund zuhielt. Er schlug die Augen auf und erkannte Aristides Gesicht schemenhaft im Dämmerlicht. Stoltz schlug Aristides Hand zur Seite und zischte: »Sag mal, ist das ein neues Hobby von dir?«

Worauf Aristide zurückzischte: »Nicht so laut. Ewig wird der Posten nicht vor sich hindämmern.«

Stoltz schwang sich von seiner Pritsche, kleidete sich so schnell und so lautlos wie möglich an. Dann folgte er mit den Schuhen in der Hand Aristide.

Sie schlichen am Wachtposten vorbei, der den Kopf vornübergeneigt auf seinem Hocker zusammengesunken war.

»Schläft der, oder hast du ihm ein paar über den Schädel gegeben?«, flüsterte Stoltz.

»Das ist doch egal, oder?«, flüsterte Aristide zurück.

»Du hast ihn doch nicht getötet, oder?«

»Nei-ein. Und jetzt komm.«

Vor dem Kasernengelände standen zwei Pferde, deren Hufe mit Lappen umwickelt waren. Stoltz und Aristide stiegen in den Sattel. Sie ritten im Schritt in Richtung Südwesten aus der Stadt hinaus.

Aristides Laune war trotz der frühen Morgenstunde prächtig.

»Ist ein tolles Gefühl, befreit zu werden, was?«, sagte er. »Wir sind jetzt übrigens quitt.«

Stoltz nickte und lächelte. Sie ritten weiter.

Niemand kam ihnen entgegen. Als sie die Silberburg erreicht hatten, entfernten sie die Lappen von den Hufen und ließen die Tiere in leichten Trab übergehen.

Am Kräherwald hielt Aristide sein Pferd an. Er übergab Stoltz ein Bündel Kleidung, den ominösen Umschlag und seinen Revolver. Dann drückte er Stoltz noch etwas in die Hand.

»Was ist das?«, fragte der.

»Ein falscher Bart«, sagte Aristide. »Habe ich von dem Pressefritzen, der überall nach dir gefragt hat.«

Nun erinnerte sich Stoltz wieder.

»Giles.« Der hatte mehrmals verdeckt gearbeitet.

»Wir müssen schließlich davon ausgehen, dass du gesucht wirst.«

Stoltz klebte sich den Bart an. Er kam sich albern vor, aber er akzeptierte die Vorsichtsmaßnahme.

Er zog auch die neuen Klamotten an.

»Und jetzt?«, fragte Stoltz, als er wieder im Sattel saß.

»Wir müssen so schnell wie möglich nach Baden, dann in die Schweiz und schließlich: bella Italia. Wir haben in diesem Kaff schon genug Zeit verplempert.«

Aristide schnalzte, und sein Pferd setzte sich in Bewegung.

Stoltz blieb mit seinem Pferd stehen.

Nach ein paar Schritten drehte sich Aristide um.

»Was?«

Stoltz zuckte mit den Schultern. »Ich fürchte, mein Job hier ist noch nicht erledigt.«

Aristide schüttelte entgeistert den Kopf. »Du hast hier keinen Job mehr. Wenn die dich erwischen, werden sie dich teeren und federn. Mindestens.«

»Es läuft immer noch ein Attentäter frei rum, und wenn er nicht im Theater zugeschlagen hat, dann wird er es auf dem Wasen tun. Das ist seine letzte Chance.«

Aristide stellte sich in seinen Steigbügeln auf. Sein Pferd spitzte prompt die Ohren.

»Das ist aber nicht dein Problem«, sagte Aristide, eine Spur lauter als nötig. »Das soll dieser Wulberer klären. Der wird dafür bezahlt. Du nicht.«

Stoltz sagte nichts.

»Ach …«, machte Aristide. »Nee, ne?«

Stoltz sagte nichts.

»Sag mir jetzt bitte nicht, dass es am Ende um eine Weibergeschichte geht. Hast du das mit Familienangelegenheit gemeint? Ernsthaft?«

Stoltz schüttelte den Kopf. »Es gibt keine Weibergeschichte. Nicht mehr. Es tut mir leid, ich kann dir nicht erklären, warum. Es ist nur … so ein Gefühl. Ich bin einmal weggerannt in meinem Leben. Wenn ich das noch einmal tue, werde ich es mir nie verzeihen.«

Stoltz blickte Aristide direkt an.

»Ich will dich da nicht mit reinziehen. Reite nach Baden. Wir treffen uns, sowie ich mit meinem Job durch bin.«

Stoltz wendete sein Pferd und ritt wieder zurück in Richtung Stuttgart.

Aristide sah ihm nach. Er überlegte. Dann wendete auch er sein Ross und schloss zu Stoltz auf. Der wollte etwas sagen, doch Aristide schnitt ihm das Wort ab.

»Halt einfach die Klappe, okay?«

LIII Montag, 28. September 1857
Morgen

Am Montagmorgen platzte Stuttgart aus den Nähten. Schätzungen zufolge durchwuselten doppelt so viele Menschen wie sonst die Stadt. Erst waren alle Hotelzimmer ausgebucht. Dann wurden Höchstpreise für einen Tisch, einen Stuhl geboten.

In den Anlagen drängten sich die Leute an der Strecke, die die gekrönten Häupter nach Cannstatt hinausreiten wollten. Um auch aus dieser Nachfrage Profit zu schlagen, begannen die Anwohner, den Interessenten Steine zu verkaufen. Auf die konnten sich die Leute stellen, wenn sie besser sehen wollten. Der Markt boomte. Die Menschen strömten herbei. Die Bahnhöfe quollen über.

Ab acht Uhr morgens eilten die Leute herbei. Eine Stunde später waren die Anlagen schwarz vor Menschen.

Es wurde zehn.

Die Leute warteten.

Das Erste, was sie gegen halb elf sahen, war eine Abteilung der Stadtgarde. Dann rief jemand: »Sie kommen!«

König Wilhelm und Kaiser Napoleon näherten sich hoch zu Ross. Der Kaiser der Franzosen ritt zur Rechten des württembergischen Königs, der trotz seines Alters eine passable Figur auf dem Pferderücken machte. Ihnen folgten die Prinzen August und Friedrich, zu ihnen gesellten sich weitere Gäste und jede Menge Gefolge. Die Königinnen und Prinzessinnen nahmen an der Reise im Wagen teil. Den Abschluss der Prozession bildete wieder eine Abteilung der Stadtgarde.

Damit auch alle so viel wie möglich von dem Ausritt hatten, bewegte sich der Zug maximal im Schritt-Tempo vorwärts. Auf Höhe der Wilhelma schloss sich der Zar in Begleitung des Prinzen von Hessen an. Kaiser und Zar nahmen nun den König von Württemberg wie versprochen in die Mitte. Jubelrufe brandeten auf.

Und über allen schwebte in niedriger Höhe ein Fesselballon, in dem der junge Graf Zeppelin saß. Der beugte sich über einen beeindruckenden Apparat, mit dem er Bilder von diesem unvergesslichen Ereignis machen wollte.

LIV Montag, 28. September 1857 Vormittag

Niemand erkannte Stoltz in der Menge. Nicht wegen des angeklebten Barts, sondern weil sich niemand um ihn kümmerte. Das war aber auch der einzige Trost. Stoltz und Aristide hatten Mühe, sich unter den vielen Menschen nicht aus den Augen zu verlieren. Das ist der absolute Wahnsinn, dachte Stoltz. Wie zum Hohn sah er im Gewühl Gesichter aufblitzen. Er erblickte die Schmugglerin Walburga, Schneyder und seine Wildwestfreunde, den Meisterschützen und seine Tochter. Alle wogten nur für Momente vorbei, um dann wieder in der jubelnden, lachenden Masse zu verschwinden.

Aristide erkannte die Ratlosigkeit in Stoltz' Gesicht.

»Bist du jetzt glücklich?«, fragte er sarkastisch.

»Weiter«, sagte Stoltz. Sie arbeiteten sich durch die Menge. Und dann – etwa auf der Höhe der Fruchtsäule – sah er sie. Katharina, neben ihr das Mädchen, das er schon zweimal getroffen hatte, einmal auf der Königstraße, einmal vor dem Waisenhaus. Neben ihnen stand ein Mann. Er hatte Stoltz den Rücken zugewandt. Stoltz merkte, wie ihn Eifersucht durchflutete, obwohl er sich ermahnte, dass es dafür überhaupt keinen Anlass gab.

Stoltz arbeitete sich näher heran. Aristide blieb ihm auf den Fersen. Als sie etwa fünf Meter – Aristides Schätzung – entfernt waren, drehte der Mann sich um. Stoltz erkannte ihn.

»Gaiser!«, rief er überrascht.

Gaisers Gesichtszüge erstarrten. Dann machte er den Fehler seines Lebens. Hätte Gaiser in diesem Moment nur zurückgewinkt oder verlegen mit den Schultern gezuckt, der ganze Tag hätte einen anderen Verlauf genommen. Und zwar einen, der erheblich mehr in Gaisers Sinne gewesen wäre.

So aber sah Stoltz nur, wie ihn sein hasserfüllter Blick traf. Gaiser griff nach Katharinas Hand und zog sie zum Rand der Menge. Katharina ihrerseits hielt das Mädchen. Als Katharina Stoltz erkannte, blickte sie überrascht – nicht hasserfüllt, wie Stoltz registrierte. Aber sie folgte Gaisers Führung, und ihr folgte das Mädchen.

Stoltz arbeitete sich noch näher heran. Als er die drei fast erreicht hatte, sah er eine Pistole in Gaisers Hosenbund aufblitzen. Das ist verrückt, dachte Stoltz, sollte Gaiser tatsächlich der Attentäter sein?

Dann spülte ihn die Menge wieder weg, und nun musste Stoltz zwei Ziele im Auge behalten. Zum einen wollte er

Katharina, Gaiser und das Mädchen nicht verlieren, zum anderen musste er Aristide immer wieder signalisieren, in welche Richtung er sich fortzubewegen gedachte. An manchen Stellen kamen sie wie in einer zähen Masse nur zentimeterweise voran.

Als sie endlich den Rand der Menge erreichten, sah Stoltz, wie Katharina und ihre Begleitung in einer Gasse verschwanden, die zu einer Apfelmosterei führte.

»Gaiser«, brüllte Stoltz. »Bleib stehen.«

Aber natürlich dachte der gar nicht daran. Doch nun war Stoltz im Vorteil, denn mit dem kleinen Mädchen konnten die drei nicht so schnell laufen. Stoltz kam schnell näher. Keuchend sah er sich nach Aristide um. Doch der war nirgendwo auszumachen. Als Stoltz wieder nach vorn blickte, sah er, wie Gaiser mit Katharina und dem Mädchen in einem Schuppen der Mosterei verschwand.

Stoltz folgte ihnen. In dem Schuppen war es dämmrig. Stoltz' Augen brauchten einige Zeit, um sich an das Dämmerlicht zu gewöhnen. Als er wieder klar sehen konnte, entdeckte er die drei an der gegenüberliegenden Schuppenwand. Katharina starrte Gaiser mit weit aufgerissenen Augen an. Stoltz verstand sofort, warum. Gaiser drückte seine Pistole an die Schläfe des Mädchens.

»Keinen Schritt weiter«, rief Gaiser, »oder ich leg sie um.«

»Du verdammtes Schwein, das wagst du nicht«, schrie Katharina.

Gaiser spannte den Hahn seiner Pistole. »O doch«, höhnte er. »Du hast keine Vorstellung, wie viel Vergnügen mir das bereiten würde.« Gaiser äffte Katharina nach. »Was ist aus Richard geworden? Weißt du wirklich nicht, was aus Richard geworden ist?«

Gaiser beugte sich vor, leider richtete er dabei unverändert den Lauf der Pistole an die Schläfe des Kindes.

»Weißt du, wie ich mich gefühlt habe, als ich mir dein ganzes Gejammer anhören musste? Dabei habe ich alles für dich getan!« Den letzten Satz schrie er so gequält heraus, dass er kaum zu verstehen war.

»Du hast gesagt, du wärst mein Freund.«

»Es gibt keine Freundschaft zwischen Frauen und Männern. Es gibt nur einen, der sich traut, zu seinen Gefühlen zu stehen, und einen anderen, der das ausnutzt.«

Stoltz hatte noch nie so viel Hass in den Augen eines Menschen gesehen.

»Aber das ist jetzt vorbei.« Gaisers Stimme kippte über. »Jetzt werdet ihr dafür bezahlen. Alle, ihr alle werdet dafür bezahlen.«

»Gaiser«, sagte Stoltz. Er versuchte, seiner Stimme einen ruhigen Klang zu geben. »Lass Katharina da raus. Lass vor allem das Kind da raus. Du hast doch in Wirklichkeit ein Problem mit mir. Merkst du das nicht?«

Gaiser spuckte verächtlich aus. »Ich? Ein Problem mit dir? Das hättest du wohl gern! Wer hat denn seine Ideale verraten? Du oder ich?«

Stoltz schüttelte den Kopf. »Was hat Mord mit Idealen zu tun?«

Gaiser wechselte das Thema. »Du hast mir immer weggenommen, was mir zusteht. Selbst nachdem ich dich nach Amerika gelockt hatte, hat sich daran kein bisschen geändert.«

Stoltz war jetzt am Ende mit seinem Latein. Er wusste, Gaiser würde schießen.

Und das Mädchen würde sterben.

Das Kind war die ganze Zeit über erschreckend ruhig

geblieben. Doch nun krallte es seine Ärmchen an Gaisers Unterarm und schrie. Und schrie. Und schrie. »Mama!«

Katharina machte impulsiv einen Schritt nach vorn.

»Bleib stehen!«, brüllte ihr Gaiser entgegen. Stoltz sah, er stand kurz davor, die Nerven zu verlieren. Gaisers Finger krümmte sich um den Abzug.

Dann ging alles ganz schnell. Stoltz griff nach seinem Revolver. Er wusste, dass die meisten Erzählungen von erfolgreichen Schützen, die aus der Hüfte zielsicher feuerten, blühender Blödsinn waren. Aber das Mädchen ging Gaiser nicht einmal bis zu den Brustwarzen. Alles darüber war Ziel. Und er hatte keine andere Wahl.

Stoltz zielte auf Gaisers Oberkörper und drückte ab. Der Schuss traf Gaiser zwischen Schlüsselbein und Brustkorb. Blut spritzte auf, Gaiser wankte, dann löste sich ein zweiter Schuss. Der kam aus dem Lauf von Gaisers Pistole.

Das Mädchen schrie. Katharina stürzte zu ihr und nahm sie in die Arme.

Gaiser rutschte an der Wand zu Boden. Stoltz nahm ihm die Pistole aus der Hand und warf sie hinter sich in den Schuppen. Katharina untersuchte den Körper des Mädchens.

»Sie ist unverletzt«, sagte sie in einer Mischung aus Freude und Überraschung.

Gaiser verlor schnell viel Blut. Er würde sterben. Dennoch verzerrten sich seine Lippen zu einem höhnischen Lächeln.

»Tja, Stoltz. Du denkst wohl, dass du immer am Ende gewinnst, was?« Das Sprechen bereitete Gaiser Mühe.

Stoltz sagte nichts.

»Aber diesmal, Stoltz, diesmal gewinnst du nicht.« Blut trat über Gaisers Lippen. Die höhnisch verzerrte Fratze erinnerte schon jetzt an einen Totenschädel.

»Du kriegst vielleicht das Mädchen«, Gaiser musste husten. »Aber ein Held bist du trotzdem nicht.«

Gaiser machte kraftlos eine letzte Geste zum Fenster. Und starb.

Stoltz blickte aus dem Fenster. Er sah den Fesselballon in niedriger Höhe vorbeifliegen. Stoltz verstand. Er sprang auf.

In diesem Moment stürzte Aristide herein.

»Endlich habe ich euch gefunden.«

Er musterte überrascht Gaisers Leichnam.

»Kannst du mir bitte erklären, was hier los ist?«

»Später«, sagte Stoltz, »wir sind noch nicht fertig.« Er deutete nach draußen. »Die Bombe. Sie hängt unter dem Korb des Ballons.«

Stoltz führte Katharina und das Mädchen zu Aristide.

»Das ist ein guter Freund von mir. Er wird euch in Sicherheit bringen.«

Er blickte Aristide fragend an. »Weißt du, wo?«

Aristide nickte. »Ich habe immer noch diplomatische Immunität. Allerdings bin ich jetzt im Hotel garni untergebracht.«

»Dann treffen wir uns da.«

Und mit diesen Worten stürmte Stoltz aus der Tür.

LV Montag, 28. September 1857 Vormittag

Stoltz lief über den Acker. Einem in der Nähe stehenden Zuschauer riss er eine schwarz-rote Württemberg-Flagge aus der Hand. Der Zuschauer protestierte, Stoltz beachtete ihn nicht und lief weiter. Er wedelte mit der Fahne wild in Richtung Ballonfahrer. Der streckte den Kopf aus dem Korb.

»Folgen Sie mir«, rief Stoltz. »Lebensgefahr.«

Es dauerte eine Weile, bis der Ballonpilot verstand.

»Ich kann den Ballon nicht lenken«, rief er zurück.

»Haben Sie ein Seil?«

Der Graf ließ Heißluft aus dem Ballon. Der verlor an Höhe. In ungefähr zehn Metern über dem Boden warf der Ballonfahrer ihm ein Seil zu. Zum Glück war es so gut wie windstill. Stoltz schleppte den Ballon mitten auf einen Acker. Weit entfernt von der Menschenmenge. Weit entfernt vom nächsten Gehöft.

»Was ist denn los?«, rief der Graf.

»Ich fürchte, Sie haben eine Bombe unter dem Korb.«

Der junge Graf wurde bleich.

»Was soll ich jetzt tun?«

»Können Sie an dem Seil runterklettern?«

Der Graf blickte skeptisch das Seil hinunter.

»Ich habe auch eine Leiter. Die ist aber nicht so lang.«

»Machen Sie schnell.«

Der Graf ließ den Ballon noch tiefer herab. Er rollte die Leiter über die Korbwand. Unten hielt Stoltz Seil und Leiter stabil, bis der Graf sicheren Boden unter den Füßen hatte.

»Jetzt müssen wir den Ballon wieder so hoch wie möglich steigen lassen«, sagte Stoltz. Sie entrollten das Seil bis zu seiner Maximallänge. Dann befestigten sie es mit einem Pflock im Boden.

»Und Sie glauben wirklich, da ist eine Bombe im Ballon?«, fragte der Graf.

»Quatsch«, sagte eine Stimme verächtlich hinter ihnen.

Stoltz und der Graf fuhren herum. Sie blickten Wulberer

ins Auge, der mit seiner Dienstpistole auf Stoltz zielte. Neben ihm standen Landjäger Pflumm und Schreiber Schaal. Über ihre Schultern linste Reporter Giles Wilkerson, der die Story seines Lebens witterte.

Wulberer hielt die Pistole in der rechten Hand und zielte weiter auf Stoltz. Mit der Linken winkte er den Grafen zu sich.

»Kommen Sie, Herr Graf. Bei mir sind Sie in Sicherheit.«

Der Graf setzte sich in Richtung Wulberer in Bewegung und dann – flog der Ballon mit einem ohrenbetäubenden Krachen auseinander. Alle warfen sich auf den Boden.

Als sie wieder aufstanden, verstaute Wulberer seine Pistole und sagte: »Da habe ich mich wohl geirrt.« Und zum Glück für ihn hielten die paar Menschen, die sich noch in der Nähe aufhielten, den Knall für ein verpatztes Feuerwerk.

Der Rest renkte sich schnell wieder ein. Schaal identifizierte Gaiser als den Mann, der ihn am Sonntagmorgen vor der Theaterkasse bedrängt hatte. Wulberer hatte die kompromittierenden Briefe Walewskis verbrannt. Der Junge würde nach einer gewissen Schamfrist nach Frankreich ausgeliefert werden. Von der unbekannten Schönen gab es weiterhin keine Spur. Und das war vielleicht auch gut so.

Wulberer hielt Stoltz zum Abschied die Hand hin. »Erwarten Sie nicht, dass ich mich entschuldige. Dafür bin ich nicht der Typ.«

»Aber die Strafakte Katharina Zeeb können Sie verschwinden lassen, oder? In solchen Dingen haben Sie doch Übung.«

Wulberer knurrte ein Ja. Stoltz nahm seine Hand und schüttelte sie.

Wulberer, mit Pflumm und Schaal im Gefolge, entfernte sich.

Der Graf verabschiedete sich herzlich. Ihm schien die Zerstörung seines Luftfahrzeugs kaum etwas auszumachen.

»Diese ganze Ballonfahrerei ist doch ein Irrweg«, sagte er. »Ich glaube, ich muss mir was anderes ausdenken.« Und damit stiefelte er von dannen.

Zurück blieb Giles.

»Was für eine Bombenstory«, sagte er immer wieder. »Was für eine Bombenstory.«

Stoltz lächelte. »Du weißt, was du mir versprochen hast.«

»Echt?«

Stoltz nickte. »Nichts von dem, was heute geschah, ist je passiert. Zumindest wenn man nach den offiziellen Aufzeichnungen geht.«

Giles blickte enttäuscht. »Aber ein brennender Ballon, ein Graf Zeppelin. So etwas gibt es doch nie wieder.«

»Giles«, ermahnte ihn Stoltz. »Wo bleibt dein typisch amerikanischer Optimismus?«

Dann empfahl auch Stoltz sich.

LVI Montag, 28. September 1857 Nachmittag

Als Stoltz Aristides Suite im Hotel garni betrat – er hatte natürlich wieder eine Suite –, schlief das Mädchen im Nebenzimmer. Ein halb fertige Zeichnung lag neben ihr. Die zeigte einen Ballon und sah lustiger aus als die auf dem Zettel, den Stoltz vor dem Waisenhaus gefunden hatte. Auch Aristide hatte sich aufs Ohr gelegt. Stoltz und Katharina umarmten sich. Erst unsicher, dann zunehmend vertraut. Später saßen sie auf der Chaiselongue und tranken Tee.

»Ich finde es toll, dass das Kind so gut und tief schlafen kann«, sagte Stoltz.

»Kinder stecken solche Erfahrungen oft viel besser weg, als Erwachsene glauben.«

Stoltz stellte seine Tasse ab.

»Trotzdem. Was muss in dem Kopf eines Kindes vorgehen, wenn ihm der eigene Vater die Pistole an die Schläfe hält.«

Nun stellte auch Katharina ihre Tasse auf die Untertasse.

»Du ahnst es wirklich nicht, oder?«, fragte sie.

Stoltz überkam eine Ahnung.

»Ja«, sagte Katharina. »Ganz recht … Der Vater bist du.«

Nun war es Stoltz, der das Bewusstsein verlor.

*

Als er wieder zu sich kam, hatte sich Katharina über ihn gebeugt und tupfte ihm die Stirn ab.

»Ich weiß noch nicht einmal, wie sie heißt«, flüsterte er.

Katharina lächelte.

»Anna«, sagte sie. Und dann küsste sie ihn. Und nun war es – zumindest für einen Moment – wieder so wie früher in den besten Zeiten.

LVII Montag, 28. September 1857 Abend

Am Montagabend war in Stuttgart wieder Ruhe eingekehrt.

Der Zar hatte in Begleitung seiner Gattin die Hauptstadt bald nach dem Ausritt nach Cannstatt in Richtung

Darmstadt verlassen. Von dem Zwischenfall hatte er genauso wenig gemerkt wie der Kaiser der Franzosen.

Die Abreise vollzog sich wie die Ankunft am Bahnhof Feuerbach. Beaufsichtigt wie mittlerweile üblich von Sekondeleutnant Wulberer. Als dessen Tochter tatsächlich Mitte Oktober die Aufnahmeprüfung an der Musikschule bestand, fühlte sich Martin Wulberer wieder eins mit der Welt, in der er lebte. Der Attentatsversuch, ja, streng genommen war es sogar ein doppelter Versuch, vom September erschien ihm, je weiter er zurücklag, immer unwirklicher. Und nach einer gewissen Zeit kam es ihm tatsächlich so vor, als hätte es diesen Zwischenfall nie gegeben.

Was der König über das Treffen dachte, können wir nur vermuten. Einerseits war er von seinen großen Gästen düpiert worden. Als sie ihre Ruhe haben wollten, ritten sie allein in den Wald, als sie einmal ernsthaft politisch parlierten, hatten sie sich nicht einmal für nötig befunden, ihn dazuzubitten. Und doch ... 1859 trafen sich Napoleon und Alexander in Paris, um tatsächlich ernsthaft Weltpolitik zu betreiben. Als Wilhelm I. davon hörte, soll er – zumindest im vertrauten Kreis – erklärt haben, dass ohne seine Vorarbeit dieses Treffen nie möglich gewesen wäre. Und ganz ehrlich, wer könnte das Gegenteil beweisen?

Seine treuen Landeskinder blickten auf das Zwei-Kaiser-Treffen mit gemischten Gefühlen zurück. Einerseits hatte der Andrang in den Hotels, Lokalen und Biergärten für einen willkommenen Impuls für die Wirtschaft gesorgt.

Andererseits war es in diesen Tagen in der Stadt drückend voll gewesen, was nicht nur den Alltag beeinträchtige, sondern auch viele Taschendiebe anlockte, deren man versuchte – das war ein Novum –, mit Beamten in Zivil Herr zu werden. Doch am größten war die Belastung an den

Bahnhöfen. Es gab viel zu wenige Züge, der Erwerb und gegebenenfalls die Rückgabe von Fahrkarten war umständlich und zeitaufwendig. Die Obrigkeit versprach, in diesem Punkt schnell Abhilfe zu schaffen. Man glaubte ihr.

Stoltz, Katharina nebst Tochter Anna und Aristide hatten diese Probleme längst hinter sich gelassen. Die vergangenen Stunden hatten sie in einer dieser neumodischen Erfindungen – einem Speisewagen – zugebracht. Nach dem mehrgängigen Menü zogen sich Katharina und Anna in das Nachbarabteil zurück.

Stoltz und Aristide blieben zurück und betrachteten die draußen vorüberziehende Landschaften. Sie hingen ein jeder seinen Gedanken nach.

Stoltz sinnierte, wie sich der erste Urlaub seines Lebens als Familienvater wohl gestalten werde. Die Wahrscheinlichkeit, dass er schiefging, war groß. Katharina und er hatten sich fast ein Jahrzehnt nicht gesehen. Waren sie im Herzen immer noch dieselben Menschen, die sich damals geliebt – und enttäuscht – hatten? Wäre das überhaupt wünschenswert? Und was seine Tochter betraf: Er war wie ein Meteorit in den Garten ihres Lebens geworfen worden. Und nur weil ihr bisheriges Leben recht trostlos gewesen war, hieß das noch lange nicht, dass sie seine Gegenwart – und die Zukunft mit ihm – als Bereicherung empfinden würde.

Allerdings: Was hieß schon Wahrscheinlichkeit? Aller Wahrscheinlichkeit nach wäre sein Leben 1849 zu Ende gewesen. Verscharrt in einem namenlosen Grab. Selbst wenn man sich an ihn erinnert hätte: Im schlimmsten Fall hätte man ihn posthum zu einem Helden umgemodelt, der er nie gewesen war.

Stoltz hätte bei der Überfahrt nach Amerika Schiffbruch erleiden können. Oder ein Konkurrent hätte ihn in

Kalifornien bei einem Streit um irgendwelche Claims erschossen. Und als einer von Pinkertons Leuten lebte man sowieso gefährlich. Am Ende war es doch gerade das, was das Leben lebenswert machte: dass es entgegen aller Wahrscheinlichkeit verlief.

Auf dem Tischchen am Fenster lag wie auf der Reise nach Württemberg der Band mit den Goethe-Gedichten und der *Baedeker* für Italien. Stoltz griff nach dem *Baedeker*. Erst blätterte er, dann begann er zu lesen. Als er bei der Beschreibung der Insel Caprera war, räusperte Aristide sich. Stoltz sah auf. Er hatte gedacht, Aristide würde in seiner Ecke schlummern und verpassten Schlaf nachholen, aber offenbar hatte ihn Aristide geraume Zeit beobachtet.

»Was?«, fragte Stoltz.

»Weißt du noch? Die Woche, die wir in Paris verbracht haben, bevor es nach Deutschland ging?«

Stoltz wusste nicht, worauf Aristide hinauswollte. »Natürlich. So lange ist das ja noch nicht her.«

Aristide schmunzelte. »Du wolltest vor allem zwei Dinge. Schachspielen und …«

»Ich denke, wenn wir in Zukunft von der Woche erzählen, sollten wir beim Schachspielen bleiben.«

»Wie du willst. Ich fand ja die Salons sowieso interessanter.«

Stoltz zuckte mit den Schultern. »Jedem Tierchen sein Pläsierchen.«

»In den Salons gab es nur ein Gesprächsthema«, fuhr Aristide fort. »Alexandre Dumas. Dabei ging es zur Abwechslung mal nicht um eines von Dumas' Büchern, sondern um die Autobiografie von Garibaldi.«

»Soso«, sagte Stoltz und blätterte im *Baedeker* zur nächsten Seite. Auch dort ging es um Caprera.

»Dumas und jeder andere weiß, das Buch wird sich verkaufen wie geschnitten Brot. Aber Garibaldi wollte ihm das Buch nicht geben.«

»Das soll vorkommen«, sagte Stoltz.

»Dumas ließ ihm keine Ruhe. Er war geradezu besessen von der Idee, als Erster – und einziger – Garibaldis Biografie herauszubringen.« Aristide beugte sich nach vorn. »Am Ende soll Dumas sogar Leute bezahlt haben, die Garibaldi das Manuskript stehlen. Dabei wollte er mit dem Gewinn seinen Freiheitskampf finanzieren.«

»Soso«, sagte Stoltz erneut und blätterte im *Baedeker* noch eine Seite weiter. Es ging immer noch um Caprera.

»Jedenfalls soll Garibaldi«, ließ sich Aristide weiter vernehmen, »die Drohung mit den Dieben sehr ernst genommen haben. So ernst, dass er das Manuskript nach Amerika schickte. Dort hatte Dumas selbstverständlich keinen Zugriff.«

Nun sah Stoltz von seinem Buch auf. »Das mag alles so sein. Ich verstehe nur nicht, weshalb du diese Geschichte erzählst. Willst du die Zeit totschlagen?«

»Nein«, sagte Aristide. »Jedenfalls soll das Buch nun von Garibaldi selbst verlegt werden. Und in Paris fragte sich jeder: Wie gelangt das Manuskript nur unbemerkt nach Europa?«

Dabei machte Aristide mit dem Kopf eine Geste in Richtung des Koffers, in dem sich der Umschlag befand, den Aristide für Stoltz aus dem Gepäckwagen befreit hatte.

Stoltz nahm die Geste zur Kenntnis, zuckte mit den Schultern – und schwieg.

So leicht wollte sich Aristide nicht abspeisen lassen. Er deutete auf den *Baedeker*.

»Wir fahren zur Insel Caprera?«

»Unter anderem, ja.«

»Garibaldi lebt doch auf Caprera?«

»Unter anderem, ja.«

Aristide nahm ihm genervt das Buch aus der Hand und legte es auf das Tischchen am Fenster.

»Ach, komm, Richard, nun mach es einem doch nicht so schwer.«

Worauf Stoltz sich hinter einer undurchdringlichen Miene versteckte und sagte: »Du weißt doch, wie das mit Geschichten ist. Einige stimmen, einige sind falsch und dann gibt es noch andere, die sind einfach gut ausgedacht.«

Karl Baedeker, *Deutschland und das österreichische Ober-Italien: Handbuch für Reisende,* Band 1, Coblenz, 1857

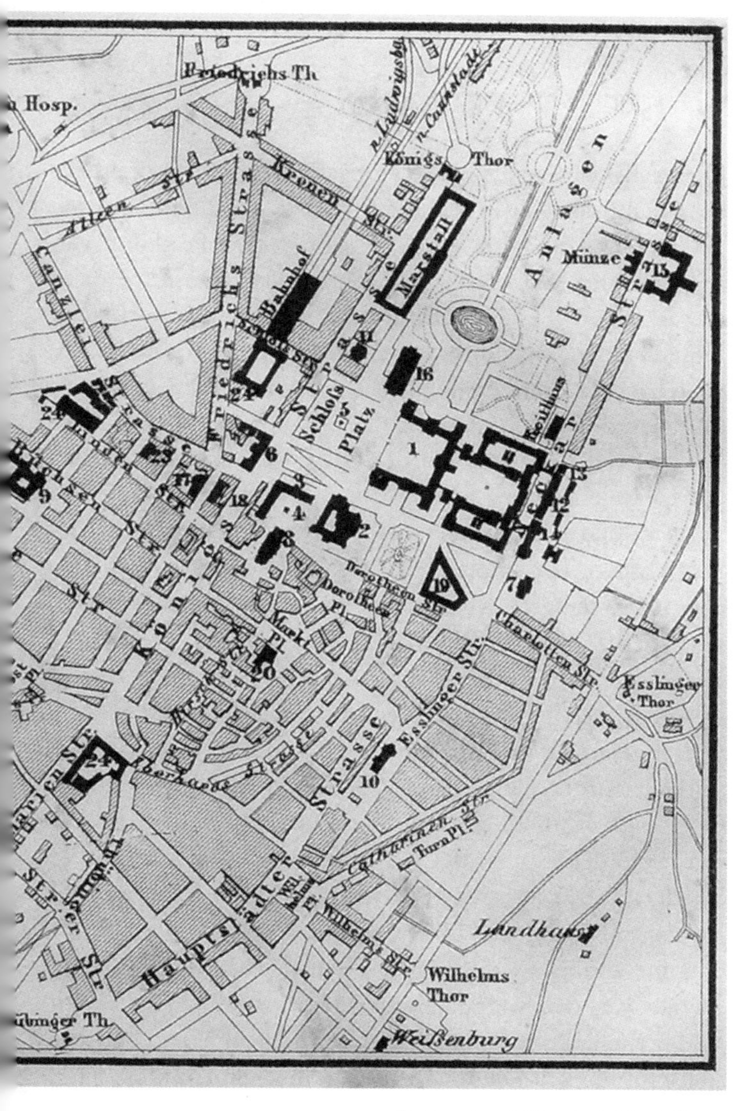
Friedrichs Th
Hosp.
Kronen Str.
Alten Str.
Canzlei Str.
Friedrichs Strasse
Bahnhof
Schloss Str.
Königs Thor
n. Ludwigsbg.
n. Cannstadt
Marstall
Anlagen
Münze
Schloss Platz
Reithaus
Linden Str.
Büchsen Str.
Dorotheen Pl.
Dorotheen Str.
Markt Pl.
Charlotten Str.
Esslinger Thor
Esslinger Strasse
Catharinen Str.
Turn Pl.
Wilhelms Str.
Wilhelms Thor
Landhaus
Weissenburg
Haupt Stätter
Tübinger Th.

Nachbemerkung

Dieser Roman spielt mit historischen Ereignissen, erhebt aber nicht den Anspruch, bis ins letzte Detail authentisch zu sein. Die beschriebenen Vorgänge sind Produkte von Fantasie und Spekulation. Aber natürlich wurde für diese Geschichte recherchiert, und wenn sich bei der Recherche Dinge fanden, die gut in die Erzählung passten, wurden sie eingebaut. Passten sie nicht, fielen sie unter den Tisch. Einiges wurde freimütig erfunden.

Aber vielleicht ist es für das Publikum interessant, zu erfahren, welchen Weg so mancher Rohstoff ging.

Das betrifft zuallererst das Thema Attentat. Vom Zwei-Kaiser-Treffen ist kein solcher Versuch überliefert, aber die beteiligten Monarchen wurden sehr wohl mit diesem Thema im Laufe ihres Lebens konfrontiert.

Felice Orsini war ein italienischer Carbonaro, der in seinen frühen Jahren Napoleon III. sehr bewundert hatte. Später zeigte er sich von ihm enttäuscht und wollte ihn beseitigen. Am 14. Januar 1858 zündete Orsini vor der Pariser Oper eine Bombe, die den französischen Kaiser ins Jenseits befördern sollte. Bei seinem Anschlag wurden an die hundertfünfzig Menschen verwundet, mehrere starben, der Kaiser selbst hingegen blieb unverletzt.

Eine ähnliche Quote gab es bei späteren Anschlagsversuchen, was den amerikanischen Humoristen Mark Twain zu der Bemerkung veranlasste: Die einzigen Menschen, die sich Hoffnung auf das ewige Leben machen könnten, seien die Monarchen Europas, denen Terroristen nach dem Leben trachteten.

Auf seinen Gesprächspartner, den russischen Zaren Alexander II., wurde am 13. März 1881 ein weiterer Anschlag verübt. Hier überlebte der Zar die erste Bombe unverletzt. Als der Zar den Attentäter – der immer noch am Anschlagsort stand – väterlich ermahnen wollte, soll einer aus seiner Entourage gefragt haben: »Majestät, sind Sie verletzt?«, worauf der Herrscher gesagt haben soll: »Gott sei Dank nicht.« Worauf wiederum der Attentäter gesagt haben soll: »Ist es nicht ein wenig früh, Gott zu danken?« Der Schlusspunkt unter diese voreilige Bemerkung war quasi die zweite Bombe des Attentäters. Die überlebte der Zar nicht.

Dieser letztlich erfolgreiche Anschlag auf Alexander II. inspirierte Nachahmer, die seinen Nachfolger Alexander III. ebenfalls mit einem Attentat unter die Erde bringen wollten. Zu den Verschwörern gehörten unter anderem der polnische Marschall Piłsudski und ein gewisser Alexander Uljanow. Die Verschwörer flogen auf. Alexander Uljanow wurde, obwohl er nach der damaligen Rechtsprechung noch nicht einmal volljährig war, gehenkt. Das prägte seinen jüngeren Bruder, Wladimir Uljanow, so sehr, dass er unter dem Kampfnamen Lenin beschloss, dem Zarenwesen ein für alle Mal ein Ende zu bereiten. Aber das ist eine andere Geschichte.

Es entspricht den Tatsachen, dass die Agenten Pinkertons einen Anschlag auf den Präsidenten vereitelten. Allerdings geschah das erst Anfang der 1860er-Jahre, zu Beginn von Lincolns Amtszeit. Um in diese Geschichte zu passen, wurde der amerikanische Anschlag um ein paar Jahre vorverlegt.

Die Gerüchte, dass es sich bei dem Grafen Walewski um einen außerehelichen Sohn des ersten Napoleon handelte, gab es schon lange, vor einigen Jahren sind sie wohl auch durch DNA-Tests bestätigt worden. Die Intrige, dass der Graf dem Kaiser ans Leder wollte, um sich den Thron zu sichern, ist allerdings reine Fiktion.

Die Herkunft Napoleons III. ließ ebenfalls die Gerüchteküche brodeln. Es wird immer mal wieder kolportiert, dass sein leiblicher Vater ein holländischer Admiral gewesen sein soll. Das wurde in dieser Geschichte genutzt, um der Königin von Holland bei ihrer Ankunft ein doppeldeutiges Lächeln auf die Lippen zu zaubern, spielt aber ansonsten keine weitere Rolle.

Der Fingerabdruck wurde zum ersten Mal 1858 bei einer kriminalistischen Ermittlung verwandt. Was hier ein Jahr früher stattfindet, ist also ein pures Fantasieprodukt. Ebenso der Flug des jungen Grafen Zeppelin mit einem Freiluftballon über dem Wasen. Gesichert ist hingegen, dass Gottlieb Daimler 1857 sein Studium am Polytechnikum begann, ebenso entspricht es den Tatsachen, dass er das Büchsenmacherhandwerk erlernte. Dass er unserem Helden in dieser Frage hilfreich zur Hand ging, ist zwar nicht belegt, aber immerhin möglich.

Um der besseren Lesbarkeit willen wurde die Schreibweise der Straßennamen dem heutigen Gebrauch angepasst.

Edward Kruger pflegt seit Jahren ein starkes Interesse für historische Stoffe aus dem Südwesten Deutschlands. Er arbeitete als Ghostwriter und verfasste Sachbücher und Biografien. *Stoltz – Das Attentat* ist sein erster historischer Kriminalroman.

Gefällt Ihnen dieses Buch? Dann empfehlen Sie es bitte weiter. Mehr über den 8 grad verlag finden Sie auf www.8gradverlag.de und in unserem Newsletter.

1. Auflage 2024

Sonnhalde 73 | 79104 Freiburg

Umschlaggestaltung, Layout und Satz:
Julie August, Buenos Aires/München
Umschlagmotiv: akg-images
Gesetzt aus der Caslon und aus der Acumin Condensed
Lektorat: Marion Voigt, Zirndorf
Korrektorat: Regine Schmidt, Karlsruhe

Papier: Munken Print cream 90 g/m² 1,5-fach
Einbandmaterial: Peyprint honan 130 g/m²
Herstellung: folio · print & more, Zirndorf
Druck und Bindung: Steinmeier GmbH & Co. KG, Deiningen
Printed in Germany

ISBN 978-3-910228-34-4

www.8gradverlag.de